쥐색
흰색
푸른색

Eerst grijs dan wit dan blauw
by Margriet de Moor

Copyright © Uitgeverij Contact, Amsterdam 1991
Korean translation copyright © 2000 MUNHAKDONGNE
Publishing Co., Ltd., Seoul.
Korean traslation rights arranged with Uitgeverij Contact
through Agency Chang, Daejon.

All rights reserved by the proprietor throughout the world
in the case of brief quotations embodied in critical or reviews.

이 책의 한국어판 저작권은 에이전시 창을 통해
Uitgeverij Contact와 독점 계약한 (주)문학동네에 있습니다.
저작권법에 의해 한국 내에서 보호를 받는 저작물이므로
무단 전재 및 무단 복제를 금합니다.

이 책의 출판을 위해 협조한 네덜란드어 문학 번역 출판 지원 재단
(The Foundation for the Production and Translation of Dutch literature, Amsterdam)의
재정적 재원에 감사드립니다.

마르흐리트 더 모르 장편소설 · 장혜경 옮김

문학동네

나는 또다른 혹성으로부터의 공기를 느낀다.

아르놀트 쇤베르크,

현악 사중주 올림 바 단조 작품 10

매우 느리게

차례

1   9

2   67

3   157

4   257

역자 후기 | 숨막히는 진실 게임   303

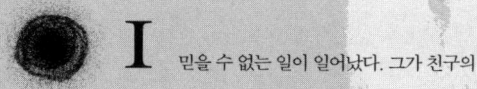 I 믿을 수 없는 일이 일어났다. 그가 친구의 아내를 유혹했던 것이다.

화창한 이월의 오후, 그는 우연히 그녀를 만났다. 날씨는 눅눅하면서 차가웠다.

그녀는 갈색의 짧은 인조가죽 재킷을 입고 갈색 부츠를 신고 있었다.

 치마에는 옆단추가 세 개 달려 있었다. 이제 곧 그가 보는 앞에서 옷을 벗기 위해 열게 될

단추들이었다. 어떻게 그가 갑자기 이런 관능의 모험에 빠져들 수 있었을까?

1

　매일 아침 여섯시 삼십분 그는 자리에서 일어난다. 시계가 울지 않아도 자동적으로 몇 분 전에 눈이 떠지고 차츰 정신이 돌아온다. 잠시 조용히 누워 있는 동안 방 안의 냄새와 따스한 온기가 느껴지고, 누워 있는 침대의 위치, 침실의 창문과 문, 벽의 위치가 그의 머릿속에서 제자리를 찾는다. 그러고 나면 세세한 것들에 생각이 미친다. 침대 위 왼쪽에 걸려 있는 이로케이주의 멋진 에로틱 판화 두 점도 머릿속에 떠오른다.

자신이 지금 어디에 있는지 깨닫고 나면, 예의 그 알지 못할 불안이 엄습한다. 그래서 그는 정신을 가다듬으려 애를 써본다. 어떻게 살아야 할 것인지 자문해볼 수도 있으리라는 생각이 들지만,

그 생각을 접어버린다. 어린 시절에는 나도 꿈이 있었다. 그 꿈이 다 어디로 가버렸을까? 쓸데없는 생각이야. 그는 몽상가가 아니었다. 성적이 좋았고, 겨울이면 심한 편도선염 때문에 삼 주 동안 결석을 할 수밖에 없었던 꼬마였다. 다른 생각이 밀려온다.

커튼 위에 빛줄기가 걸려 있다. 밖은 아직 고요하다. 오늘 스케줄은 어떤가? 천천히 그 생각이 그를 사로잡는다. 나쁘진 않군. 오늘 아침 두 차례 수술 일정이 잡혀 있다. 여덟시에 시작될 것이다. 팔십이 넘은 환자의 간단한 백내장 수술이다. 눈은 수술을 할 수밖에 없지만 다른 곳은 멀쩡한 환자들. 수술실에 들어서면 시트에 덮인 환자가 수술대에 누워 있다.

보조의사가 주사바늘을 환자의 팔에 꽂는 동안 간호사는 내게 가운을 입혀주고 장갑을 끼워준다. 그러고 나면 나는 수술대 머리맡에 앉아 단단한 바늘 두 개로 위 눈꺼풀과 아래 눈꺼풀을 찔러 집게로 고정시켜 눈을 활짝 벌려놓고는 각막의 윗면을 철사로 훑는다. 얇은 철사를 부드럽게 움직여 커다란 죽은 물고기처럼 나를 바라보고 있는 눈동자를 약간 조절하기 위해서다. 나는 두 개의 현미경이 붙은—하나는 내가 사용하고, 다른 하나는 내 오른쪽에 있는 수술실 간호사가 사용한다—수술기구를 환자의 머리 위로 끌어당긴다. 작은 가위를 건네받으면 수술이 시작된다. 기계장치를 통해 보면 내 몸은 내 손과 분리된 물체 같다. 그런 내가 수술 과정을 지켜본다. 나의 완벽한 절개 솜씨를 바라본다. 약한 출혈이 있으면 곧장 정밀 버너로 지져 딱지를 만들고…….

어릴 때부터 그는 피를 싫어했다. 부활절 전의 토요일 아침이면 어머니는 제일 크고 살찐 암탉을 양 무릎으로 꽉 붙든다. 어머니의 행동은 단호하고 재빠르다. 칼은 그 전에 미리 갈아 부엌창의 벽돌 귀퉁이에 올려놓은 터이다. 여동생이 호기심에 타일 바닥에 놓인 닭의 머리를 집어든다. 억지로 태연한 표정을 치으며 도망치던 그는 닭의 몸통이 굳어지는 순간 양동이 속으로 콸콸 쏟아지던 핏줄기가 갑자기 잦아들기 시작하는 광경을 바라본다. 다음날 아버지는 묻는다. "더 먹을래?" 그는 고개를 끄덕이고 작은 꽃잎 몇 장이 둥둥 떠 있는 미지근한 물에 손가락을 담근다. 그가 기억할 수 있는 한 그의 장래 희망은 항상 의사였다.

희뿌옇게 동이 터온다. 그의 곁에는 넬리가 누워 있다. 그녀는 주먹을 얼굴에 꼭 붙인 채 잠들어 있다. 지금처럼 여름철 동이 틀 무렵이 아니라 십이월의 칠흑 같은 밤이라 하더라도 그는 그녀의 입 주위로 만족스러운 미소가 맴돌고 있다는 사실을 알고 있다. 아직도 그녀는 꿈속에 푹 빠져 있다. 그녀는 늘 전날 낮에 있었던 자질구레한 일들만 꿈에 나타난다고 푸념한다.

"상점 바닥에 무릎을 꿇고 앉아서 배달되어 온 주문품 포장을 풀었어요."

"포장지를 살살 벗겨 비싼 델프트 산 도자기 접시를 꺼냈는데, 글쎄 금이 가 있지 않겠어요."

그녀는 자신이 이 지구상에서 불가사의와 가장 거리가 먼 인물이라 믿고 있다.

하품을 하면서 그는 현실로 돌아온다. 어젯밤은 아주 좋았어. 연극은 끝났고 꿈은 사라졌으니 다시 현실로 돌아가야지. 이 집. 당시 그들은 이 자그마한 빌라를 아주 헐값에 장만할 수 있었다. 코트의 깃을 세우고 그들은 집 주변을 둘러보았다. 바다 쪽에서 바람이 불어왔다. 자기 집을 바라보는 집주인의 눈으로 그들은 지붕의 암갈색 갈대 속에 쑥 들어가 있던 침실 창을 바라보았다. 누구나 이루게 될 가족, 그 가족이 모여 살기에 적당한 집. 낡은 장롱. 지하실,. 바람이 잘 통하는 아궁이. 이제 넌 외롭지 않을 거야.

아들이 스무 살이 다 되어가는 요즈막에 와서 넬리는 일을 시작했다. 일주일에 나흘, 그녀는 장식품과 도자기를 판매한다. 특히 여름철 성수기 때면 헤픈 넬리의 지갑 속으로 돈이 저절로 굴러들어온다. 퇴근 후 그는 천천히 차를 몰고 되인 길을 내려간다. 불을 밝힌 넬리의 가게는 아래쪽 비탈에 있다. 그가 교차로에서 신호등에 걸려 정지하는 바로 그 순간 그녀가 쇼 윈도의 안쪽 문을 연다. 그녀는 그를 보지 못한다. 당연히 볼 수가 없다. 그녀는 허리를 굽히고 크리스탈 찻잔을 꺼낸다.

손님이 묻는다.

"정말 간수하기 힘들지 않을까요?"

"물론이죠."

"정말 하나밖에 없는 모델이에요?"

"틀림없어요. 그 회사는 소량생산으로 유명하답니다. 지난번에 온 물건 중에서 이 찻잔을 발견하고 저도 깜짝 놀랐어요."

말을 하면서 그녀는 진열대에서 걸어나온다. 쇼 윈도의 암적색 커튼을 젖히자 가로등 불빛이 가게 안으로 쏟아진다. 그녀가 허리를 숙인다.

그녀가 잠에 취해 그가 있는 쪽으로 굴러온다. 그리고 익살스럽게 코를 골면서 팔을 뻗어 그의 어깨를 감싸안는다. 아무리 꿈속에 빠져 있어도 그녀는 그 시간을 놓치는 법이 없다. 아침마다 그가 그녀의 팔에서 빠져나가느라 낑낑대는 것을 그녀는 좋아한다. 어떤 꽉 짜여진 메커니즘이 나를 지배하고 있는 것일까? 그녀를 처음 본 순간부터 나는 지칠 줄 모르는 그녀의 발걸음을 따르고 싶다는 충동을 느꼈다. 이제 그녀는 모든 문제를 결정하고 집을 꾸미고 벽에 페인트를 칠하고 손수 도배를 한다. "이번 휴가는 도르돈에서 보내는 게 어때요?" 그녀는 촛불을 밝혀놓고 그렇게 묻는다. 그는 면도하지 않은 까칠까칠한 뺨을 그녀의 얼굴에 부비며 그녀의 자신감에 게으름으로 응답한다. 오래 전부터 그들은 그런 서로에게 익숙해져 있다. 그는 자기 양말의 치수를 모른다. 집을 나설 때면 묻지 않아도 첫사랑인 그녀에게 몇시쯤 집에 올 건지 보고한다.

  이 집. 그들의 아들. 아내는 이십 년 전부터 이 척박한 모래언덕에 정원을 꾸미려고 애써왔다. 그녀는 땅을 고르고 거무튀튀한 거름을 쏟아붓고는 얼굴을 찌푸리며 꽃이 빽빽하게 피어 있는 생울타리와 장미를 심었다. 하지만 한 계절 이상을 넘긴 식물은 없었다. 그들의 아들을 포함하여 이 모든 것이 지극히 정상이라는 확신을 심어준 사람이 다름아닌 그의 아내라니, 어떻게 그럴 수 있을까? 넬리! 바람이 할퀴어대는 이 고지대에서 꽃을 보고 싶다면 좀더 고개를 숙여야 할 거야. 이 마을에 대해서라면 나도 이제 모르는 것이 없을 정도로 훤하니까. 코가 땅에 닿으면 미나리아재비의 자디잔 꽃망울을 보게 될 거야.

  여섯시 반. 서둘러 일어나야 한다.

2

그는 샤워를 한다. 커피를 끓여 버터빵을 몇 조각 집어삼킨다. 테라스의 문을 열자 물방울이 손에 튼다. 새벽 무렵 잠깐 소나기가 억수같이 퍼부었다는 기억이 난다. 때마침 절실하던 차에 비가 와주었다. 지난주 이 마을은 엄청난 더위에 시달렸다. 그는 물기가 남은 난간에 기대어 마을을 굽어본다. 성당, 교구 사무실, 호텔, '해변'이라고 씌어 있는 파란 도로표지판. 모든 것이 우중충한 하늘 아래 차갑고 무관심한 표정으로 누워 있다. 마침내 울음을 그치고 곯아떨어진 아기의 장난감처럼. 약간 오슬오슬하지만 기분은 최고다. 더위는 누그러졌다. 곰곰이 생각해보니 올 여름이 시작되기 훨씬 전부터 이 마을을 떠돌아다니던 정체 모를 신경질적인 분위기도 더위와 함께 자취를 감추었다.

어제는 최악의 날이었다.

온종일 문과 창문을 걸어잠그고 지내다가 해가 지자 넬리가 밖으로 나갔다. 아홉시 반 무렵이었다.

할머니처럼 시들시들한 그녀의 얼굴을 보고 그는 깜짝 놀라 읽고 있던 잡지를 손에서 떨어뜨렸다.

그녀가 그를 바라보았다.

"에릭, 잠깐 바람이나 쐬고 와요."

그는 흔쾌히 자리를 털고 일어나 그녀와 함께 가시 많은 나무들 사이로 나 있는 오솔길을 걸어내려갔다. 사람이 다닐 수 있도록 그녀가 손수 모래언덕을 다듬어 만든 계단에서 그녀는 고개를 돌려 뒤를 돌아보았다. 다락방 창문이 활짝 열려 있었다.

"우리 잠깐 산책하고 올게."

그녀가 다정한 목소리로 외쳤다.

무반응. 그래도 넬리는 마음 상하지 않는다. 아들은 대답하는 경우가 드물었다. 그녀는 그저 창문을 열어놓고 망원렌즈를 조절하고 있을 태연한 아들의 존재에, 아니 그의 반짝이는 하얀 셔츠에 잠깐 관심을 기울이고 싶었을 뿐이었다. 가브리엘은 정신박약아다. 그는 달과 별에 온통 정신을 팔고 있다. 다른 사람들은 그의 내적 독백을 이해하지 못한다. 에릭과 넬리는 아들의 표정에, 별처럼 머리통에 박혀 있는 그의 눈동자에 익숙하다. 내일이 네 생일이구나. 네가 벌써 열여덟, 아니 열아홉이 되다니. 넬리는 무슨 음식을 해줄까 하고 자꾸만 물어본다. 오늘따라 네 얼굴이 창백해 보이는구나. 밤을 꼬박 새고 나면 다음날엔 적어도 정오까지는 잠을 자야 해. 왜 그렇게 웃는 거니? 그렇게 멍청하게 있지 말고 이야기를 해봐. 네가 그렇게 웃고 있으니 내가 주절거리게 되는구나.

그들은 가문비나무로 만든 계단을 내려갔다. 어떻게 그들이 로베르트 노르트의 집 앞에 서 있게 되었는지 에릭은 정말 영문을 알 수 없었다. 정신없이 아스트리트 대로를 내려와 되인 길을 오른 다음 아우어 제이스트라트를 지나왔나 보았다. 그제야 그는 왜 해변으로 내려가지 않았을까 의아스럽다. 아마 폭염 탓에 며칠 전부터 푸릇푸릇한 점액을 증발시키고 있는 해파리 때문이었을 것이다.

생울타리 곁에 서서 쭈뼛거리다가 그는 절망적인 표정으로 넬리를 바라보았다. 이런 날 저녁을 죽마고우의 집에서 보내고 싶은 생각은 추호도 없었다. 하지만 로베르트에 대한 그의 거부감은 일시적인 것이다. 적어도 그는 그렇게 생각했다. 그렇다면 굳이 발걸음을 돌릴 필요까지 있을까? 로베르트는 얼마 전부터 푸른 눈동자에 음울한 표정을 담고 말 한마디 없이 담배만 피워대는 남자가 되어버렸다. 에릭은 몇십 년 전부터 그를 잘 알고 있었다. 그의 가족에 관해서도 훤했다. 그 사이 돌아가신 멋쟁이 아버지, 어머니, 사랑을 많이 받았던 창백한 고자질쟁이 여동생. 어느 날 로베르트의 여동생이 은빛 금붕어를 바닥에 떨어뜨렸다. 그들은 기뻐 춤을 추었다. 천사가 나타난 것 같았다. 갑자기 거실 바닥이 수백 개의 비늘로 뒤덮였다. 비늘은 정오의 햇살을 받아 반짝거렸다. 그 일로 여동생은 벌을 받았다.

 그들은 같은 반이었다. 해마다 로베르트는 문가의 자리를 제일 먼저 차지했다. 웃옷을 벗지 않고 단추만 풀고 다니던 그는 쉬는 시간 종소리가 울리자마자 제일 먼저 운동장으로 뛰어나가던 소년이었다. 그리고 비가 오나 바람이 부나 다리를 쩍 벌리고 서서 에릭을 기다렸다. 1952년 무렵 친구의 얼굴이 갑자기 뾰족해지기 시작했다. 당시 그들은 열여섯이었다. 이마와 광대뼈가 도드라지고 눈은 푹 꺼져 병적인 인상을 풍기며 빈센트 반 고흐의 얼굴과 닮아가기 시작했다. 그리고 몇 년 후, 로베르트는 정말로 어느 날 갑자기 법학 공부를 포기하고 예술가의 길로 나섰다. 어느 주말 전철을 타고 집으로 가던 에릭은 저 멀리서 얼어붙은 튤립 밭을 그리고 있는 한 멍청이를 보았다. 모자를 쓰고 헐렁한 웃옷을 입은 그의 머리 주위로 갈매기가 날고 있었다. 훗날 64년 겨울 그는 어떤 여자와 함께 있는 로베르트를 목격하였다. 당시로서는 상상할 수도 없는 일이었다. 그녀가 마그다였다. 여느 여자와 다를 바 없어 보이는 한 처녀로 인해 로베르트가 당당하고도 진지하게 사랑이라는 말을 입에 담게 되었던 것이다. 이상한 일이야, 라고 운을 떼면서. 올해 여름 그는 온 마을 사람들이 그러했듯 갑작스러운 마그다의 잠적에 대해서 이리저리 머리를 굴려보았다. 소리도 없이 사라졌다가 뻔뻔스럽게 다시 나타난 마그다의 행적은 마을 전체의 관심거리였다. 모두들 틈만 나면 쑥덕거렸다.

넬리에게 돌아가자고 말할 참이었다. 마그다가 부비에를 데리고 걸어오고 있었다. 늙은 검둥개는 숨이 차 헐떡거렸다.

"들어와서 한잔 하고 가세요. 정말 끔찍한 저녁이에요. 지옥 같아요."

말은 그렇게 하면서도 그녀는 나지막하게 웃었다. 그들에게 정원 문을 열어주는 그녀가 너무나 생기 있고 활기에 차 있어 이상하게 느껴졌다. 그녀의 뒤를 따라가던 그는 그녀에게서 향기가 난다고 생각했다. 그의 눈길은 엇갈린 어깨끈 밑에서 움직이고 있는 여자의 포동포동한 연갈색 등에 가 멎었다.

로베르트는 늘 앉아 있던 그 자리에 있었다. 그 집에는 아름다운 테라스가 딸려 있었다. 석조 테라스로 장미 화분이 놓여 있고, 소떼가 풀을 뜯는 목초지가 내려다보였다. 하지만 그와 마그다와 개들은 부엌 옆자리를 더 좋아했다. 로베르트는 숨을 헐떡이는 마그다의 개 두 마리를 발 사이에 끼고 형광등 불빛이 비치는 비스듬한 팔걸이 의자에 앉아 있었다. 그렇게 앉아 있는 마르고 땀에 젖은 로베르트를 보자 에릭은 다시금 되돌아 나가고 싶은 충동에 휩싸였다.

로베르트는 힐끗 쳐다보았을 뿐 인사도 건네지 않았다. 마그다가 술과 음료수를 쟁반에 담아 내오자 그는 곧장 손을 내밀었다. 그녀는 그에게 얼음을 넣은 위스키 한 잔을 건네주었다.
"공장은 어때?"
한참 후 에릭이 물었다. 차라리 박공 널빤지의 판매고는 어떤지, 알루미늄 비계나 거푸집의 판매고는 어떤지 물어보는 편이 더 나았을 것 같다. 로베르트는 철강 공장 사장이다. 틈날 때마다 그는 에릭에게 자기 사업에 대해 설명을 해주었다. 원가 계산 때문에 골머리를 앓았다는 둥, 관공서와 싸우느라 진이 빠졌다는 둥, 수송 체계를 대담하게 실험해보았다는 둥, 부의 전제조건이 될 영원히 반복되는 투쟁에 대해 열심히 설명을 했지만, 사실 별 성과가 없었다.
상대방을 생각해서 마지못해 지어 보이는 미소. 로베르트는 에릭이 그를 계속 빤히 쳐다보고 있기 때문에 어쩔 수 없이 대답하는 듯했다.
"새 압연공장을 짓기 시작했어. 운이 좋으면 괜찮은 시유지 하나쯤 얻어걸릴 것 같아."
그의 음성은 지루하게 들렸다. 졸리운 짐승 같은 눈으로 그는 어둠을 응시했다. 에릭은 우울한 기분으로 얼굴 앞을 날아다니는 모기를 쫓으며 입을 다물고 말았다. 부엌문 곁에 앉은 두 여자의 이야기 소리가 흐릿하게 들렸다. 에릭은 그의 곁에 앉아 아무 말도 하지 않는 이 남자가 그의 기억 속에서는 언제나 풍성한 이야깃거리를 가지고 다녔다는 사실을 떠올려보려고 애썼다. 신에 대해, 혹은 죽음이나 사랑에 대해 주절거리던 로베르트를.

그들은 레이든의 프란치스카너파트레스에서 상급 학교 진학시험을 치른 후 전철을 타고 집으로 돌아가고 있었다. 정류장에 정차하려던 전철이 갑자기 급정거를 했다. 여러 집들의 집 안이, 심지어 빨래가 널린 뒷마당까지 훤히 보였다. 로베르트가 고개를 들고 킁킁 냄새를 맡더니 말했다.
"불이 났나 봐."
그 말이 떨어지기가 무섭게 유황 연기가 솟구쳤다. 온통 연기가 자욱했다. 전철은 두 집 사이의 안마당 앞에 멈춰 서 있었다.
그곳에는 게라르두스가 살고 있었다. 전철 정류장 옆에 판자로 얼기설기 엮은 방과 현관, 생선 훈제공장 골목 쪽으로 나 있는 뒷문들. 게라르두스는 그 집에서 검은 눈동자에 다람쥐 빛깔 머리카락을 가진 두 딸, 파울라와 아그네스 — 사람들은 그들의 머리카락과 생활방식이 아주 부자연스럽다고 쑥덕거렸다 — 그리고 셰퍼드 잡종 한 마리와 살고 있었다. 들리는 소문에 의하면 그 개는 주인에게 학대를 받는다고 했다. 게라르두스는 장님이었다. 에틸 알코올을 마시고 나서부터 앞을 볼 수 없게 되었다.
구경꾼들이 엄청나게 몰려들었다. 그저 바라만 보는 사람들이 대부분이었고, 연기가 솟구치는 집 안을 들락날락거리는 사람들도 있었다. 로베르트와 에릭은 사람들이 집시에다 가난한 알코올 중독자에 멍청이라고 손가락질하던 자의 의자나 식탁을 건져주기 위해 고생을 마다않고 뛰어다니는 광경을 놀라서 쳐다보았다.
그리고 사람들은 게라르두스와 두 딸을 발견하였다. 그들은 스프링이 삐져나온 소파 위에 약간 떨어져 앉아, 자신들과는 아무 상관없는 일이라는 표정으로 앞만 뚫어져라 쳐다보고 있었다. 발치에는 개가 사지를 뻗고 누워 있었다. 로베르트가 말했다.

"죽었어."

그들에게는 경악스러운 분위기가 서려 있었다. 표정도 차갑고 냉담했다. 눈먼 왕과 두 공주, 죽은 개 한 마리. 막내 아그네스는 발을 까딱거리고 있었다. 지난주만 해도 로베르트는 그녀가 수영복도 안 입고 바다에서 걸어나오는 광경을 목격했다고 주장했다. 에릭은 그의 말을 믿지 않았다. 로베르트가 주절거리는 이야기는 도통 믿을 수 없는 것들이니까. 하지만 이제 그는 로베르트의 이야기가 지어낸 것이 아니라는 느낌을 받았다. 아그네스는 물이 뚝뚝 떨어지는 흰 물고기처럼 물 속에서 나와 무거운 발걸음으로 그의 곁을 지나 모래언덕으로 올라갔다. 그녀의 배 아래쪽에 커다란 구릿빛 점이 박혀 있었다. 전철이 다시 움직이기 시작했다.

그날 저녁 에릭은 로베르트 집에서 밥을 먹었다. 산딸기, 헝가리식 생선 샐러드, 차가운 코코아가 나왔다. 로베르트가 어머니에게 말했다.

"산딸기는 안 먹을 거야."

식사가 끝난 후 에릭은 로베르트에게 화를 내며 밥을 안 먹으면 병이 날 거라고 경고를 했다. 사흘 후면 신교도들과 축구 시합이 있다. 로베르트는 결연한 표정으로 그를 바라보며 말했다.

"난 그 시합 안 할 거야."

일주일 후 그는 똑같이 결연한 표정으로 신앙을 버리겠다고 말했다.

"난 빠질 거야."

제의실에서 옷을 갈아입고 있던 참이었다. 미용사의 어린 딸을 위해 미사가 열릴 예정이었다. 네 살도 채 안 된 꼬마였다. 사방이 온통 하얀색이었다. 옷도 솔도 꽃도 전부 하얀색이었다. 보좌 신부가 시계를 보고 신호를 보냈다. 그들은 자리에서 일어섰다. 로베르트는 미사 종을 치고 그 길로 사라져버렸다.

"인생에 무슨 의미가 있을까?"
어느 날 저녁 그가 묻는다.
그는 정말 견딜 수가 없다. 어둠침침한 방 구석에 앉아 있다. 탁자 위에는 글자들이 둥그렇게 놓여 있다. 손가락 끝으로 글자를 들어올려 십자가라는 글자를 만들어야 한다. 그는 하기 싫다고 말하면서 에릭과 넬리, 마그다를 비웃는다. 그 따위 쓸데없는 짓은 믿지 않는다는 것을 증명이라도 하려는 듯 뻔뻔스럽기 짝이 없는 멍청한 질문들을 불쑥불쑥 던진다. 정신을 집중하여 정확하게 짜맞춰진 철자들이 차례로 줄지어 놓인다.
"공허는 그것을 느끼는 사람에게는 충만이다."
모두 한바탕 웃음을 터뜨린다.

찌는 듯한 더위. 기온이 내려갈 기미는 도무지 보이지 않는다. 소나기라도 한줄기 퍼부었으면 좋겠다. 로베르트가 입을 다물고 있는 편이 차라리 잘된 건지도 모르겠다.
그는 술잔을 들고 마그다를 몰래 훔쳐 보았다. 조명을 받아 초록색에 가까워 보이는 윤기 없는 머리칼, 둥근 발목과 손목. 조금 전까지만 해도 그는 그녀의 존재를 깨닫지 못하고 있었다. 지금은 그녀의 행동 하나하나가 관심을 끈다. 그녀는 자리에 앉아 넬리와 이야기를 나누며 한쪽 발을 까딱거리고 있다. 펑퍼짐한 샌들을 신고 튼튼한 발톱에 정성을 들여 빨간 매니큐어를 발랐다. 마그다는 나로 하여금 넬리를 속이게 만든 유일한 여자다.

그녀의 애정이 혐오감을 불러일으키는 건 순간에 불과하다. 그런 순간은 거의 알아차릴 수 없을 정도로 잠깐 떠올랐다 사라진다. 어쩌다 나는 그녀에게 이런 전권을 부여하게 되었을까? 기회 있을 때마다 나는 그녀의 사랑을 애용한다. 그녀는 아량을 발휘하여 나를 힘들게 하지 않는다. 하지만 목욕탕 옷걸이에 걸린 그녀의 잠옷 앞에서 어떻게 굴복하지 않을 수 있단 말인가! 우리집 옷장에서 나는 해바라기 냄새, 그녀의 나일론 스타킹, 의자에 걸쳐놓은 그녀의 스웨터, 암적색 립스틱 자국이 묻은 채 탁자 한가운데에 놓여 있는 찻잔 앞에서 말이다. 그럴 때면 나는 잠시 분노를 느끼며 생각한다. 외출했구나! 왜 그녀는 내 스케줄을 조사하거나 주머니를 뒤질 생각을 안 하는 걸까? 파티가 끝난 후 그녀는 혼자 있는 친구를 집에 데려다주고 오라고 우긴다. 그런 그녀에게 어떻게 복수를 하겠는가? 그녀의 친구에게 문을 열어주는 동안, 허리를 굽혀 냉장고를 여느라 딸려올라가는 짧은 치마를 흘깃거릴 수 있겠는가? 내가 곧장 집으로 돌아오리라는 사실을 그녀가 너무나 잘 알고 있는데…….

멀리서 교회 시계탑이 울었다. 그 소리가 그치자 다시 사방이 고요했다. 그는 마그다를 건너다보았다. 천진난만한 표정으로 아우어 제이스트라트를 따라 늘어선 나무들을 바라보고 있다. 그들 사이에 납처럼 가라앉아 있던 무거운 침묵을 그녀가 독창적인 방법으로 녹여버렸던 그날 이후 그는 자신을 달리 생각하게 되었다.

그녀는 허리를 굽혀 발치의 얼음통에서 술병을 꺼냈다.

"어제 피츠버그 천문대에 편지를 썼어."

그녀가 넬리에게 말했다.

"그래? 할 일이 더 많아지겠는걸. 어제도 두툼한 편지 한 통이 왔는데, 텍사스에서 온 것 같아."

두 여자는 가브리엘 이야기를 하고 있다. 마그다는 그의 아들에게 이 세상과 천체를 가르쳐준 여자다. 가브리엘에게 각국의 천문대에 편지를 써보라고 권했던 것이다. 물론 여러 나라 말을 할 줄 아는 그녀가 도와주었다. 그들의 집엔 규칙적으로 책이나 팜플렛이 도착하고, 심지어 세미나 초대장이 날아들기도 한다. 가브리엘은 책상 앞에 앉아 심각한 표정으로 우편물을 뜯어 사진이나 도표를 살펴보고는—어떤 땐 마그다가 번역한 내용을 읽어달라고도 한다—방으로 들어가 일련번호가 붙은 서랍이 달린 무거운 철장 속에 그 정보들을 넣어둔다.

"외뿔소자리 별에는 가스와 먼지가 자욱하대요."

그가 밥을 먹다 불쑥 그렇게 말한다.

"팔로마 산*에는 48인치 반사 망원경이 있대요."

그는 겁이 실린 거무스름한 눈동자를 치켜뜬다. 그의 시선이 마주 앉은 엄마의 얼굴 위로 잠깐 미끄러져내린다.

에릭은 깜짝 놀랐다. 웅크리고 있던 넬리가 갑자기 몸을 펴며 마주 앉은 마그다에게 시기심 어린 시선을 던지는 걸 목격했기 때

---

* 미국 캘리포니아 주의 팔로마 산(높이 1871m) 정상 근처에 헤일이 1948년 설립한 천문대.(본문 중의 *표시는 모두 역주.)

문이다. 그럴 리가 없다. 그건 라이벌의 관능적인 면모를 뜻밖에 눈치채게 된 여자의 시선이 아니었다. 그는 넬리의 눈동자에 실린 표정의 의미를 잘 알고 있었다. 마그다가 개를 끌고 지나갈 때면 우체국에 줄을 서서 기다리던 사람들이 저런 표정을 지었었다. 사람들은 의미심장한 눈길로 서로를— 그리고 그를— 쳐다보았었다. 저기 그 여자가 지나간다. 쑥덕거리는 소리가 커진다. 말 한마디 없이 지진이라도 일어난 것처럼 갑자기 이 년 동안 자취를 감추었던 여자. 그리고 다시 돌아와 아무 일도 없었던 것처럼 입을 꾹 다물고 있는 여자…… 소나기가 쏟아진다. 보도 위에 칙칙한 물웅덩이가 생긴다. 그녀를 덫에 걸려들게 할 사람은 정말 아무도 없는 걸까?

그날 저녁은 찌는 듯 더웠다. 해가 지자 대기는 석유와 고래 기름, 악취를 풍기는 소금이 뒤범벅되어 땅에서 솟아오르는 듯했다. 그의 곁에는 로베르트가 앉아 있었다. 우울하고 멍한 얼굴로 손가락 사이에 담배를 끼고. 왜 넬리는 얼른 일어서지 않는 걸까? 그녀는 빈틈없고 이성적인 사람이다. 술집이 곧 문을 닫을 것이라든가, 주인이 곧 취할 것 같다든가, 해질 무렵의 바람이 습기와 희뿌연 하늘과 절망감을 예고한다는 것을 미리 알아차리는 타입이다.

"넬리, 그만 가지."

지친 표정으로 그녀가 자리에서 일어섰다.

3

　　포장도로에는 아직 물기가 남아 있다. 길가의 모래 빛깔이 평소보다 어둡다. 그는 회색빛 아침을 즐긴다. 이런 아침은 구월이 시작되었고 학교가 다시 개학을 했다는 사실을 깨닫게 해준다. 잘 다려진 옷과 가죽 가방. 그제야 가방에서 포르말린 냄새가 난다는 걸 깨닫는다. 이십 분 후면 양로원에 도착할 것이다.

　그가 아우어 제이스트라트로 접어들었을 때 놀랍게도 마그다의 개가 정원 울타리 곁에 서 있다. 마그다는 늘 해가 지면 부엌에다 유아용 매트리스를 깔아 개의 잠자리를 마련해준다. 날씨가 안 좋을 때는 안 입는 가죽 재킷까지 덮어준다. 그런데 그 개가 비에 흠뻑 젖은 채 밖에 나와 있다. 그는 급히 핸들을 돌리고 차를 세운다.

　저 개는 분명 나를 알아볼 거야, 주인의 친구니까. 꼬리를 치며 달려오겠지. 이리 와. 아가야, 무슨 일이 있었니? 왜 밤새도록 밖에 있었던 거야? 눈빛이 왜 이 모양이니? 하지만 개는 그가 쓰다듬던 손을 멈추고 주위를 두리번거리기 시작할 때에서야 반응을 보인다. 그리고는 병자의 비명 같은 짧은 신음을 내뱉는다. 등골이 오싹하다. 그는 잠겨 있지 않은 듯한 부엌문 쪽으로 달려간다.

　손수 거두어 말린 자두 냄새, 케이크와 다림질한 빨래 냄새, 개를 목욕시킨 냄새. 마그다는 번역을 한다. 일을 하다 엉덩이가 아프면 벌떡 일어나 몸을 흔든다. 그는 현관으로 들어선다. 열려 있는 거실문으로 안을 들여다보다가 얼핏 그는 미술서적들이 꽂혀 있는 선반에 눈길을 던진다. 책들이 삐뚤삐뚤 꽂혀 있고, 바닥에 펼쳐진 채 놓여 있는 것도 많다. 마그다가 열심히 조사를 했나 보다. 로베르트는 공장 사장이다. 그는 프랑스 미술에 대해 모르는 것이 없다. 세잔까지만 쓸 만하지 그 이후부터는 프랑스 미술도 끝장이라는 것이 그의 의견이다. 어떤 날 밤에는 그의 음성이 너무 비장해 차마 그의 눈을 똑바로 쳐다보지 못했던 때도 있었다. 그는 계단을 올라간다. 침실이 있는 이층 계단을 올라가는 일은 드물다.

침실 문이 활짝 열려 있다. 그는 본능적으로 발뒤꿈치를 들고 천천히 침실을 향해 다가간다. 하지만 이렇게 조심스럽게 다가가는 발걸음이 피할 수 없는 일이라는 것을, 원치 않아도 그가 짊어질 수밖에 없는 짐이라는 것을 그는 이미 예감하고 있다. 헐떡거리는 소리가 들린다. 이 페키니즈들은 너무 늙었다. 방에 들어섰을 때 이상하게도 그의 눈은 두 마리의 개에게 멈춘다. 개들은 덜덜 떨면서, 헐떡거리면서 의자 밑에 누워 있다. 의자 위에는 실크 속옷이 아무렇게나 널려 있다. 끈 달린 얇은 속옷. 그는 한참 동안 개들을 바라본다. 마치 개를 보러 올라온 사람처럼 아주 오랫동안, 지나치리만큼 오랫동안 개를 바라보고 있다. 시간이 몸을 웅크리고 뒷걸음친다. 마침내 그가 눈을 돌린다.

마그다가 바닥에 누워 있다. 붉게 물든 레이스 셔츠, 아니 속옷이 굵은 주름이 접힌 채 허리와 엉덩이 주위에 말려 있다. 예리한 상처가 가해지는 동안 침대에서 미끄러진 게 분명하다. 침대보가 이런 동작을 잘 나타내주고 있다. 추측건대 그녀는 엎드려보려고 애를 썼던 것 같다. 그 와중에 그녀의 머리가 얼굴 위로 흘러내렸다. 그는 그녀 곁에 무릎을 꿇고 앉는다. 그녀는 마지막 순간에도 눈은 감아야겠다고 생각했었나 보다. 그는 의사다. 가슴이 난도질을 당했어도 그녀의 맥박은 아직 뛰고 있다. 몸은 이미 싸늘했다.

넌 출근하는 길이었어. 시속 140킬로미터로 레인스부르흐의 들판을 지나 공사가 중단된 전철 선로를 따라서 전에 여관이었던 집을 지나가려고 생각했었지. 일곱시 반이면 늘 시내로 들어서곤 했으니까.
젊은 여비서가 그에게 일정표를 건네준다. 8번 수술실. 통통한 팔과 가는 손가락, 깨끗이 샤워를 하고 닦은 몸에서 풍기는 냄새가 감탄을 불러일으킨다. 보들보들해 보이는 뺨 위로 눈썹이 그늘을 드리우고 입가에는 가는 선이 흐른다. 아주 깊고 혼란스러운 감정을 알 듯 말 듯 드러내는 표시. 네겐 이 여자를 탐할 이유가 전혀 없다.
수술은 아주 간단하다. 적당한 가격을 받고 고쳐주면 대부분 만족한다. 가끔씩은 드라마 같은 사건이 생길 때도 있다. 연말에도 병원은 근무를 한다. 예전에 입원한 적이 있었던 열일곱 살짜리 소년이 실려온다. 이미 한쪽 눈과 오른쪽 손의 일부가 없는 아이다. 그래도 새해를 함께 맞이할 수는 있을 것 같다. 코와 광대뼈는 네 소관이 아니지만 나머지 한쪽 눈은 살려내야 한다. 능숙한 손놀림으로 너는 유리조각과 티끌을 제거하고 유리 같은 눈동자를 소독한다. 꿰맬 때 사용한 실은 삼 주만 지나면 저절로 녹아 없어질 것이다.
일시적인 혼란에서 빠져나오며 그는 고개를 든다. 로베르트. 그는 로베르트가 그 자리에 있다는 사실을 계속 의식하고 있었다.

바닥에 주저앉아 젖혀진 문 뒤로 몸을 숨긴 채.

로베르트는 팬티 차림이다. 한 다리는 오므리고 나머지 한쪽은 뻗은 채 벽에 기대 있다. 부상을 당한 것 같다. 에릭은 그에게 다가가 그의 앞에 쪼그리고 앉아서 팔을 살펴본다. 오른쪽 손목에 몇 개의 칼자국이 나 있다. 깊지는 않다. 그리 심하지는 않지만 현실감각을 잃을 정도로 제법 피를 흘린 것 같다.

그는 멍한 얼굴로 고개를 들고 에릭의 이름을 부른다.

"에릭."

그의 발 근처에 갸름한 칼이 하나 놓여 있다. 에릭은 칼을 자세히 들여다본다. 차근차근 살펴봐도 도무지 무슨 일인지 알 수가 없다. 에릭이 묻는다.

"무슨 일이야?"

피곤한 몸짓.

"아니야…… 아무 일도 아니야."

은색 단도다. 에릭이 이 집에서 한 번도 본 적이 없는 수수께끼 같은 물건. 칼날이 지저분하다. 로베르트가 말한다.

"이상해."

"뭐가 이상해?"

"편지 개봉용 칼."

"그게 어쨌는데?"

하지만 대답 대신 그는 놀란 눈으로 히죽 웃더니 오므렸던 다리를 마저 펴고는 다시 혼란의 도가니 속으로 빠져들고 만다. 에릭은 그를 너무나도 잘 이해할 수 있다. 로베르트는 시간을 벌기 위해 애를 쓰고 있는 것이다. 시간을 죽이기 위해. 사실 서두를 이유는 없다. 그의 뜻에 따라주지 못할 이유가 뭐란 말인가? 아래쪽 도로에서 자동차가 시동을 걸고 붕붕거리며 출발하는 소리가 들린다. 침착하자. 서둘러 병원과 경찰서에 전화를 해야겠지. 끔찍한 일이 벌어졌습니다. 어서 와주세요. 주소. 아우어 제이스트라트, 아우어 제이스트라트, 번지가 생각나지 않네요. 8번지던가 10번지던가…… 울타리에 개 한 마리가 꼼짝도 않고 서 있습니다.

방은 춥고 밝다. 창문은 열려 있다. 이런 습하고 차가운 날씨가 며칠 계속될 것이다. 담배를 끊은 지가 제법 됐는데도 그의 손이 담배 쪽으로 간다. 담배를 피우면 이 남자, 그의 옆 바닥에 주저앉아 있는 이 멍청한 살인광과 함께 있기가 훨씬 수월해질 것 같다. 이제 곧 그는 전화를 걸어 도움을 요청할 것이다. 로베르트는 전혀 상관하지 않을 것이다. 앞으로도 그는 마그다 레츠코바의 죽음이 그의 마음을 움직이지 못한다는 자신의 입장을 고수하려 할 것이다. 1938년 11월 20일 체코슬로바키아의 브르노 근처에서 태어나 1947년 어머니와 함께 캐나다의 퀘벡으로 이민을 갔고 거기서 1963년 12월 풍경화를 그리는 진지한 네덜란드 남자와 결혼식을 올렸던 마그다.

에릭은 일어선다. 그리고 머리를 벽에 기댄다.

4

눈을 감으면 눈을 뒤집어쓴 남편 뒤에서 고개를 내밀던 마그다가 보인다.

1964년 1월 22일 저녁, 로베르트는 마그다를 그와 넬리에게 소개하기 위해 잠시 들렀다. 그날이 바로 아들 가브리엘이 태어난 날이라서 그는 정확하게 날짜를 기억할 수 있다. 그가 문지방에 서 있다. 궂은 날씨다. 모래언덕 위로 눈보라가 춤을 춘다. 두 사람이 계단을 올라왔다. 로베르트가 앞장서 걸어왔다. 외등 불빛을 받은 그의 얼굴은 창백하고 입에선 입김이 나온다. 그는 뒷굽을 탕탕 구르며 바보스러우리만치 호탕한 웃음을 터뜨린다. 그러더니 옆으로 물러서면서 자신의 합법적인 아내를 현관으로 밀어넣는다.

순간 에릭은 하녀를 떠올린다. 여자는 자그마하다. 초록색 털모자를 쓰고 있다. 그녀의 미소는 솔직하고 부드럽다. 실망을 느끼며 그는 그녀와 악수를 한다.

정오 무렵 그는 마을에서 우연히 로베르트를 만났었다. 일 년 이상 보지 못했던 터라 그는 잠시 망설였다. 로베르트가 아버지의 유산으로 뉴욕에서 화려한 예술가의 경력을 쌓아가고 있을 거라고 믿고 있던 차였다.

"에릭!"

연보라색 재킷을 입은 로베르트는 길을 건너와 그를 술집으로 끌고 가서 구운 생선과 포도주를 주문했다.

"여긴 정말 짜증나는 곳이야." 이렇게 말하며 로베르트는 에릭의 술잔에 술을 따르고 한 달 전에 결혼한 부인에 대해 이야기를 꺼냈다.

유년기의 가장 추웠던 겨울, 당시 마그다는 죽지 않았다. 그녀는 예닐곱 정도의 겁 많은 소녀였고 집 근처의 비행장이 폭격을 맞았는데도 목숨을 부지했다. 1947년 8월 그녀는 어머니와 함께 스웨덴 선적의 고야 호를 타고 삼 주 동안 잔잔한 짙은 초록빛 대서양을 건너 핼리팩스 항의 동쪽 방파제에 도착했다. 그녀 어머니의 말을 빌리자면 유럽에서 충분히 먼 곳이었다. 그녀는 프랑스어를 쓰는 작은 도시 가스페에서 성장했다. 갸름한 눈을 가진 소녀였다. 그녀와 어머니의 모습이 담긴 사진은 몇 장 남아 있지 않다. 사진 속의 마그다는 학교의 걸상에 앉아 있거나, 스케이트를 신고 있었고 세인트로렌스 만의 해변에서 나귀를 타고 있기도 했다. 때로는 무릎까지 올라오는 반스타킹을 신고, 때로는 양말을 신고 있었다. 마지막 사진은 여름에 찍은 것이었다. 미끈한 다리와 윤기 없는 블론드빛 머리칼을 가진 열여덟 소녀의 사진이었다.

하지만 그녀는 산만한 아이였다. 두 번이나 교통사고를 당했다. 사람들이 그녀를 도로에서 들어올렸고, 그녀는 병원 침대에서 깨어났다. 한번은 의식이 완전히 돌아오지 않았다. 그녀는 목욕하는 코끼리떼 포스터가 붙어 있는 벽을 뚫어져라 쳐다보았다. 그리고 며칠 동안 계속 벽만 쳐다보고 있었다. 거대한 이빨, 작은 눈, 온화한 미소를 띤 코끼리가 살아 움직이는 것 같다고 했다. 어느 날 저녁에는 금방이라도 숨이 끊어질 것 같아 보이기도 했다.

그들은 재킷을 벗지도 않고 술집 구석자리에 서 있었다. 에릭은 알지도 못하는 여자의 인생사를 듣고 있을 만큼 자신이 한가하지 않다는 걸 잘 알고 있었다. 하지만 술집의 편안한 분위기—연통 난로, 담배연기, 노란 조명을 받은 거울 앞에 진열된 술병들—에 금세 젖어들고 말았다. 종교적인 교육을 받은 사람은 일생 동안 성스러운 빛에 매력을 느끼게 마련이다. 게다가 그도 로베르트도 허기와 갈증을 느끼던 차였다. 그들은 술을 더 주문했다. 술이 몇

잔 들어가자 에릭은 다시 편안한 마음으로 친구의 눈을 바라볼 수 있게 되었다. 예전처럼 친구의 찌푸린 얼굴을 보며 즐거움을 느꼈다. 실없는 농담과 허물없이 털어놓는 이런저런 이야기들. 여자의 과거와 타입이 그의 마음에 들었다.

"이상한 일이야. 한 번도 결혼을 하고 싶다거나 가족을 갖고 싶다고 생각해본 일이 없었는데 말이야. 항상 똑같은 여자한테서 오르가슴을 느끼려고 아둥바둥해야 한다는 생각이 참 어리석게 느껴졌었지. 지금까지 거쳐간 여자들은 거의 머리가 검은색이었어. 애써 찾은 것도 아닌데 우연이었지. 내가 그네들을 사랑한 것은 대부분 그네들이 하지 않는 일 때문이었어. 내가 아무 때나 오고 간다고 해서 불평을 하지도 않았고 열을 올려 거짓말을 해도 진지하게 생각하지 않았지. 아무도 그러지 않았어. 말다툼을 했다고 밤에 맨발로 머리를 풀어헤치고 거리로 뛰쳐나간 여자도 없었어. 섹스를 하면서 신음 소리를 내거나 손톱으로 내 등에 생채기를 낸 여자도 없었지. 남자들은 흔히 섹스가 끝나면 담배를 피워물고 둘레뚤레 살피다가 얼른 도망치기 일쑤야. 그런 남자들을 보면 나는 증오를 느껴. 밤에는 절대 도망치지 않는다는 것이 내 철칙이야. 어깨에 여자의 머리를 안고 여자의 뜨거운 다리를 내 다리 위에 얹은 채 그 밤을 보내지. 그네들의 코 고는 소리와 악몽을 참아주는 거야. 그렇지만 아침은 절대 같이 먹지 않아. 커튼 뒤로 햇빛이 어슴푸레 비쳐들기 시작하면 곧장 집을 나서는 거야. 커피 냄새가 아무리 유혹해도 절대로 발걸음을 멈추지 않아. 거리로 나와 떠오르는 햇살이 얼굴을 비추면 발걸음이 가벼워지고 기분이 좋아지지. 힘든 숙제는 끝났고 나는 다시 혼자가 된 거야. 왜 인간은 언제나 다른 사람의 존재를 필요로 하는 건지, 정말 풀리지 않는 수수께끼야."

그의 밝은 얼굴이 약간 어두워졌다.

"유월에 북쪽으로 여행을 갔었어. 미시간 호와 애팔래치아, 캐나다 해안이 보고 싶었지. 진짜 사랑을 발견했을 때는 어떻게 해야 하는 걸까? 가장 통속적인 방법으로 다가가는 거야. 바닷가 구름다리 위에서 마신 맥주 한 잔. 처음으로 나는 색 바랜 긴 머리의 애인을 갖게 되었어. 처음으로 질투를 느꼈지. 그녀가 입을 다물면 미칠 것 같았어. 잠이 안 오는 거야. 그녀가 모든 걸 혼자만 간직하고 있으면 어떻게 우리의 인생이 하나가 될 수 있겠어? 애인이 없었다면 로미오 몬테규와 알렉세이 브론스키(톨스토이의 『안나 카레니나』에서 안나와 비극적 사랑을 나누는 남자 주인공—옮긴이)의 사랑이 무슨 의미가 있을까? 나는 끊임없이 그녀를 괴롭혔어. 한밤중에 전화를 걸어 무슨 생각을 하고 있는지 속마음을 털어놓으라고 졸라댔어. 어느 날 그녀는 이렇게 말했지. 나는 곧바로 알았어요, 영원히 그럴 거라는 것을. 그녀의 말에 나는 전혀 놀라지 않았어. 그녀를 처음 본 순간 이미 깨달았던 거지. 그녀가 있어야만 견딜 수 있다는 것을."

넬리와 그는 그들의 외투를 받아든다. 마그다가 프랑스어로 재잘거리자 그들은 잠시 입을 다문다. 초록빛 모자를 벗자 윤기 없는 블론드빛 머리가 나타난다. 넬리는 거실로 들어가자는 몸짓을 한다. 암적색과 노란색 줄무늬 옷을 입은 넬리는 거인처럼 뒤뚱거리며 손님들의 뒤를 따른다.

평화로운 저녁이다. 그들은 술을 마시며 바람소리에 귀를 기울인다. 에릭은 프랑스어가 서툴고 넬리는 전혀 못한다. 미래의 친구를 배려해서 넬리는 미소를 짓고 침묵을 지킨다. 또 부엌에서 이것저것 가져오느라 자꾸만 일어선다. 로베르트는 앞으로의 계획을 늘어놓는다. "그림을 그리자면 서유럽에 있어야 돼." 그들은 세베넨에 낡은 농가 한 채를 구입했다. 우물도 있고 산비탈에 채소밭을 가꿀 수도 있다. 해가 지면 계곡 너머로 부엉이 울음소리가 들린다.

"사람의 손길이 미치지 않은 조용한 곳이야. 우리가 찾던 바로 그런 장소지." 로베르트가 말한다.

에릭은 고개를 끄덕인다. 저녁 내내 그는 넬리의 출산일이 임박했다는 생각을 까맣게 잊고 있다. 자정 무렵 손님이 가고 난 후에야 넬리는 얼굴을 찌푸린다. 식은땀을 줄줄 흘리고 있다.

5

*전화*를 하려고 일어서자 개들이 그를 따라온다. 다리가 짧은데도 폴짝폴짝 뛰어 능숙한 솜씨로 계단을 내려간다. 먼저 개들에게 아침을 줘야 하지 않을까?

그는 부엌 찬장을 뒤져 통조림을 찾아 한 개를 딴다. 구역질 나는 내용물을 세 개의 접시에 나눠 담는 순간 겨울 훈련소 냄새가 콧속으로 밀려들면서 자동적으로 야전병원과 대기실, 연병장이 떠오른다. 그는 의무중대에서 신병의 치질이나 코감기를 치료하던 근엄하고 책임감 강한 유부남 하사였다. 게다가 그는 여섯 주 동안 기본 교육을 받으면서 총검을 신체의 어느 부위에 찔러야 하는지 배웠다. 근력을 모두 동원해 총을 몇 번 돌리고 젖 먹던 힘을 다해 고함을 지른다.

그는 개들을 부르며 유혹한다. 큰 개는 먹이를 앞에다 밀어주어도 꼼짝도 않는다. 이른 아침 에릭이 처음 보았을 때와 똑같이 울타리 곁에 그대로 서 있다. 그게 한 시간 전이었던가? 오 분 전이었던가? 그는 다시 한번 개를 불러본다. 개의 이름이 도무지 생각이 나질 않는다. 더이상 미적거릴 때가 아니다. 어서 전화를 걸어야 한다.

"곧 출동하겠습니다."

상투적인 목소리가 그의 이야기를 듣고는 진지한 반응을 보인다. 이어 몇 가지 질문을 한다. 그는 로베르트의 편안한 안락의자에 앉아 대답을 한다. 그의 이름을 대고 집주인의 이름을 불러준다. 발치의 푹신푹신한 바닥에는 복사된 그림이 실린 책들이 펼쳐져 있다. 수련이 피어 있는 연못. 과일 나무. 바다 위에 아른거리는 햇빛.

그는 보나르*의 〈목욕탕의 여인〉을 바라본다.

"주소가 어떻게 됩니까?"

그녀는 발을 포개고 얌전하게 물 속에 납작 누워 있다. 한 손으로는 눈을 가리고 있고, 물 속에 들어가 있는 나머지 한 손은 수

---

* 1867~1947. 프랑스의 화가, 판화가. 현대 미술사에서 가장 뛰어난 색채화가 중 한 사람으로 평가받고 있다. '목욕하는 여인'은 그가 1920년대에 그린 연작의 테마이다.

면에 굴절되어 부러진 것처럼 보인다. 이 여자는 빛과 색깔의 보호를 받고 있다. 빛과 색깔, 인간의 눈이 포착할 수 있는 유일한 것. 그 이외의 것들은 전부 상상이다. 욕조의 하얀 테두리. 햇빛. 푸른색 타일. 끼워맞춘 작품. 자꾸만 짙어져가는 과거의 표지.

"주소가 어떻게 되는지 물었습니다."

"아우어 제이스트라트…… 아우어 제이스트라트……"

그가 중얼거린다.

"번지는요?"

한순간 정적이 흐른다.

뭐라고 대답했는지 모르겠다. 어쨌든 그건 중요하지 않다. 전화가 끊기자 그는 고개를 숙이고 눈을 감고는 터져나올 것 같은 비명을 막기 위해 주먹으로 입을 누른다. 그래봤자 포탄처럼 머릿속을 스쳐가는 환영들을 막을 수 없음에도.

아침공기를 들이마신다. 밤공기를 들이마신다. 장님은 온전한 현실을 체험한다. 직업 덕에 그가 알게 된 사실이다. 어떤 관점에서 보면 어둠의 세계는 눈에 보이는 세계보다 더 풍성하다고 할 수 있다. 장님들은 느릿느릿 힘들게 걸어가지만 시야라는 망상에 구애받지 않고 무한한 공간을 지나갈 수 있다. 그들은 항로 표시— 형태와 부피—를 눈 뜬 사람들보다 더 잘 알아본다. 형태를 볼 수 있는 사람은 아무도 없다. 손가락으로 곡선과 움푹 패인 곳을 만져보았던 사람만이 다음에 그것을 눈으로 보게 되었을 때 사실이라고 인정할 수 있다. 로베르트는 이렇게 말했었다. 그리스 조각이 입체적일 수 있었던 것은 눈이 아니라 손으로 만들었기 때문이라고. 장님의 손은 항상 호기심에 차 있다. 어린아이의 감각적인 손처럼.

어느 날 그가 집도했던 수술이 전혀 엉뚱한 방향으로 접어 들었다.

세면대 거울 앞에서 눈을 부릅뜨고 입을 딱 벌린 채 서 있는 그의 모습이 보인다. 혐오감이 묻어 있는 몸짓이 보인다. 여윈 손가락을 쫙 펴고 얼굴을 만지던 그의 몸짓이. 어릴 때 시력을 잃은 서른네 살의 환자 모리츠. 그의 주변으로 병실 — 눈에 붕대를 감고 침대에 누워 있는 세 명의 환자, 쓸쓸한 침대, 화려한 빛깔의 꽃이 놓여 있는 탁자 — 이 보이고, 마침 회진중에 일어났던 소란이 기억난다. 간호사 두 명이 407호의 부엌에서 달려나왔다. 평소에는 환자들이 소동을 부려도 별로 신경쓰지 않던 여자들이었다. 그들은 크고 환한 방 한가운데에 서서 놀란 눈으로 그를 속수무책 보고만 있다. 나도 마찬가지다. 환자는 돌아서서 우리의 얼굴을 뚫어져라 쳐다본다. 우리는 마비된 듯 가만히 서 있다.

움직이면 우리의 얼굴 표정이 그에게 더 혐오스럽게 비칠까 봐 우리는 꼼짝도 못한다. 그가 시선을 다시 거울 쪽으로 돌린다. 그의 눈동자가 일그러진 상을 받아들일 수 없다는 사실을 나는 알고 있다. 그는 뒤에 누가 서 있는 것 같은지 고개를 돌린다. 아무도 없다. 그리고 손가락으로 눈과 입과 코를 쓸어내린다. 그의 신음 소리가 다시 시작되었을 때에야 나는 그의 말을 이해한다.

"구멍이야…… 끔찍한 구멍……!"

에릭은 이 수술에 큰 기대를 걸었다. 각막 손상의 원인이 상처가 아닌 출혈이었기 때문에 정상적인 이식수술이 불가능한 경우였다. 혈액은 타조직에 곧장 거부반응을 일으키도록 만든다.

그래서 안과 의사들이 생각해낸 해결책이 무엇이었던가? 환자의 엉덩이뼈로 틀을 만들어 그것을 경화되고 탁해진 각막, 정확히 말해 수정체 위에 이식시킨다. 그러면 보조장치가 환자의 신체에서 나온 것이기 때문에 인공수정체를 이식할 수 있다. 그럼에도 네덜란드의 의료계에서는 아직 이 놀라운 수술 방법에 반대하는 목소리가 높다. 성공률이 낮다는 것이다. 각막 손상은 일반적으로 어린 나이에 발생하는 경우가 많아 안근육이 성장할 수 없다. 간단히 말하자면, 기술적인 관점에서는 앞을 볼 수 있지만 뇌가 작동을 하지 않는 것이다.

그런 이유로 에릭은 환자의 이력을 자세히 살펴보았다. 그는 일본이 인도네시아를 점령했던 당시 수용소에서 병을 앓았다. 영양실조, 홍역, 그리고 실명. 여섯 살 때였다. 그는 며칠 밤을 고민했다. 여섯 살, 애매한 나이다. 안근육이 손상되지 않았을 수도 있다는 그의 예상은 붕대를 풀자 확실해졌다. 정말 환자가 볼 수 있게 되었던 것이다.

두 간호사가 그를 침대에 앉히고 다시 눈에 붕대를 감았다. 환자는 안정을 되찾았다. 그후 일주일 동안 그는 혐오스럽던 광경만을 되새기고 있다가 마침내 용기를 내어 다시 눈을 떴다. 그 끔찍한 구멍이 과거에 손이 제공했던 정보―깊다, 부드럽다, 끈적끈적하면서 따뜻하다―를 공유한다는 사실을 그가 인정하기까지는 그후에도 오랜 시간이 걸렸다.

에릭이 그 사건을 이야기해주자 로베르트는 이렇게 말했다.
"그 사람은 눈을 얻은 대신 손을 잃어버린 거야."

믿을 수 없는 일이 일어났다. 그가 친구의 아내를 유혹했던 것이다. 화창한 이월의 오후, 그는 우연히 그녀를 만났다. 날씨는 눅눅하면서 차가웠다. 그녀는 갈색의 짧은 인조가죽 재킷을 입고 갈색 부츠를 신고 있었다. 치마에는 옆단추가 세 개 달려 있었다. 이제 곧 그가 보는 앞에서 옷을 벗기 위해 열게 될 단추들이었다. 어떻게 그가 갑자기 이런 관능의 모험에 빠져들 수 있었을까?
"이 년 동안 어디 숨어 있었어요?"
물으면서도 그는 그녀가 구체적인 대답을 하지 않으리라는 것을 잘 알고 있었다. 사실이나 자료, 조리 있는 설명 같은, 우리가 평소 설명을 부탁할 때 사용하는 보잘것없는 카테고리들을 뱉어내지 않으리라는 것을. 그는 마그다의 책상에 기댔다.
마그다. 실크 속옷 차림의 그녀는 너무나 창백하고 부드럽다. 뒤편 난로의 일렁이는 불빛을 받아 너무나 따뜻하다. 집에 있는 문이 전부 활짝 열려 있었다. 집에 들어서던 순간 그는 평소와는 다른 냄새가 난다고 느꼈다. 이곳에선 가을 주말농장의 정원에서 나는 냄새가 난다. 뭐 했어요? 쓰레기를 태웠어요. 옛날 가계부, 보험증서, 달력 따위요. 그리고 이 먼지 덮인 쓰레기들의 악취를 없애려고 단풍나무 잎도 태웠어요. 잠깐만요! 그녀는 웃옷을 입은 채로 사그라드는 석탄 위로 상자 속 쓰레기를 쏟아부었다. 연기가 자욱하더니 갑자기 불꽃이 확 일어났다.
그런 질문을 던진 이유는 이 집으로 오는 길에 확고한 결심을 했기 때문이었다. 그녀의 비밀을 밝혀보자고 말이다. 로베르트와의 우정을 생각해서 그는 물어보기로 결심을 했었다. 그녀도 이제는 모든 걸 털어놓을 때가 되었다. 일단 한번 입을 떼면 그 다음부터는 말을 꺼내기가 훨씬 쉬워진다. 그래서 알제리에 출장 가 있는 로베르트가 돌아오면 그에게 속시원히 모든 걸 이야기하게 될 것이다.

그들은 복도로 걸어들어갔다. 서재의 문이 열려 있었다. 냄새, 빛, 책상 밑에 엎드려 있는 병든 개. 어떤 꾀를 써야 목표에 도달할 수 있을까? 어떻게 해야 그걸 알 수 있을까? 한 가지 사실만은 지금도 확실하다. 책임감 강한 그의 뇌가 어서 질문을 던지라고 스스로를 부추기던 바로 그 순간 그가 마그다를 유혹했다는 사실.

침묵이 흘렀다.

"나를 봐요."

마그다가 웃옷을 벗기 시작했다.

그는 책상에 기대어 그녀가 시키는 대로 따랐다. 그녀는 부츠의 지퍼를 열고 치마를 내리고 스웨터를 벗은 다음 블론드빛 머리를 흔들었다. 아주 도도하게 다리를 꼬면서 스타킹을 벗었다. 바보는 똑똑한 사람이 대답할 수 없는 질문도 던질 수 있다. 이게 무슨 뜻일까? 궁금하더라도 참아. 시간이 가야 네 머리도 거짓말을 꾸며 댈 수 있을 테니. 이성을 찾아. 그러고 싶지 않아. 마그다는 낯두꺼운 그의 질문에 침묵으로 대답하기 시작했다. 그녀는 한 걸음 다가와 애인처럼 손을 내밀어 자신있게 그를 끌어당겼다. 그녀의 겨드랑이에서 쓰디쓴 냄새가 났다.

빨간 불이 들어와 차를 세웠을 때 그녀의 모습이 시야에 들어왔다. 네시쯤이었다. 겨울의 태양은 교차로 위로 빛을 던지며 착각을 불러일으킨다. 한 시간도 안 있어 어두워질 것이라고. 양로원 회의에 참석하러 가는 길이었다. 그는 그녀가 개를 데리고 방금 힐레홈의 술집에서 나오는 길이라고 생각했다. 그 건물은 간선도로가 확장되면서 약간 구석으로 밀려났다. 도로 한가운데에 서 있던 나무들도 모두 베어졌다. 자전거 도로 옆의 쥐똥나무 생울타리도 사라졌다. 도로가 반듯해지면서 바닷바람이 거침없이 불어와 집 뒤편의 여뀌들도 다 죽었다.

마그다가 여긴 웬일일까? 노인네들이나 드나드는 술집에. 그녀는 가슴이 아플 만큼 창백해 보였다. 그녀는 눈을 찌푸리고 골목을 돌아 낮게 드리운 태양을 향해 걸어오고 있었다. 아무도, 아무것도 보이지 않는 것 같았다. 개 때문인지 몸을 꼿꼿이 세우고 있어 그녀의 걸음걸이는 장님의 그것을 연상시켰다.

신호등이 초록색으로 바뀌는 순간 그는 갑자기 자신이 그녀의 무엇이라도 된 듯한 야릇한 느낌에 사로잡혔다. 그녀의 아버지나 오빠가 된 듯한, 음악 선생님이나 미용사가 된 듯한 느낌. 자신이 그녀의 질긴 외로움과 관련이 있다는 확신에 압도당하여 그는 차를 몰았다. 그리고 이유도 모른 채 건너편 길가에 차를 세우고, 차에서 내렸다.

마그다는 생각에 잠겨 있었다. 그래서 두 사람의 거리가 일 미터쯤으로 좁혀졌을 때에야 그를 알아보았다. 그녀의 얼굴이 환해지기 시작했다.

"아, 에릭!"

무슨 이유에서인지 그는 그녀의 미소에 답할 수가 없었다.
"멀리 행차하셨네요."
그가 말했다. 그녀는 그를 바라보며 다음 말을 기다렸다.
"노친네들은 잘 계십디까?"
그녀는 그의 말을 농담으로 여기는 것 같았다. 그녀가 눈을 치떴다. 당황한 표정을 숨기기 위해 그는 허리를 숙여 개의 주둥이를 쓰다듬었다. 개는 멍청하게 앞을 바라보고 있었다. 그녀가 말했다.
"동물병원에 갔었어요."
뒤쪽으로 고개를 돌리는 그녀를 보기 위해 그는 고개를 쳐들었다. 그녀의 몸짓은 동물병원이 바로 이 근처에 있다는 뜻이었다.
"왜요?"
"별일은 아니고 그저 늙어서 그렇대요."
손가락으로 윤기 흐르는 털을 쓰다듬는 그녀를 보고 있다가 불현듯 그는 이런 생각을 했다. 그녀가 어느 날 아무나 붙잡고 비밀을 털어놓을 것이라고. 언젠가는 그녀도 이런 숨막히는 침묵을 견딜 수 없게 될 거라고.
"늙어서 그렇대요."
딴 생각을 하고 있는 듯한 목소리로 다시 한번 그녀가 말했다.
그는 몸을 일으켰다. 웃옷 주머니에서 열쇠가 짤랑거렸다. 잠시 그들은 말없이 마주 서 있었다. 그녀는 생각에 잠겨 그의 얼굴 아래쪽을 바라보고 있었다. 그가 입을 열었다.
"이리 와요. 집까지 모셔다드리죠."
그녀의 눈동자가 밝아졌다.
"아니에요. 주사를 맞아서 약간 걷는 편이 좋을 거예요."

그녀는 이마를 찌푸렸다. 갑자기 어두운 표정을 지으며 그녀가 말했다.

"같이 가실래요?"

그들은 교차로를 등지고 왼쪽으로 돌아 시내 방향으로 걸어갔다.

한겨울의 관광지. 깃발도, 외국어로 표기된 광고 간판도 다 걷히고, 정원에 놓여 있던 눈부시게 하얀 의자도 치워졌다. 고객들은 다시 평소의 물건들에 적응해야 한다. 갈비 한 조각, 다진 고기, 토요일에는 롤브라텐(굽기 위해 그물 식으로 둘둘 엮은 고기—옮긴이). 다시 우리만 남은 것이다. 그래서 가게의 카운터 너머로 최근의 뉴스거리가 교환된다.

"에릭, 빵을 사야 돼요."

그녀는 개에게 꼼짝 말고 있으라고 말하고는 상점을 향해 걸어갔다.

그는 차라리 눈이나 귀가 멀어버렸으면 좋겠다고 생각했다. 종업원들은 마그다의 인사를 마지못해 받아주었다. 빵을 사가지고 막 가게를 나서려던 손님들은 비웃음 섞인 차가운 시선을 마그다에게 던졌다.

"썰어놓은 흰빵 반쪽 주세요."

그녀가 말했다. 그리고 금세 또 이렇게 덧붙였다.

"츠비박(두 번 구운 빵—옮긴이) 하나하고 검은 귀리빵도 하나 주세요."

그녀의 주문이 가게에 저주를 퍼부은 것 같았다. 빵 써는 기계가 긴장으로 팽팽한 침묵을 부수었다. 그는 한 걸음 뒤로 물러나 그들보다 뒤에 들어온 손님들 사이로 끼여들었다. 힘들이지 않고도 분노에 찬 침묵의 주파수를 잡을 수 있었다. 마그다가 지금보다 더 상냥하고 더 공손한 태도를 취해야 마땅하다는 그들의 생각을.

너도 우리랑 다를 바 없어. 우리도 사랑과 몰이해의 드라마를 경험하고 있지. 하지만 네가 조금이라도 다른 사람들과 친하게 지내고 싶다면 다 털어놓아야 해. 우리는 숨김없이 다 털어놓잖아. 지금은 마음을 터놓고 고백하는 시대야. 자서전의 시대라고. 적어도 한 사람쯤 친척이나 잘 아는 사람에게 속마음을 털어놓고 나면 우리는 해질 무렵 함께 TV를 켜고 커피를 마시면서 생판 모르는 여자의 고백을 들을 수 있을 거야. 강간당했다고, 살인을 저질렀다고, 아이의 손을 놓고 불타는 집을 뛰쳐나와야 했다고…… 하지만 마그다가 저렇게 입을 다물고 있으니 우리를 무시하는 게 분명해.

"그녀가 돌아왔어."

어느 날 오후 로베르트는 에릭과 넬리를 찾아와 이렇게 말했다. 물론 그들은 이미 알고 있었다. 한 주 전부터 마을이 술렁이고 있었다. 특히 여자들은 마그다에게 존경심을 보였다. 솔직히 고백하자면 우리도 한 번쯤 해보고 싶었어. 수수해 보이던 여자가 느닷없이 종적을 감추었다가는 몇 년 실컷 즐긴 후에 다시 아무 일도 없었다는 듯 소녀처럼 돌아왔잖아. 그러니 궁금해서 미칠 지경이야.

로베르트는 부엌 식탁에 앉아 창 밖을 내다보았다. 에릭과 넬리는 잔치라도 벌인 양 호들갑을 떨었다. 그들의 얼굴에선 빛이 반짝였다. 그들은 샴페인을 따고 예쁜 샴페인 잔을 가져왔다. 너무 기쁜 나머지 자리에 앉지도 못하고 꽃을 치운다, 재떨이를 비운다, 과자를 이리저리 옮긴다, 야단법석을 떨었다. 그리고 마침내 마음을 진정시킨 후 잔을 들고 건배를 외쳤다. 그들의 눈은 로베르트의 눈을 찾고 있었다. 그런데, 어디서 이렇게 바람이 들어오지?

그는 몸을 웅크리고 팔꿈치를 식탁에 괸 채 허겁지겁 술을 들이켰다. 잔이 비자 그는 다칠까 봐 무서워하는 사람처럼 잔을 멀리 밀어놓았다.

"어디에서 지냈대요?"

넬리가 큰 소리로 물었다.

침묵. 마주 댄 손가락. 생각에 잠긴 미소.

"흠."

그가 입을 열었다.

"대답할 수 없는 질문이군요. 저도 모르거든요."

에릭은 축구로 화제를 돌렸다. 그 다음에는 정치로.

……내가 남의 시선을 끌 만큼 잘생긴 남자는 아니라는 걸 잘 알고 있어. 난 그저 운명이 엮어준 사람들과 함께 살아왔지. 아마 편하게 살고 싶어서 그들을 사랑하는 걸 거야. 어릴 때부터 나는 말 잘 듣는 아이였어. 과묵한 아버지와 모래언덕을 산책했고 어머니에게 침대시트를 날라다주었어. 킥킥대는 누이의 웃음소리를 좋아했고 그녀의 옷에서 풍기는 해바라기 냄새를 좋아했지. 세상 경험을 더 많이 해볼 수도 있었을 거야. 한 여자 때문에 그걸 포기할 만큼 정신나간 인간이 있을까? 그녀는 사람들이 모인 장소에서 자기 다리를 바라보는 내 시선을 느끼고 무릎을 약간 벌리지. 때론

말도 안 되는 꿈이야기를 들려주기도 해. 아마 그녀가 늙어 죽는 날까지 난 절대로 그녀가 어떤 사람인지 최종결론을 내리지 못할 거야. 비 오는 날이면 나는 내 아들을 생각해. 넬리와 내가 만들어 놓은 근심 덩어리. 심장이 오그라드는 것 같아. 함께 살고 있는 사람들에 대해서 내가 과연 뭘 알고 있는지……

그들은 빵집을 나왔다. 샛노란 햇빛이 안개 속으로 자취를 감추었다. 바람 속으로. 그는 넋 나간 로베르트의 얼굴을 생각했다. 마그다가 돌아왔다고 말하던 그 정오부터 자꾸만 횟수가 더해가던 그 표정을. 병든 개 때문에 그녀가 이렇게 먼 길을 걸어가다니 유감천만이었다. 그는 머릿속을 스쳐가는 질문을 마그다에게 퍼붓고 싶은 마음에 허둥거렸다.

옛날이야기 한번 해봐요. 아직 그 나라 말을 기억해요? 살던 집은? 정원은? 겨우 여섯 살이었는데…… 요즘도 로베르트가 한밤중에 깨워요? 당신이 하는 생각을 질투하는 거예요. 어서 이야기를 해봐요. 무슨 생각을 하고 있는지. 여행중에 뭘 보았어요? 어떤 사람들을 만났죠? 얼마 안 가 우리는 모두 죽을 겁니다. 사라지고 잊혀질 거예요. 왜 그렇게 복잡하게 생각하죠?…… 아침에 일어나자마자 바로 꿈이야기를 하지 않으면 몇 초 안에 다 잊어버리고 말아요. 이야기를 하지 않은 것은 존재하지 못하고…….

그녀는 정원의 문을 열기 위해 허리를 굽혔다.

"잠깐 기다리세요. 자물쇠가 녹이 슬어서요."

그녀가 몇 번 흔들어대자 쇠 빗장이 열렸다. 그녀가 그를 보며 웃었다. 그녀의 눈과 입에 말을 하고 싶은 욕구가 묻어 있었다.

"그래 알았어. 네가 먼저 가."

개가 그녀를 밀치고 달려갔다.
 헛간 속에 낮은 안락의자 하나. 꺼져가면서 강한 불꽃을 뿌리는 장작불. 창 밖에선 갈매기 울음소리가 멎고, 달이 떠오르는 지금 짐승들은 잠자리를 찾아든다. 그는 그녀의 가슴에 맺힌 미세한 구슬땀과 이 순간 가면처럼 정지되어 있는 얼굴을 바라본다. 그는 팔꿈치를 괴고 있다. 그의 손은 둥근 눈썹과 몇 갈래로 땋은 머리, 예쁜 귀를 쓰다듬는다. 창으로 제법 밝은 빛이 들어와 여자의 흐릿한 실루엣이 드러난다. 그녀의 표정은 석상 같다. 그렇게 그녀는 다시 그의 호기심을 부추긴다. 그들은 아직 일을 끝맺지 않았다. 그녀가 그의 엉덩이를 받치고 있는 동안에는, 아직 그의 성기가 활기 넘치는 그녀의 온기에 둘러싸여 있는 동안에는. 그들의 이야기는 아직 다 끝나지 않았다.
 그가 아주 살짝 움직인다. 그녀가 곧바로 응답을 보낸다. 그녀의 입 주위로 재미있다는 듯 조소가 떠오른다. 태고의 신호로 나누는 대화.
 "저기 말야."
 그가 아주 솔직하게 말했다.
 "이게 없으면 못 살 거야."
 "뭐 말이에요?"
 그녀가 저 멀리서 중얼거렸다.
 "이 새로운 냄새, 이 새로운 머리, 이 새로운 손."
 잠깐 동안 그녀는 아주 조용하게 있었다.
 "나도 그래요." 그녀가 말했다.
 이런 상승과 하락의 반사체계, 몸의 밀착, 극도의 기대감으로 팽팽해진 현의 연주가 물론 처음은 아니다. 하지만 이번에는 단순한 포옹이나 정욕이 아니다. 모험을 향한 불타는 욕망이다. 무한성과 환상, 불가사의와 해저 탐험을 향한 욕망. 지구 반대편 끝까지라도 이 여자를 따라가겠다는 이상한 느낌이 든다.

 보르도 한잔 하시겠어요? 꼬냑으로? 그녀는 일어나 그에게 술을 권했다. 좋지. 그는 나지막한 소리로 말한다. 꼬냑으로 줘요. 그녀가 밖으로 나가고 잠시 후 그는 더듬더듬 움직이기 시작했다. 구름이 달을 가렸나 보았다. 어두운 공간이 어린 시절 그의 방처럼 친숙했다. 건조한 공기, 정적, 꿈속의 영상들. 언제나 그의 손은 가볍게 움직이는 이 여체의 매력을 떠올리게 될 것이다.

 "어디 있어요?"

 그는 그녀에게서 잔을 건네받는다. 그녀의 입술이 갑자기 뜨겁고 짙은 맛을 낸다.

6

 문에 세 사람이 서 있다. 그는 놀라 벌떡 일어난다. 제복을 입은 두 명의 젊은 경찰과 오십대의 사복 경찰 한 사람이 그를 바라보고 있다. 그들은 그 자리에 서서 고개를 끄덕여 신호를 보낸다. 그는 미술서적을 치우고 소파에서 몸을 일으킨다.

 그들은 서로를 살피며 마주 서 있다.

 "위층입니다."

 그가 입을 연다.

주인처럼 그는 앞서 계단을 오른다. 세 명의 남자가 유령처럼 소리없이 따라와서 그는 걷다 말고 뒤를 돌아본다. 그들은 침착한 눈길로 그를 바라볼 뿐 여전히 아무 말도 하지 않는다. 하긴 그럴 필요가 없을 것이다. 우리의 역할은 너무나 분명하다. 나는 삶이 부과한 사건들이 얽혀 있는 장소만 가르쳐주면 그뿐이다. 그 다음에는 그들이 나서서 법과 규칙에 근거하여 모든 문제를 해결하려고 노력할 것이다. 피 냄새가 난다. 눈앞에 펼쳐질 광경을 또렷하게 떠올리면서 그는 침실 문을 열어젖힌다.

그는 움직이지 않는다. 숨도 쉬지 않는다. 그의 손톱은 반복적으로 손바닥을 찍어누른다.

"비켜주십시오."

누군가 그를 옆으로 밀쳐 구원해준다. 사복 경찰이다. 그는 이제 두 명의 경찰 쪽으로 돌아선다. 그들의 눈에는 놀라움과 믿을 수 없다는 표정이 이글거린다. 아직 신참들이다.

"수사반에 연락해요."

누군가 그렇게 말한다. 젊은 경찰 하나가 아래층으로 내려간다. 사복 경찰이 로베르트에게 다가가자 그는 공손한 표정을 지으며 벌떡 일어선다.

"저 사람 지금 제정신이 아닙니다."

에릭이 중얼거리며 다가선다. 사복 경찰은 희미한 미소를 짓는다.

"옷 좀 입혀주시지요."

이제 곧 이 방은 전문가들에게 점령당할 것이다. 그들은 사진을 찍고 이것저것 메모를 할 것이다. 에릭은 구역질을 느끼며 바라본다. 이런 객관적인 처리 방식은 그의 의식이 촉각을 곤두세운 채 붙들고 있던 질문을 묻어버린다. 그녀는 왜 죽어야 했는가? 그녀는 그의 애인이었다. 이제 누가 그 은밀했던 오후를 기억한단 말인가? 따스함과 어두움, 열정의 향기를. 그의 얼굴에도 분명 달빛이 비쳤을 것이다. 그의 표정은 호기심이었을까, 기쁨이었을까? 한 여자가 마음 깊은 곳에서 비웃던 바보 같은 깊은 사랑이었을까? 내 기억은 전부 다라고 주장하고 있다.

그녀는 죽었다. 온갖 물건에 번호표가 붙을 것이다. 그가 놀란 눈으로 간신히 쳐다보았던 편지 개봉용 칼에도. 그 사이 로베르트는 회색 바지와 흰 셔츠를 입었다. 에릭은 바닥에 무릎을 꿇고 로베르트에게 즈크(삼베나 무명실로 두껍게 짠 직물. 천막, 신, 캔버스 등에 쓰임—옮긴이) 구두를 신긴다. 나도 한 대 줘. 일어서면서 그가 말한다. 로베르트와 그는 시가를 얻어 불을 붙이고 마주 보며 히죽 웃는다. 한순간 에릭은 상대방의 시선에서 사무적인 짜증을 보았다고 믿는다. 맙소사, 왜 저런 부자연스러운 태도를 보일까? 이제 의사는 잠깐 시체를 내버려두고 용의자의 팔뚝에 구급붕대를 감는다. 그는 경찰을 향해 고개를 젓는다. 수갑은 채우지 말라는 뜻이다. 상처가 깊지는 않지만 수갑은 곤란하다. 이어 사복 경찰이 로베르트의 팔을 붙잡는다. 에릭의 눈이 휘둥그레진다. 친구가 고개 한번 돌리지 않고 순순히 따라가다니. 방 안에 플래시가 터진다. 눈이 부셔 그는 창가로 걸어간다.

앰뷸런스. 경찰차. 무거운 회색빛 공기. 늦여름의 바람이 포플러를 살랑살랑 흔든다. 에릭은 로베르트의 모습이 보일 때까지 기다린다.

난 모르겠다. 어젯밤 무슨 일이 일어났는지. 마그다가 살해당했다. 아마 로베르트도 뭐가 뭔지 모를 것이다. 아마 그가 그녀를 죽였을 것이다. 행동을 보면 그 사람을 알 수 있다. 행동을 봐도 사람을 알 수는 없다. 로베르트는 사업에 전념하며 그림을 감상하고 아내의 생일 선물로 두 줄의 석류석 목걸이를 고른다. 이제 곧 그의 일생 중 한 조각이 조사 선상에 오를 것이다. 시간, 무기, 동기, 자백. 조사가 거듭될수록 사건은 더욱더 불분명해진다.

어젯밤. 믿을 수 없는 순간. 더위와 사랑, 긴장, 이야기 속의 이야기, 흘러간 순간들을 모두 빨아들여 한덩어리로 뭉쳐진 현재. 그중에는 비쩍 마른 한 남자아이가 엄숙하게 약속하던 순간도 있다. 어머니나 누이와는 다른 여자와 결혼할 것이라고.

그들 세 사람이 내리막길을 걷고 있다. 로베르트는 허둥거린다. 그의 머리와 셔츠가 바람에 나부낀다. 들것을 가지고 몇 명의 남자들이 다가오자 세 사람은 그들을 피해 화단 안으로 들어간다. 붉은 다알리아, 담홍빛 플록스가 무릎 위까지 닿는다. 로베르트는 어깨를 치켜세우고 군인처럼 꼿꼿하게 걸어간다. 아주 흔쾌한 표정이다.

"잠깐 지서까지 동행해주시겠습니까? 몇 가지 물어볼 게 있어서요."

에릭의 몸이 굳어진다. 누군가 그의 팔을 건드린다.

"그러지요."

그는 쳐다보지도 않고 대답한다. 로베르트와 경관들이 차에 오르는 모습을 보고 있던 참이다. 하얀 메르세데스가 급하게 후진을 한다.

프랑스에서는 두 사람이 행복하게 지냈습니까? 그는 화가였습니다. 무슨 그림을 그렸습니까? 풍경화? 나는 속으로 그들이 무슨 돈으로 살았을까 하고 물어본다. 부인은 하루 종일 뭘 하셨습니까? 일을 하셨나요? 물론 채소밭이 있었지요. 아마 가축도 키웠을 겁니다. 지루하지는 않았을까요?

그는 선량한 눈빛의 형사를 바라본다. 평소처럼 자기 일을 처리하고 있는 비슷한 연배의 남자. 그들은 사무실의 나지막한 탁자에 앉아 있다. 쿠션이 좋은 의자 두 개. 재떨이. 그의 뒤편에는 분명한 직원이 속기 용지철을 준비해놓고 있을 것이다. 이곳에는 녹음기도 없다. 형사는 끈기 있게 기다린다. 그는 전혀 중요하지 않은 바보 같은 질문들을 던진다. 멍청한 질문이 가끔은 쓸 만한 대답을 건져올린다는 것을 알고 있는 것이다.

"그 당시에는 별로 접촉이 없었습니다."

"한 번도 찾아가보지 않으셨나요?"

"아니요. 한두 번 놀러갔었죠."

내가 마치 친구의 꿈이나 이상을 살피는 일말고는 달리 할 일이 없는 사람이라는 투다. 67년 여름 처음으로 프랑스의 산중에 자리를 잡은 낭만주의자를 찾아갔을 때는 이미 그가 그곳에 자리잡은 지 삼 년 반이 지난 후였다. 당시 내 기억 속의 그는 혼자 사는 남자였다. 아내와 함께 있는 그를 상상하는 일이 내겐 불가능했다.

팔월이었다. 뜨거운 산과 지도를 살피는 넬리.

"생 폴 르 죈. 레 로지에. 왼쪽으로 꺾어서 알레 방향으로 가요."

그녀는 항상 적시에 정확하게 가르쳐준다. 그녀는 가끔씩 가브리엘을 향해 미소를 지을 수 있도록 비스듬한 자세로 앉아 있다. 가브리엘은 뒷좌석 안전의자에 묶여 있는 탓에 엄마가 미소를 보내도 전혀 웃지 않는다. 오르막길이 시작되자 그는 쉭쉭 소리를 낸다. 어떤 때는 십오 분씩, 심할 때는 삼십 분 동안 멈추지 않을 때도 있다. 길이 평탄해지면 그는 창 밖을 내다본다. 저기 거대한 화강암 언덕이 보이니? 누렇게 물든 들판, 밤나무 밑에 모여 있는 양떼가 보여? 가브리엘은 계속 한 손으로 눈앞에서 부채질을 한다. 그해 여름 그들은 처음으로 온 가족이 휴가를 떠났다. 넬리가 결단을 내렸던 것이다. 그녀는 말했었다. 잘될 거예요. 모두 잘될 거예요. 모두. 그 말은 그들의 아이를 의미했다.

"저기예요."

그녀는 선글라스를 밀어올리고 흘깃 그를 보면서 방향을 가리킨다. 때맞춰 그가 암벽에 나 있는 좁은 입구를 발견한다. 그는 커브를 돌아 액셀러레이터를 밟는다. 길은 가파르고 울퉁불퉁하다. 뒷좌석에서 쉭쉭 소리가 커진다. 그래, 아가, 우리는 영양처럼 날쌔게 기어오를 거야. 뱀처럼 높이 밀고 올라가는 거야. 바퀴 바로 앞으로 초록빛 짐승이 휙 스쳐간다. 그는 브레이크 관 때문에 걱정이 된다. 저기 주차할 만한 장소가 있다. 그는 고목 곁에 차를 세운다. 너무 더워서 그들은 차에서 내린다. 그는 가브리엘을 땅바닥에 세우고 그의 손을 억지로 꼭 쥔다. 바람 한 점 없는 공기를 뚫고 그들은 산을 오른다. 귀뚜라미, 해바라기, 길 위로 걸려 있는 암벽들, 자꾸만 커져가는 이상한 소리, 금속이 부딪치는 것 같은 소리. 끽! 끽! 농가가 눈에 들어온다. 마그다가 나무 그늘 아래에서 녹슨 그네를 타고 있다. 멍한 표정으로 그녀가 고개를 든다.

"그들이 반가워하지 않았나요?"

아니, 우리는 너무나 열렬한 환영을 받았다. 마그다는 네덜란드어를 약간 배운 것 같았다. 로베르트는 조금 수척해졌지만 햇볕에 그을린 당당한 남자가 되어 있었다. 얼마 안 있어 우리는 부엌에 둘러앉았다. 흰 염소 치즈, 마늘을 섞은 샐러드, 자연 송이로 만든 파이, 햄, 검고 푸른 올리브, 밤 케이크, 빵, 클로버 꿀, 차가운 적포도줏병. 나는 금세 기분좋게 취했다.

흐뭇한 마음으로 나는 좌중을 둘러보았다. 규칙적으로 몸을 흔들며 앞을 뚫어져라 쳐다보는 가브리엘을 포함하여 두려움과 확신이 뒤섞인 모든 사람들을. 아! 저게 아직 있어? 옷장 위에 정말 작은 구리추 시계가 놓여 있다. 로베르트는 의자를 뒤로 뺀다. 그는 잔 두 개와 맑은 액체가 들어 있는 병 하나를 가져온다. 그러더니 잠시 내 코 밑에 대어준다. 병 바닥에는 죽은 쥐 한 마리가 들어 있다. 그가 말한다.

"성 요셉의 생명수야. 이리 와. 내 작품을 보여줄게."

로베르트에게 끌려 비틀거리면서 그는 예상 외로 어둡고 차가운 작업실로 들어갔다. 습기와 물감 냄새가 풍겼다. 그는 벽과 검은 들보를 둘러보았다. 바위를 벽 삼아 지어 헛간으로 사용하던 곳이었다. 갑자기 빛이 들어왔다. 로베르트가 창의 덧문을 걷어올렸던 것이다. 그러자 벽과 이젤에 세워놓은 캔버스들이 온기와 색을 머금었다. 그는 당황하여 두리번거렸다. 풍경화, 정물화, 나체화, 초상화. 한동안 그의 눈은 푸른색, 회색, 노란색, 흰색의 색선들에 가 멎었다. 뭔가 한마디 소감을 이야기해야 한다는 생각은 들었지만— 로베르트는 긴장된 표정으로 그에게 잔을 내밀었다— 도무지 떠오르는 게 없었다.

쥐로 담근 리큐어의 맛, 곡식과 태양과 작은 야생동물이 어우러진 이 맛은 쉽게 잊혀질 것 같지 않다. 그는 술을 한 모금 들이켜며— 아마도 만취하여— 이렇게 말했다.

"이 캔버스 위의 물감 얼룩을 보면 누구나 산이나 여자나 사과를 떠올릴 거야. 이것 좀 봐! 재료나 형태, 차원 면에서 실제 산이나 여자와 어딘가 비슷하지 않아?"

로베르트는 그의 말이 재미있는 것 같았다. 로베르트는 돌아서 술병과 술잔을 들고 왔다갔다하다가 마침내 힘차게 고개를 들었다. 이제 그럴듯한 심오한 이론이 펼쳐지리라는 것을 에릭은 알고 있었다.

"네가 할 수 있는 것은 단 하나, 도달할 수 없는 사물의 순수성— 이 사과, 이 산, 이 여자—을 다른 순수성과 대비시키는 것뿐이야. 예를 들어 논리적인 색채 시스템의 순수성과 대비시키는 거지."

몽롱한 상태로 에릭은 바깥을 내다보았다. 산비탈이 펼쳐져 있다. 점점 옅어지는 파란 하늘 속으로 녹아들어가는 물결. 보이지는 않지만 그 뒤편에는 우거진 숲이 있을 것이다. 부엉이와 검둥수리, 전갈과 시라소니, 양치기의 둥지가.

그가 중얼거렸다.

"의식과 야생의 대비란 말이지."

그의 말에 로베르트는 의식도 야생적이라고 대답했다.

"짐승의 발톱보다 더 야생적이지."

이제야 그는 그 순간 그가 느꼈던 알 수 없는 거부감의 원인이 로베르트의 목소리에 배어 있던 의기양양함이었다는 사실을 깨닫는다. 오만한 로베르트의 생각에 질투를 느꼈던 것일까? 사물에게 자신과 관계를 맺도록 강요한다고 말하던 로베르트에게.

"사랑의 관계지. 웃지 마. 필요하다면 나는 폭력이라도 사용할 거야. 이 술 어때? 아주 좋지, 안 그래? 이곳 사람들은 쥐가 충실한 요셉의 상징이라고 생각하지."

에릭은 아무 말도 하지 않았다. 그리고 바로 옆 이젤 위에 놓여 있는 그림을 바라보았다. 실물 크기의 여자 초상화. 마그다와 꼭 닮은 것은 아니지만 마그다를 모델로 삼았다는 것을 금방 짐작할 수 있었다. 초상화의 표면은 거칠었다. 붓으로 그리지 않고 칼을 사용해 물감을 발라놓았다. 풍경화나 정물화보다 훨씬 많은 작업과 열정, 빛과 색채와의 투쟁을 거쳐 탄생된 작품인 것 같아 보였다. 그가 물었다.

"풍경이나 사물이나 여자를 네 것으로 만들려고 하지 말고 그냥 사랑할 수는 없는 걸까?"

로베르트는 창문 쪽을 가리켰다. 그의 항변은 격렬했다. 생각할 수 없는 일이야. 그럴 수는 없지. 그러고 싶지도 않고. 사랑하는 사물을 가지고 싶어하는 건 당연한 일 아냐? 인간은 질투의 화신이야. 나는 이 풍경을 사랑해. 이 풍경이 내 것이라고 생각하지. 내 눈이 풍경을 사로잡으면 내 이성이 그걸 정돈하고 내 손은 그 풍경을 내가 만든 시스템에 복종시키는 거야.

신경질이 난 듯한 표정으로 그는 그림들을 바라보았다.

"코발트, 코발트 에머랄드, 회색, 밝은 회색, 진갈색, 붉은색. 곡선과 부드러움, 깊이를 내 마음대로 변형시키는 거야."

그들은 한동안 말없이 술을 마셨다. 에릭은 앞에 놓인 나무의자에 주저앉았다. 등뒤로 느껴지던 기분좋은 냉기가 기억난다. 로베르트는 편안한 자세로 창턱에 기대 있었다.

"질문을 하시니까 그런 것 같군요. 네, 제 생각으로는 그해 여름 그는 아주 행복했습니다."

갑자기 로베르트는 미친 듯 웃기 시작했다. 웃음이 진정되자 그는 에릭을 쳐다보았다.

"가끔씩 생각한다네. 인생이란 그저 혼란 덩어리라고. 우리는 태어나자마자 그 혼란 덩어리 속으로 빨려들어가는 거지."

그는 남은 술을 잔에 따랐다.

에릭은 술병 속의 쥐가 오르락내리락 미끄러지다가 걸레처럼 술병 바닥으로 떨어지는 모습을 쳐다보았다.

이날 밤 가브리엘은 별이 총총한 하늘 아래 여름 밤 공기를 마시며 마그다의 품에 앉아 작은 손으로 마그다의 손가락 마디를 꼭 쥔 채 그네를 탄다. 그녀가 한 여자라는 것을, 그녀가 한 인간이라는 것을 가브리엘은 모른다. 그런 사실은 그의 관심을 끌지 못한다. 그의 관심은 손으로 붙잡을 수는 없지만 눈으로 받아들일 수 있는, 마치 입 속에 있는 음식처럼 느껴지는 머리 위의 공간을 향해 있다. 계곡에서는 낮의 내음이, 활짝 핀 마요라나(꿀풀과에 속하는 향료식물—옮긴이) 위에 떠 있는 태양의 내음이 솟구쳐 오른다. 바람 한 점 없다. 쥐죽은듯 고요하다. 이따금 저 아래에서 개 짖는 소리가 들리고, 저녁을 먹은 뒤 집 앞에 나와 앉은 사람들의 고함소리와 삐걱거리는 그네의 소리가 들린다. 마그다는 발을 굴러 위로 올라가며 하늘의 별을 바라본다. 그녀는 자기가 알고 있는 별의 이름을 불러본다. 큰곰…… 작은곰…… 카시오페이아…… 정신질환을 앓고 있는 아이가 금방 그녀의 말을 따라 한다. 이런 타입의 아이는 하늘이나 구름, 높은 탑 같은 것을 좋아한다. 작은 구멍이나 유리, 침방울을 통해 보는 것을 좋아한다. 가브리엘은 실한 가닥을 집어 잡아당기다가 눈앞에서 천천히 흔든다. 그는 거울이나 사진을 좋아하지 않는다. 누가 그를 쳐다보면 얼른 눈길을 돌린다…….

태어나자마자 우리를 빨아들이는 혼란 덩어리.

두번째 방문했을 때는 모든 게 달랐다. 당시 그는 냉랭한 분위기가 계절 탓이려니 생각하며 대수롭지 않게 넘겨버렸다. 네덜란드에도 봄은 아직 멀기만 했다. 대기 중엔 안개가 깔려 있어 농가와 계곡이 확연히 구분되었다. 채소밭은 시커먼 플라스틱으로 뒤덮여 있었다. 물빛의 토끼집도 문이 활짝 열린 채 풀밭에 삐딱하게 넘어져 있었다.

"고지대라서 겨울이 너무 길어."

부엌에서 오븐 속으로 빵 굽는 판을 밀어넣으며 로베르트가 말했다. 연기를 뿜으며 불꽃을 튀겨대는 소나무 장작불은 별로 따뜻하지가 않았다.

로베르트와 마그다가 그 당시에 이미 이 파라다이스를 떠날 준비를 하고 있었다는 건 훨씬 나중에 알게 된 사실이다.

식사가 끝나자 가브리엘은 마그다를 밖으로 데리고 나갔다. 자세히 보지는 않았지만 에릭은 가브리엘이 그녀의 주먹을 꼭 붙잡고 마치 물건인 양 그녀를 문 쪽으로 끌고 가는 모습을 떠올릴 수 있었다. 그의 눈길이 아치형 창문을 향해 미끄러져 갔다. 거기서 그는 아들을 보았다. 저녁 어스름 속에서 그네 위에 앉아 있는 칙칙하고 볼품없는 몰골을. 왜 마그다는 아이를 낳지 않는 걸까? 그는 고무장화를 신고 있는 그녀의 다리를 바라보았다.

아들은 그새 아홉 살이 되었다. 손가락 끝까지, 발가락 끝까지, 사방으로 뻗친 머리카락 끝까지 정신병이 박혀 있는 고집불통의 소년.

그는 넬리가 두 사람 쪽으로 눈을 돌리다가 얼른 시선을 거두는 모습을 보았다. 넬리는 로베르트가 타준 커피를 들고 몸을 떨며 불 앞으로 가 앉았다. 건강이 별로 안 좋았다. 올 겨울에 시작한 가브리엘의 치료 때문에 그녀는 지쳐 있었다. 아이가 엄마 눈을 똑바로 쳐다보도록 훈련을 시켜라. 억지로라도 신체적인 접촉을 자주 해라. 미국식 방법은 황당한 결과를 가져왔다. 가브리엘은 뚱뚱하고 힘이 셌다. 그들은 바닥에 깔린 매트리스 위에 누웠다. 한 손으로 가브리엘의 양 손목을 잡아 등뒤에 고정시키고 다른 손으로 그를 잡아당겨 그녀의 부드러운 가슴과 배에 그의 몸이 밀착되도록 하기 위해 넬리는 온몸의 근육을 총동원해야 했다. 그 자세로 그녀는 온갖 사랑의 말을 속삭이며 아들의 뺨에 자기 뺨을 대고 있으려고 애를 썼다. 한번은 무릎으로 그의 등을 눌러버리고 싶은 충동을 느꼈다. 밤마다 그녀는 이불을 뒤집어쓰고 울부짖었다. 나는 지금 학대를 하고 있는 거야. 폭력을 가하고 있는 거라구요.

에릭, 어떻게 생각해요? 구원을 한답시고 범죄를 저지르다니 너무 하는 것 아닌가요? 어느 날 아들이 그 딜레마를 풀어주었다. 마지막으로 치료를 하던 중 십오 분도 안 돼 잠이 들고 말았던 것이다.
"그림 좀 보여줘!"
다음날 그는 로베르트에게 말했다.
헛간으로 가는 길은 질척거렸다. 인기척에 놀라 허둥대며 도망가던 닭 한 마리가 미끄러졌다. 그래도 두 사람은 웃지 않았다. 문의 빗장은 뻑뻑했다. 로베르트는 담배를 옆으로 물고는 빗장을 붙잡고 힘을 썼다. 그러다 손이 긁히자 작은 소리로 투덜거렸다. 문은 날카로운 소리를 내며 열렸다.
정말 여기도 많이 변했구나! 그는 깜짝 놀라 그림과 로베르트를 번갈아 쳐다보았다. 이 황량하고 단조로운 그림들에 대해 몇 마디 설명이 있을 법도 한데. 이 그림은 붉은색을 묘사한 거야. 이건 푸른색. 여기 이것은 흰색의 묘사고. 이 노란색은 어떤가, 하면서 말이다. 하지만 로베르트는 등을 돌린 채 깡통 몇 개를 발로 툭툭 차며 구석으로 밀어넣고만 있었다.
참다못해 에릭이 소감을 털어놓았다.
"그런 건 절대 아니야."
로베르트는 화를 냈다. 그는 돌아보지도 않았고 스웨터 소매 속에 집어넣은 양손을 빼지도 않았다.
"냉정하게 판단해. 자세히 들여다봐. 감정이 듬뿍 담긴 이 그림들은 삶에 대한 반응이야. 빛과 그림자, 너에 대한 반응이지."
에릭은 로베르트가 시키는 대로 붉은 그림을 뚫어져라 쳐다보았다. 붉은색은 습기를 머금은 먼지로 뒤덮여 있었다.

1974년 여름 그들이 돌아왔다. 아우어 제이스트라트의 집으로 이사를 오면서 마그다는 동물병원에서 애완견 두 마리를 더 데려왔다. 변덕스러운 이 개들은 밤 열한시만 되면 계단을 뛰어올라가 침실로 들어갔다.

마그다는 어학 코스를 다녔다. 네덜란드어와 영어. 프랑스어는 이미 완벽하게 구사하고 있었다. 그리고 얼마 안 가 「노르트베이크는 오버볼타와의 협력관계를 추진한다」와 같은 원고의 번역 청탁을 받았다. 옆방, 창문과 수직으로 놓여 있는 책상에 앉아 그녀는 우아하고 매끄러운 표현을 생각하느라 골머리를 앓았다.

로베르트는 사업을 시작했다. 그의 첫 사업은 그 지방 재목상이 만든 엄청난 물량의 액자를 취급하는 것이었다. 그는 에릭에게 이렇게 말했다. 아주 쉬워. 재미도 있고. 해가 가면서 그는 경영자가 되었다. 정확히 말해 벽돌 공장의 공장장, 카펫 판매회사의 지사장, 새장 만드는 회사의 주주가 되었다.

"이게 바로 이 일의 장점이야."

그는 에릭에게 이렇게 말했다.

"대상은 완전히 임의적이야. 완전히 추상적이지. 물질이라는 목적만 달성하면 되는 거야. 이런 게임에서 올바른 투자는 전혀 다른 거야. 아니, 돈이 아니라 이윤이지. 게임을 하는 사람은 열과 성을 다해 이윤을 얻어내는 거야. 소유욕이 아니라 재능이 관건이지."

그런 다음 그는 절대로 되고 싶어하지 않았던 사람이 되었다. 아버지의 사업을 물려받았던 것이다. 로베르트는 부도 직전에 있던 노르트 철강 회사를 회생시켜 구조개혁을 감행하였고 멋있게 개조를 했다. 사무실 벽에는 화랑에서 빌려온 추상화가 걸려 있었다. 그림에 싫증이 나면 그는 화랑에 가서 다른 것으로 바꿔오곤 했다.

한번은 수로 옆길에서 우연히 그를 만난 적이 있었다. 당연히 두 사람은 단골 술집으로 들어갔다. 하지만 에릭이 먼저 피할 때도 있었다. 때로는 그러는 편이 더 현명했다. 친구와 팔짱을 끼고 흔들거리며 걸어오는 여자 앞에서 어떻게 행동해야 한단 말인가? 그냥 모르는 척하는 것이 최선이었다. 그녀는 번쩍거리는 검은 재킷에 혁대를 두르고 굽 높은 구두를 신고 있었다. 옷매무새에서 유혹적인 자태가 풍겼다. 봄이었다. 햇빛이 그녀의 다람쥐 빛깔 머리 위로 떨어졌다. 이십 년 전보다 더 굵어지고 붉어진 그녀의 머리 위로.

점심 때가 가까웠다. 그는 아우어 제이스트라트를 지나 집으로 간다. 그들은 경찰차로 데려다주겠다고 말했다. 집까지는 제법 멀었기 때문이다. 하지만 그는 거절했다. 도움이 될 만한 정보를 별로 제공하지도 못했고, 침묵을 견디다 못해 대부분 그들이 알고 있을 만한 이야기나 주절거리고 나자, 얼른 사라져주는 것이 돕는 길이라는 생각이 들었던 것이다.
"결혼생활이 불행했나요?"
"제 생각엔 아닌 것 같습니다."
"하지만 어느 날 여자가 한마디 말도 없이 종적을 감추었다면서요."

"흠, 네. 맞습니다."

오늘 오후 로베르트는 검사에게 소환될 것이다. 그가 말을 많이 하리라고는 생각하지 않는다.

2

미장원에서, 길거리에서, 극장에서 누구나 쉽게 묻고 대답하는

그런 질문을 참기 위해 이렇게 바닥을 기며 개처럼 구슬프게 울고

손을 비틀어야 하다니 우습지 않은가.

이 년 동안 지상에서 종적을 감추었던 마그다에게

이 분명한 두 마디의 말은 질문이 되지 못하고, 장애물이, 나락이 된다.

박차를 가하자마자 출발하는 말처럼, 끝까지 당겨졌다가 힘차게 날아가는 독화살이 된다.

"어디 있었어?"

1

깊은 잠을 잤다. 사지를 쭉 뻗고 입을 벌린 채 완전히 잠에 빠졌었다. 튤립 꽃밭 위로 흐릿한 태양이 떠오른다. 아직 이른 시각이다. 1980년 3월의 이른 아침. 전날 저녁 그는 아내가 사라졌다는 사실을 깨달았다. 지금, 잠이 덜 깬 머리를 베개에 파묻고 있는 지금 그는 즐거운 꿈속 세계를 붙잡으려 안간힘을 쓴다. 의심이나 오해의 소지는 전혀 없다. 배신도 아니다. 지식은 깨달음과 같이 온다. 살았는지 죽었는지 신경 쓸 근거도 없다. 갑자기 그의 얼굴이 어두워진다. 가슴 근육이 경련을 일으킨다. 뇌가 전해주는 정보가 엄청난 충격으로 다가온다. 어제 열시경 집에 온 그는 정원을 되돌아나와 자기 열쇠로 문을 열어야 했다. 문 앞에는 신문과 편지가 널려 있었다. 어두운 방 안에는 빈집의 냄새가 묻어 있었다. 개들도 흔적이 없다.
 그는 아래층 계단에 서서 아내를 불렀다.
 "마그다!"
 다시 한번, 비옷을 입은 채 턱을 위로 치켜들고서
 "마그다!"
 조용했다.
 그는 가방을 내려놓고 불을 켜고는 집을 샅샅이 뒤지기 시작했다. 옷장에 걸린 웃옷이 지나칠 만큼 많다. 개들이 사라지자 카펫 바닥은 금세 악취를 풍긴다. 책장에는 프랑스 인상파의 화집이 눈높이쯤에 꽂혀 있다. 그는 양치류 잎사귀 아래로 손을 넣어본다. 벌써 며칠째 물을 못 얻어먹은 게 분명했다. 부엌의 탁자 위에는 검은 빵 반쪽과 더러운 칼, 접시 하나가 놓여 있다. 별 동요 없이 그는 담뱃불을 붙이고 현관의 매트 위에 놓인 여자 구두를 주의깊게 살펴보았다. 그녀는 솔과 구두약 통을 치워놓지 않았다. 서재의 문도 활짝 열려 있었다. 천장의 형광등 불빛을 받은 방 안이 이상하게도 가슴을 뭉클하게 했다. 그는 잠깐 창 밖 정원을 내다본다. 비가 내리고 있었다. 그 다음 그의 시선은 책상 위로 가 멎었다. 그의 얼굴이 굳어졌다. 못 믿겠다는 듯 그는 빈자리를 바라보았다. 그녀가 자기 부모의 사진을 들고 가버린 것이다.
 ……여자는 여리다. 타원형 얼굴에 머리를 적당히 기른 그녀는 실제 나이보다 젊어 보인다. 당시 1936년에 유행했던 소녀풍의 옷은 이제부터 활짝 피어날 진짜 인생이 그녀를 찾아올 것이라는 인상을 더 강하게 만들어준다. 마치 진짜 인생이 한 번도 없었다는

듯이, 승마바지에 장화를 신은 남편이 옆에 서 있지 않다는 듯이! 그는 키가 크고 심각한 표정이다. 이마 위로 검은 곱슬머리가 늘어져 있다. 이 순간은 상상이 아니다. 실제 있었던 순간이다. 여름날의 정원을 배경으로 미래의 마그다 어머니는 남편의 팔짱을 끼고 대담하고도 미심쩍은 표정으로 사진기를 향해 웃으면서 이렇게 생각하고 있는 것 같다. 나는 평생토록 이 사람 곁에 남아 있으리라. 1936년. 딸은 아직 태어나지 않았다.

한줄기 바람이 휙 스쳐가는 느낌이 들었다. 비를 동반한 돌풍이 창을 때렸다. 눈을 책상에 그대로 둔 채 그는 재떨이를 향해 손을 뻗었다. 그녀는 지나칠 만큼 꼼꼼하게 물건을 정돈한다. 지금, 은빛 사진틀에 꽂혀 있던 작은 사진이 사라진 지금, 그는 그 사진이 클립과 작은 저울 사이에 놓여 있었던 지난 몇 년보다 더 정확하게 그것을 관찰할 수 있었다. 그는 어깨를 치켜올리고 담배를 피웠다. 무슨 심경의 변화가 있었던 걸까?

벽시계 소리가 집 안으로 울려퍼졌다. 그는 어쩔 줄 몰라 이 구석 저 구석 방 안을 걸어다녔다. 아버지가 서재로 사용하던 방이었다. 몇 군데 삐걱거리는 바닥, 문이 활짝 열린 시커먼 화로, 재와 종이 냄새, 여름날 오후면 짙은 오렌지빛 노을을 반사하던 무늬목. 아버지가 돌아가신 후 어머니는 소파를 창 밑으로 옮겨놓았다. 그는 걸음을 멈추었다. 시계 소리의 여음이 남아 있는 동안—마그다는 이 시계를 애지중지했다—갑자기 그 낡은 사진이 이 집 안에서 아내의 가족을 상기시키는 유일한 물건이었다는 생각이 떠올랐다.

여름에 그들은 그의 고향 집으로 이사를 했다. 부모님이 쓰시던 가구가 아직 쓸 만했다.

"여기서 오래 살지는 않을 거야."

다락방으로 올라가는 계단 위에 서 있는 마그다에게 그는 이렇게 말했다.

프랑스 산골에 있던 그들의 파라다이스는 금방 새 주인을 찾았고 그는 사업계획서를 손에 들고 이리저리 쫓아다녔다. 다행히 어머니는 아름다운 하얀 집을 얻어 나가기로 했다. 보살펴줄 사람이 있고 위급할 때 달려와줄 사람들이 있는 집이었다. 어머니는 필요한 물건 몇 개만 가져가겠다고 했다.

마그다는 말이 없었다. 그의 말에도 별 반응 없이 그저 다락방의 낡은 가재도구만 뚫어져라 바라보았다.

"예뻐라."

그는 그녀가 시키는 대로 하릴없이 잡동사니를 뒤적거리다가 말했다.

"사업이 잘되면 집을 개조하자. 목욕탕이랑 부엌을 신식으로 꾸미고 실내장식도 완전히 바꾸고."

그녀의 뺨에 피어나던 홍조, 만족을 의미하는 침묵, 그를 앞질러 계단을 내려가던 적극성. 그녀는 알았을까? 당시 그는 너무나 증오했던 유년 시절의 기억 사이를 맴돌고 있었다는 사실을.

"해변에 아파트를 장만하는 게 더 나을까?"

그는 그녀의 블론드빛 뒤꼭지에다 대고 이렇게 말했다.

집의 앞쪽에 자리잡은 침실에서 그녀는 어머니의 화장대로 달려가ㅡ 나이에 비해 늙어 보였던 어머니는 거울 앞에서 옷 매무시를 하고 브로치를 달거나 모자를 써보다가 코흘리개 아들놈이 방해를 하면 신경질을 내면서 쳐다보았다—눈을 치켜뜨고 이마를 쳐들고 손가락 끝으로 목을 훑었다. 그리고 뒤돌아보면서 이렇게 말했다.

"백포도주가 차가워졌을까요?"

보기 흉한 2인용 침대를 새것으로 바꾸자는 그의 제안에 그녀는 두말없이 찬성했다.

그가 우연히 발을 들여놓게 된 액자 판매사업에 열을 올리고 있던 몇 주 동안 마그다는 집안 구석구석을 들쑤시고 다녔다. 방마다 통풍을 시키고 커튼을 빨고 가족의 역사가 담긴 이불들을 하나하나 분류했다. 그뿐만 아니라 나무 바닥과 벽에 회칠을 하거나 페인트 칠을 하고 이마를 찌푸리면서 벽에 못을 박아 여기저기 그림을 걸었다.

어느 가을 저녁 그가 집으로 돌아왔을 때다. 마그다는 어학 교본을 들고—그녀는 네덜란드어를 배우는 중이었다—머리를 풀고 아름다운 새틴 가운의 소매를 걷어올린 채 침대에 누워 있었다. 그는 목욕탕 수도꼭지를 틀고 배수구 구멍으로 물이 빠져나가는 소리에 귀를 기울이다가 옷을 벗고 저울 위로 올라갔다. 여전히 77킬로였다. 그리고 책을 내려놓은 채 잠에 빠진 마그다를 흘깃 쳐다보았다. 기묘하게 입을 꾹 다문 그녀의 표정을 바라보고 있자니 문득 이런 생각—이런 생각에는 참을 수 없는 그 무엇이 담겨 있다—이 들었다. 저 여자가 내 아내로구나…… 의자 밑에서 개들이 헐떡거리고 있었다.

아래층에서 전화벨 소리가 울렸다. 그는 비옷도 벗지 않은 채 화장대 앞에 서 있었다.

받지 말자. 마음을 진정시키기 위해 그는 혼자 중얼거렸다. 아무것도 안 듣고 안 보면 모든 건 그대로 있는 거야. 아내는 메모를 남길 필요도 없다고 생각한 모양이다. 침대 위에도 목욕탕에도, 쪽지 한 장 없다. 칫솔이 사라졌고, 향수병과 화장품 튜브도 절반으로 줄어든 것 같지만 그렇다고 네 인생의 질서가 무너진 건 아니잖아. 그렇게 황당한 표정을 지어서는 안 돼. 두려워 떨고 있는 것 같잖아.

누가 아내에게 무슨 말을 한 것일까? 아내에게 익명의 편지를 보냈던 걸까? 발각되지 않는다는 보장만 있다면야 끔찍한 일을 알려주는 것도 나쁠 건 없지.

그의 바람기가 순수한 우연은 아니었다는 듯이 그런 생각을 해본다. 남자들에게 쉽사리 일어나는 일. 어느 날 우악스러운 손을 가진 여자 점원이 허리를 굽혀 구두를 네 앞으로 내민다. 그리고 앞에 놓인 평평한 보조의자에 한쪽 무릎을 꿇고 네게 구두를 신겨준다. 그녀의 충고에 따라 너는 발가락을 움직여본다. 그녀가 재미있다는 듯 고개를 쳐들자 너는 그녀가 누군지 알게 된다. 그녀도 웃음을 터뜨리면서 가게 한가운데 서서 머리에 꽂힌 핀을 뺀다. 긴 다람쥐 빛깔의 머리가 아그네스 롬보우츠의 등뒤로 흘러내린다. 이십 년이 지난 지금에야 그녀는 그의 포옹을 마다 않고 입을 벌리고 키스를 한다. 그녀의 몸매, 그녀의 육체, 움직이는 그녀의 귀가 마음에 든다. 하지만 그녀의 고달픈 삶에 대해서는 한마디도 듣고 싶지 않다.

네댓새 출장을 마치고 돌아온 날 너는 호텔 방에서 그녀의 지저분한 얼굴을 바라본다. 아래쪽이 뜨거워진다.

전화벨은 계속 울렸다. 그는 얼굴을 찌푸리며 아래층 거실로 내려가 수화기를 집어든다. 넬리였다.

그의 눈썹이 치켜올라갔다.

"넬리!"

그는 의자에 놓여 있는 책을 손에 들고 그 자리에 앉는다.

"걔들이 거기 있다구요?"

전화기 저편에서 복잡한 이야기가 전해져 왔다. 그는 허겁지겁 담배를 피우면서 듣고 있다는 뜻으로 가끔씩 대답을 던졌다.

"알겠어요. 내일 오후에 걔들을 데리러 갈게요. 뭐라구요?"

입술을 삐죽이 내밀고 그는 귀를 기울였다.

"흠, 아니, 전혀 몰라요. 짐작 가는 데도 없어요. 그러니까 어머니를 보러 갔을 거라는 거죠. 그럴 수도 있지요. 우리 어머니에게 갔다가 여동생에게······."

그의 얼굴에 놀란 표정이 떠올랐다.

"아니, 아니, 내 말은 그게 아니고, 물론 이상하죠. 다만······."

"······."

"그래요, 아마 그럴 거예요. 잠깐 다니러 갔겠지요. 내가 한 귀로 듣고 한 귀로 흘려버렸나봐요."

그는 껄껄 웃다가 대충 인사를 하고는 전화기 저편의 침묵과 전화 끊어지는 소리, 웅 하는 신호음에 잠시 귀를 기울였다. 그리고는 수화기를 내려놓았다. 그는 자리에서 일어나 하품을 했다. 넬리의 여성적인 논리가 지혜와 위안을 주었다. 이제 침실로 올라가봐야겠다.

 그래놓고도 그는 편히 몸을 뻗지 못했다. 팔과 다리는 이미 축 늘어졌다. 그는 배를 타고 가는 사람처럼 엎드려 바람소리에 귀를 기울였다. 바람은 들판을 건너와 비를 쏟아내고 하늘을 말끔히 훔쳐놓고는 잦아들었다.

 내일은 푸르고 청명한 날이 될 것 같다.

2

 그는 평소와 똑같은 시각에 출근을 한다. 노르트 유한회사는 매일 아침 일곱시에 문을 연다. 한 시간이 지나 로베르트 노르트가 출근할 무렵이면 공장 안은 이미 엄청난 굉음과 불꽃, 힘이 넘치고 있다. 옆 창문으로 들어온 부드러운 회색빛 아침 햇살을 등지고 압연기와 해머, 수압 프레스, 분수처럼 솟구치는 하얀 불꽃 곁에서 육십 명의 노동자가 일을 하고 있다. 사장이라면 어느 정도는 노동에 대해 존경심을 표할 줄 알아야 한다는 것이 로베르트 노르트의 평소 신념이다. 그래서 그는 사무실 출입구를 이용한다. 집안에 우환은 있지만 잠을 푹 잔 그는 말끔히 면도를 하고 여름 양복을 입고 건물의 조용한 쪽으로 들어간다. 수위가 신문을 읽고 있다가 손을 들어 인사를 건네고, 수석 여비서가 심각한 표정으로 붉은 매니큐어를 칠한 손톱을 바라보고 있다. 제도용 책상 앞에는 사람 그림자라곤 없다. 엔지니어들은 아직 꽉 막힌 도로 한가운데에 갇혀 있을 것이다. 그는 현대식 그래픽이 걸린 벽을 지나 엘리베이터를 탄다. 그리고 사장실의 문을 열고는 혼자 생각에 잠긴다.

저 멀리 제일 강과 강변의 넓은 초지, 풍차와 농가가 내다보이는 큰 창문은 정말 이상적이다. 강 반대편에는 시내가 자리잡고 있다. 사람의 머리가 만들어놓은 장소!

이 높은 창으로 나는 내가 정복한 땅을 바라본다. 공장으로 들어오는 길은 육로와 수로 두 가지이다. 부두에서는 화물선이 출항하거나 정박 준비를 하고, 무거운 화물이나 기계들은 조용하게 육로로 미끄러져 들어온다. 나는 절대로 아버지의 사업을 물려받고 싶지 않았다. 아버지가 돌아가셨을 때에도 나는 내 원칙을 고수했다. 공장이 파산 직전에 이르렀을 때에야 나는 종잇조각에 불과하다고 여겼던 주식에 재미를 붙이기 시작했다. 진입로는 훨씬 넓어졌다. 주차장을 넓히기 위해 나는 측백나무를 잘랐다. 지금은 콘테이너가 직접 공장 안으로 들어올 수 있다. 나는 내가 한번 이루어놓은 것은 절대 포기하지 않는다.

그가 돌아본다. 노크 소리가 났던 것이다. 둥근 머리, 안경 너머로 부드러움과 신뢰를 담은 갈색 눈, 자그마한 체구의 남자가 방으로 들어온다. 엔지니어 제이더르펠트, 부사장이다. 오늘 투자 은행과 몇 가지 골치 아픈 문제를 상담하기에 앞서 필요한 서류들을 들고 왔다. 로베르트는 고개를 숙여 도표를 들여다본다.

"좋아. 아주 좋은데. 네덜란드 시장의 사십 퍼센트라, 꼭 달성할 수 있을 걸세."

하지만 여전히 가슴 한 곳은 허전하고 머리는 멍하다. 그는 궁금하다는 표정으로 고개를 든다. 제이더르펠트는 무표정하게 책상 위에 도표 하나를 내려놓는다.

"앞으로 삼 개월 동안 예상되는 상승 비용입니다."

로베르트는 만족스러운 마음을 감추며 엄지손가락과 쭉 뻗은 집게손가락으로 턱을 만지작거린다. 그는 멍한 눈빛으로 제이더르펠트를 바라보며 생각한다. 정말 훌륭한 계획이야. 이런 계획을 세우다니 대단한 선견지명이군. 나도 어린 시절부터 그런 능력을 갖고 싶었지. 결국 허탕이었지만. 자기에게 주어진 모든 것을 받아들일 수 있는 실제하는 지평선, 그 너머의 빈 점 하나.

"자금 사정은 어떤가?"

그가 조심스레 묻는다.

그의 생각은 이러했다. 파산 직전인 모회사로부터 알콤 금속 회사를 사들여 노르트 유한회사의 인쇄 공장과 금속판 공장으로 만든 다음—바로 여기에 트릭이 숨어 있다—견실하고 탄탄한 정밀부품 자회사를 유럽 시장으로 진출시키는 것이다.

오늘 정오, 은행은 7백만에 달하는 투자 협약에 사인을 하게 될 것이다. 로베르트는 전적으로 제이더르펠트를 신뢰한다. 그의 예상은 절대 빗나가는 법이 없다.

보드라운 손이 또다른 자료를 내민다.

"5개년계획입니다. 보시면 아시겠지만 동유럽의 변화 가능성도 계산에 넣었습니다. 약속은 두시입니다. 회계 감사관들이 새 회사 제품을 꺼려하는 구매자들의 기호를 지적할지도 모르겠습니다."

"하지만 이름 있는 회사잖나."

제이더르펠트는 고개를 끄덕인다.

"물론입니다. 물론 그렇지요."

그는 사장이 제기한 이의에 대해 생각하는 것처럼 천천히 말을 이어나갔다.

"은행측에서 성가시게 굴지는 않을 겁니다. 예상되는 연수익율…… 확보된 담보도 장기적으로 볼 때……."

말들이 시의 한 구절처럼 허공에 걸려 있다. 두 남자는 생각에 잠겨 서로 눈길을 피한다. 로베르트는 생각한다. 우리는 얼마나 자주 이런 게임을 해왔을까? 완전히 분리된 두 세계에서 만들어진 고민과 논리, 불완전한 아이디어가 화학원소들처럼 결합한다. 양측의 만족, 서로에 대한 존중, 거기서 생겨난 것이 노르트 유한회사의 계획이다. 그때그때의 상황에 정확히 맞아떨어지는 계획.

"이만 나가보겠습니다."

제이더르펠트가 인사를 한다. 손은 문고리를 쥐고 양발을 나란히 모으고서 목과 어깨를 앞으로 내민 채.

"그러게. 이따 오후에 보세."

다시 혼자만의 공간으로 돌아온다. 고요, 이른 아침의 쓸쓸함. 그저 그런 순간. 기회만 되면 개미떼처럼 흩어져버리는 그의 생각들은 일에 몰두하는 것이 제일이라고 충고한다. 그는 책상에 앉아 피어오르는 무력감과 분노, 외로움에 사로잡혀 담배에 불을 붙인다.

…… 내겐 늘 걱정이나 기쁨이 무의미한 발작처럼 찾아들곤 했지. 곰곰이 생각해보면 기쁨도 고통도 기억할 수 있다. 서향인 내 방 창문으로 환한 하루를 내려다본다. 오늘 하루는 내게 무엇을 가져다줄까? 짐승보다 못한 나의 예감. 내 기분은 바다보다도 믿을 수가 없다. 나는 내 행동 뒤에 숨어 있는 동기를 깨달을 수 없

다. 앞으로도 알지 못할 것이다. 무엇이 나를 충동질했는지.

카트베이크의 모래언덕길. 여름, 아마 팔월인 것 같다. 모래언덕 뒤로 자꾸만 빨간 연 하나가 오르락내리락한다. 저쪽 해변에는 세찬 서풍이 불지만 우리가 있는 이곳은 아주 덥다. 우리의 자전거는 나무딸기 덤불 속에 놓여 있다. 그녀는 열한 살, 너는 열두 살이다. 이 소녀는 아름다움의 화신이다. 가냘픈 다리, 잘록한 발목, 큼지막한 갈색 구두. 팔에는 남자 손목시계를 차고 있다. 그녀의 물빛 눈도 아름답다. 네가 말을 건네면 그녀도 뭐라고 말을 한다. 네가 웃으면 그녀도 따라 활짝 웃는다. 이날 오후, 아름다움은 사물과 따로 있지 않다는 이론이 확신으로 굳어진다. 오목하게 오므린 손바닥으로 입을 막고 여름 하늘에 마음껏 큰 소리를 질러보려던 바로 그 순간 그녀는 무거운 시계를 들여다본다. 그녀가 코와 윗입술을 찡그린다. 그녀의 앙다문 이빨 사이로 침이 삐져나온다. 약간 속이 상한다.

그녀가 말한다.

"어머 어떡해, 집에 가야겠어."

고향 집의 정원. 다시 여름이다. 파라솔 밑에서 어머니는 다리를 저는 이웃집 여자와 차를 마신다. 이웃집 여자도 저 아래 잔디밭에서 고등학생 남자아이가 미치도록 재미있는 책을 읽고 있다는 사실을 모를 리 없다. 아이는 가끔 책에서 눈을 떼고 고개를 든다. 방학 마지막 날이다. 치과의사 부인의 엉덩이는 신체적인 장애 때문에 약간 펑퍼짐하고 삐딱해 보인다. 그녀의 어깨와 풍만한 가슴의 젖꼭지가 여름 더위에 이글거린다. 학생의 시선은 그녀의 음부로 모아진다.

"내일 아침 학교 가는 길에 잠깐 저희 집으로 보내주세요."

이웃집 여자가 어머니에게 말한다. 이른 아침의 약속. 문이 열린 집. 텅 빈 방마다 휘젓고 다닌 건 네 탓이 아니다. 파견된 신병은 근무 규정을 모르는 법이니까. 그녀는 온실의 안락의자 위에 누워 가까이 오라고 손짓을 한다. 비웃는 듯한 시선을 네게 고정시킨 채 그녀는 능숙한 솜씨로 네 바지의 단추를 풀어헤친다. 순간 섬광처럼 너는 상황을 파악한다. 놀라 머뭇거리는 육체, 크고 밋밋한 몸뚱어리. 갑자기 욕망으로 일그러지는 입. 엄청난 위험을 깨닫고서도 너는 앞으로 엎어진다.

"빨리 가. 지각하겠어."

그녀는 담배 한 갑을 쥐어주고는 너를 정원 문 쪽으로 떠민다.

마을. 롬보우츠 자매. 나쁜 평판, 구리빛 많은 머리, 저속한 행실. 항상 너와 우연히 마주치는 쪽은 아그네스이다. 너를 보자마자 그녀의 얼굴이 굳어진다. 더 타원바우 술집에선 토요일마다 댄스파티가 열린다. "이봐, 맥주 한 잔 줘!" 너는 바텐더에게 이렇게 말하며 담배에 불을 붙인다. 네가 보고 있는 사람은 번쩍거리는 옷을 입고 춤을 추고 있는 아그네스가 아니다. 너의 질투 어린 시선은 불빛을 받으며 그녀를 빙글빙글 돌리고 있는 양파 농사꾼에게 가 있다. 속눈썹 없는 그의 눈은 멍하고, 온통 춤에 정신이 팔려 있다. 그의 발걸음은 서투르고 조심스럽다. 마차를 끄는 말이나 돼지, 곰의 발걸음을 연상시킨다. 그의 모든 것이 동물적이다. 이 멍청한 돼지가 즐기고 있는 모습을 보고 있자니 분노와 흥분에 몸이 굳어버리는 것 같다. 집으로 돌아와서 너는 침대에 몸을 던진다. 문을 걸어잠근 채.

 자동차 안. 해변. 자취방의 더러운 침대보 위. 스쳐 지나가는 낯선 육체들이 차츰 너의 영역을 정복한다. 그리고 더듬거리는 너의 손을 뿌리치지 않는다. 은밀한 행위. 의식을 치르자면 일정한 전략적 행동—때에 맞춰 눈을 뜨고, 때에 맞춰 미소를 짓는다—과 원하는 것은 반드시 가지고야 말겠다는 굳은 결심이 필요하다. 저기 여자의 몸뚱어리가 뒹굴고 있다. 남자의 시선에 굴복하는 신비로운 여체. 엎드리고 돌아눕고 몸을 돌리고 무릎을 꿇고 다시 일어서고 등을 쭉 펴고 몸을 돌려 너를 끌어안고 네 위로 기어올라가서는, 공기를 찾아 헐떡거리며 살아 펄떡이는 물고기처럼 네 몸을 덮치고 머리를 리드미컬하게 오른쪽에서 왼쪽으로 젖힌다⋯⋯ 너는 맹수처럼 조용히 행동한다. 네 곁에서 한숨 소리, 신음 소리가 들린다. 고함을 지르는 여자들도 있다.

 일이 끝나면 여자들은 야릇한 눈빛으로 딴 곳을 바라본다. 너는 다시 혼자다. 기분이 아주 좋다. 어떤 땐 자부심을 느낄 때도 있다. 굉장히 잘한 것 같은 느낌이다. 가끔 다시 전화를 걸어오는 여자도 있으니까. 하지만 결코, 단 한 번도 아직까지 깨닫지 못한 새로운 행복을 느껴보지 못한다. 웃음을 터뜨리고 노래를 부르고 더 깊이 숨을 내쉬고 들이쉬는 법을 배우며 발걸음을 크게 떼어놓고 잠을 줄이고 아이와 동물을 사랑하며 신을 믿도록 만들어주는 행복을.

 그리고 넌 절대로 여자의 눈물을 참지 못한다.

 연결되지 않는 조각조각들. 그저 단편들에 불과하다. 내 인생이라는 구조물에는 구조가 없다. 음향도 낯설다. 중국의 궁중음악보다도, 인도네시아의 가멜란(자바나 발리 섬의 토속 음악—옮긴이)보다도— 다산을 기원하는 기니의 춤이라면 조금만 노력하면 배울 수 있을 것이다— 더 낯설다. 하지만 나는 이 미완성 교향곡을 대수롭지 않게 여긴다. 하나의 조각은 다른 조각으로부터 생겨날 것이다. 우리는 놀라거나 경악할 수도 있다. 하지만 음악이 연주되는 동안 이미 뇌는 우아하고 우연적인 형식의 반박할 수 없는 논리를 예감한다. 그러면 어깨에 힘이 빠지고, 느긋하게 유혹에 빠져들 수 있다.

원한다면 나는 세베넨의 아틀리에를 눈앞으로 불러올 수 있다. 바위를 벽 삼아 만든 헛간, 북향의 큰—크게 개조한—창. 나는 풍경을, 텅 빈 캔버스를 바라본다. 그림에서 중요한 것은 형성되어 가는 전체 안에서 세부를 인식하는 것이다.

원한다면 나는 그 시절—느낌이 아닌 그 시절—을 떠올릴 수 있다. 사물의 부조리한 도전을 받아들이겠다고, 평지와 경사진 들판, 사물의 무게와 윤곽, 사과 냄새, 구름의 움직임, 부서지는 파도, 빛에 맞서 싸우겠다고 확신했던 그 시절. 그 모든 것들은 흐릿한 점이 되어 내 눈 뒤의 거대한 공간 속에 자리를 잡겠다고 밀려왔다. 그 시절 나는 마그다를 만났다.

나는 그날 밤을 기억할 수 있다. 반짝이는 별빛을 받으며 달려가 맞이했던 사건이나 느낌이 아닌, 오로지 그날 밤을. 나는 미친 사람처럼 해안을 따라 모래를 밟으며 어둠 속을 달렸다. 그리고 지금껏 교묘하게 피해왔던 기쁨에 몸을 맡겼다. 아마 큰 소리로 웃었을 것이다. 모랫바닥을 뒹굴었던 것도 같다. 마그다. 나는 내가 알고 있는 것을 총동원하여 그녀를 사로잡으리라 마음먹었다.
그 시절 공기 중엔 항상 꿀 냄새가 맴돌고 있었다.
그런데 어느 날 한낮에 그녀가 말했다.
"파란 셔츠가 잘 어울리네요."
그녀는 자기네 땅의 경계 부분에 탁자를 갖다놓았다. 농가 뒤쪽, 골짜기 위로 불쑥 튀어나온 잡초투성이 바위 한 조각이었다. 그녀는 언젠가 이곳에 테라스를 만들 거라고 말했다.
그는 수줍은 표정으로 자리에 앉았다. 이른 아침부터 일을 하느라 그의 눈은 아주 피곤했다.
그는 몰래 그녀의 입가에 맴도는 아리송한 표정을 훔쳐보았다.
"왜 그렇게 생각해?"
고개를 들지도 않고 그녀는 술병으로 손을 뻗었다. 그리고 술병을 들어 독하지 않은 백포도주를 잔에 따랐다.
"그냥. 셔츠가 당신 눈 색깔과 같으니까."
그녀가 그를 바라보았다. 숨이 멎을 것 같았다. 하루 중 제일 더운 시간, 숨막히게 푸른 거대한 하늘 아래에서 그는 자신에게 쏟아지는 사랑의 종류를 전혀 예감하지 못하는 한 여자의 얼굴을 바라보았다.
"뭐가 마음에 드는 거야? 셔츠야 내 눈이야?"
그는 나지막한 음성으로 물었다.
"당신 눈이지. 자기의 눈."
그녀의 목소리에 서린 웃음기가 견디기 힘들었다.
"내 눈. 그게 전부야? 다른 건 안 중요하고?"
"바보같이 굴지 말아요."

"난 바보가 아니야. 그냥 묻는 거야."

"이리 와요…… 로베르트…… 그만해요."

벌레 한 마리가 그의 얼굴을 스쳐갔다. 황금 초록색의 총알 하나가 그의 귓가를 맴돌며 잠깐 청력을 앗아가더니 멀어졌다 다시 돌아와서는 허공에서 윙윙거리다 사라졌다.

놀라움이 담긴 목소리로 그는 같은 말을 반복했다.

"그냥 묻는 거야."

하지만 대답 대신 그녀는 입술을 앙다물고 빵을 부스러뜨렸다. 잠시 후 타들어가는 그녀의 담배 냄새 속에서 모든 것이 다시 느긋하고 편안해진 다음 그녀는 닭을 한 마리 잡기 시작했다. 일 년 육 개월된 그 닭은 알을 낳으려 들지 않았다.

밤이면 그녀는 오른쪽으로 누워 잠을 잤다. 창의 덧문을 모두 닫아놓은, 칠흑같이 어둡고 더운 밤. 그녀는 자면서 말을 했다. 아무리 귀를 곤두세워도 그는 그녀의 중얼거리는 말을 알아들을 수 없었다. 그는 씁쓸한 기분으로 생각했다. 말해봐! 네 머릿속에 뭐가 들어 있는지 도무지 알 수가 없어. 그리고 그는 그녀를 째려보았다. 어떻게 하다 그렇게 됐는지 알 수가 없었다. 어떻게 해서 그 날 오후 마그다와 그가 마을의 술집으로 들어갔는지. 어째서 그녀가 시장에서 산 물건들을 바닥에 내려놓고 브라자드를 주문했는지. 주인이 그들 앞에 술잔을 내려놓자 마그다는 일부러 눈길을 끌려고—의식적으로—테이블 위에 손을 쫙 펼쳤다. 그러자 정말 그 남자가 말을 건넸다.

"무척 아름답고 육감적인 하얀 손이군요."

그녀가 대답했다.

"그래요? 그럼 한번 만져봐요. 몇 년 전부터 아무 감각이 없거든요."

그 남자는 그녀의 한 손을 잡아올려 털이 북슬북슬한 우악스런 손으로 공손하게 감싼 뒤 다른 손의 손가락으로 하얀 피부를 쓰다듬기 시작했다. 방금 독한 주사를 맞은 갓 태어난 새끼 고양이를 잠재우려는 사람 같았다. 마그다는 어깨를 으쓱했다.

"천천히 생명이 돌아오는 것 같은 느낌인데요."

그녀는 하얀 실크 셔츠에 하얀 모자, 붉은 가죽 구두를 신고 있었다. 그런 다음 그녀는 머리를 뒤로 젖히고 그를, 로베르트를 흘낏 쳐다보며 말했다.

"이제 정상으로 돌아왔어요. 노력하면 나머지 손도 괜찮아지겠는데요."

말을 마치자마자 그녀는 큰 소리로 웃어젖혔다. 그는 그녀에게 야단을 치고 싶었다. 쉿하고 주의를 주고 싶었다. 하지만 입술이 움직이지 않았다.

그런 다음 그는 다시 어두운 방 안에서 잠을 자는 자신의 모습을 떠올렸다.

겨울이 끝나갈 무렵 그는 뭔가가 변했다는 사실을 깨달았다. 뭔가 달라진 것이다. 언제 그렇게 되었는지 재구성할 수는 없었다. 아마 슬며시 찾아온 비밀스러운 과정이었던가 보았다. 타고난 성향—그런 건 절대 변하지 않는 법이다—과는 상관없는, 거부의 몸짓을 보이는 주변 세계의 아주 불쾌한 태도 탓에 생기게 된 과정.

언제부턴가 그는 북향 창이 있는 아틀리에를 피하기 시작했다. 그리고 정열이나 혐오가 아닌, 삶의 방식이 바뀔 수도 있다는 생각에 점차 사로잡혔다. 농가나 과일 나무가 심어진 정원, 파란 페인트 칠이 비바람에 씻겨나간 토끼집, 부엉이가 울어대는 칠월의 밤―한때 그라는 남자를 강조하고 꾸미기 위해 생각해내었던 장식품들―을 대신할 똑같은 가격의 보상품이 있을 거라고 말이다. 농가 대신 바다와 사업, 주문 물량, 미국 자동차를 생각할 수 있을 거라고. 그리고 어느 날 마침내 마음에 꼭 드는 아이디어가 떠올랐다. 아버지의 공장, 쓰러져가는 노르트 유한회사에 새 생명을 불어넣자! 구월 중순 그는 아무도 모르게 여동생의 집을 찾아간다. 회사의 대주주인 여동생은 아이들과 함께 식탁에 앉아 있다. 불안한 눈빛에 굼뜬 갈색 머리의 여자. 그는 습관처럼 어린 시절 그녀가 아버지의 사랑을 독차지했었다는 기억을 떠올린다.

"내가 네 돈을 불려줄게."

그가 동생에게 던진 첫마디였다.

엘렌은 아이를 그의 품에 안겨주고 의자 하나를 식탁 곁으로 밀어준다. 과일과 콧물, 이유식의 냄새를 맡으며 협상이 진행된다.

"회사 사정이 어떤지는 너도 알겠지. 삼 주 안에 해결이 되든가, 회사가 문을 닫든가 둘 중 하나야."

그는 별 어려움 없이 증거를 제시한다.

그는 여동생을 바라본다. 어린 시절 그녀는 발코니 위에 있는 예쁜 말벌집을 연필로 쑤시고, 하얀 쥐새끼 두 마리가 놀고 있는 무거운 지리부도를 번쩍 쳐들고, 특징 없는 스타킹과 장밋빛 잠옷을 입고, 어둠 속에서 큰 소리로 기도를 하고, 극장에서 엉엉 소리내어 우는 그런 타입의 소녀였다. ……아무한테도 말하지 마. 어느 날 저녁 그는 그녀에게 부탁한다. 그 다음날 그는 삼 주 동안 자전거를 압수당한다. 열여섯 무렵이 되자 그녀는 갑자기 그에게 호감을 품기 시작한다.

그녀는 냅킨을 집어 고개를 숙인 다음 수다 떨던 입술을 훔친다.

"자동 프레스를 교체하려면 지금 당장 백만이 필요해."

그는 설명을 계속한다. 그의 손은 아기의 따뜻한 머리통을 쓰다듬는다.

"늙은 간부들은 어쩔 수 없이 해고시켜야 돼."

"아버지를 모시던 사람들인데."

그는 그에게 사과를 건네주는 아이와 잠깐 놀아준 다음 제안을 한다. 엘렌이 놀라 쳐다본다.

강제 집행이 되면 당연히 주가도 떨어질 거라는 말을 덧붙일 필요까지는 없었다.

얼마 안 있어 노르트 유한회사의 사무실 이층에 사장실이 새로 마련되었다. 로베르트 노르트는 창을 등지고 네모진 책상에 앉아 은행과 이사진, 노동조합을 물고 늘어진다. 단연코 생소해야 할 이런 생활이 그에겐 너무나 친숙한 것 같았다.

그는 대형 은행 한 곳에 노르트 유한회사의 생존 가능성을 설득하여 사백만을 대출받는다. 그리고 공손하고 무심한 표정으로 이사진의 말에 귀기울이지만 내심 혼자 결정을 내린다. 조립식 주택용 강철 비계시장에 주력하자. 어느 겨울 밤 그는 아내와 함께 외식을 하고 집으로 돌아온다. 그가 벽난로에 불을 지핀다. 한가롭게

잡담을 나누다 말고 그는 고개를 들어 마그다를 바라보며, 미안하지만 회사에 가봐야겠다고 양해를 구한 후 얼어붙은 도로를 달려 공장으로 간다. 사무실에서 그는 부채 장부와 서류들을 들쑤셔 찾는다. 그리고 두 가지를 결심한다. 이런 우스꽝스러운 회사 관리 시스템을 일 년 안에 자동화시키고, 돈은 안 되면서 성가시기만 한 소규모 고객들을 과감히 포기해야겠다고.

그 다음은 해고가 문제였다. 그는 일말의 양심의 가책도 없이 이십 퍼센트의 직원을 내쫓았다. 그래도 그는 이 시절—강당에서, 구름다리 위에서, 구내 식당에서—언제나 아버지의 아들이었다. 여태까지 회사에 충성을 바쳐온, 회사의 비품이나 다름없는 늙은 근로자들은 해고시키지 않았을 뿐 아니라 적극적으로 후원을 아끼지 않았기 때문이다.

그가 사업에 손을 댄 첫해는 이십만 굴덴의 적자로 막을 내렸다.

하지만 얼마 안 가 노르트는 팔백만의 이익을 기록했다. 제이더르펠트가 든든한 길잡이가 되어주었다. 어느 날 점심식사를 마친 그에게 훤한 대머리에 말같이 유순한 눈빛을 가진 젊은 남자가 명함을 내밀었다. K. B. M. 제이더르펠트. 엔지니어. 로베르트는 그에게 앉으라고 권했다.

"에…… 어디서 이런 아이디어를 얻었습니까?"

십오 분 동안 정신 없이 그의 말을 듣고 난 후 로베르트가 물었다.

"하버드에서 공부를 했습니다. 엠비에이를 졸업하고 미국 알루미늄 기업인 커낼에서 실습을 마쳤습니다."

"그렇다면 유럽의 약점이 뭐라고 생각하십니까?"
"알루미늄 비계 생산 부문입니다."
"우리나라의 현재 납품 현황은 어떤가요?"
"수입이지요. 서독의 조건이 제일 좋습니다. 하지만 인도 기일이 너무 깁니다."
"네덜란드 시장은 얼마나 될까요?"
"이천오백만입니다."

그들은 노크 소리도 듣지 못했다. 갑자기 크고 하얀 커피잔이 코앞에 나타났다. 두 남자는 입을 다물고 커피를 저었다. 로베르트는 눈을 내리깔고, 작은 스푼을 붙잡고 있는 통통한 작은 손, 손목을 감싼 하얀 소맷부리, 갈색 양복, 캐러멜 담배의 향기를 머릿속에 입력시켰다. 그의 뇌가 자극을 받았던 것이다.

고개를 들자 상대방의 두리번거리는 시선이 기다리고 있었다. 그는 팔을 뻗어 인터폰을 누르고 그날 오후 스케줄을 취소시켰다.

3

여섯시경 그는 햇빛이 내리쬐는 주차장을 지나 차를 향해 걸어간다. 아직 더운데다 약간 안개가 낀 듯하다. 좌석 등받이의 푹신한 느낌이 등으로 전해지자 순간 모든 것이 지극히 정상이라는 느낌이 든다.

그는 강변을 따라 차를 몬다. 강가에서는 군데군데 장작불을 지피고 있다. 반라의 아이들 몇 명이 판자다리 위에서 강으로 뛰어

내린다. 그는 왼쪽으로 꺾어—다리와 그 밑으로 쏜살같이 달리는 카누 위를 지나—올가미처럼 시외로 이어지는 외호변(성 밖으로 둘러 판 호—옮긴이) 도로로 접어든다. 그의 손은 카세트 테이프를 헤집는다. 기타 음악은 싫고, 피아노도 싫고. 그래, 그가 좋아하는 소나타. 이 정도의 즐거움까지 마다해야 할 이유는 없을 것이다. 하루가 지나자 아내가 그를 떠났다는 사실 하나로 안절부절하는 상태는 극복되었다.

미소가 얼굴 전체로 퍼져나간다.

"이익이 백육십만입니다."

침착 그 자체인 제이더르펠트는 오늘 이 한마디로 적시타를 날렸다. 이상하리만치 나지막한 그의 목소리가 몇 초 동안 너무 길다 싶던 침묵을 깨뜨렸다. 그리고 예상대로 두 은행원이 의자에서 벌떡 일어났다.

그에게 새 회사의 사장 자리를 내주고 나는 육십 퍼센트의 지분으로 만족하자. 담배를 피우면서, 혼자 흥얼거리면서, 줄지어 늘어선 꽃과 과일 나무, 이 주 후면 시장에서 팔리게 될 레인스부르흐 샐러드용 야채를 보며 희미한 감동에 젖은 로베르트는 이렇게 결심한다. 아우어 제이스트라트로 접어들자 에릭과 넬리한테 맡겨져 있는 개 세 마리가 생각났다. 그는 급커브를 한다. 빌어먹을, 이게 무슨 일이야.

집에는 아들만 있다.

"엄마 아빠는 언제 돌아오시니?"

모래언덕을 낑낑 기어올라간 로베르트가 묻는다.

열여섯 살 소년은 거실 바닥에 앉아 있다. 로베르트는 가브리엘이 쳐다보지 않으리라는 것을 알고 있다. 그는 한 손으로 앞에 놓인 스크래블(상표명. 크로스워드 퍼즐과 비슷한 일종의 단어 작성 놀이—옮긴이) 놀이판을 더듬으면서, 탁자 밑에 누웠다가 벌떡 일어서는 개들을 흘깃 쳐다본다. 이런 아이들은 대화엔 별 흥미가 없고 불빛을 보면 돌아앉는다. 로베르트는 검은 개가 벌떡 일어서는 순간 철자가 적힌 돌을 조심스레 내려놓는 손가락을 바라본다. 손가락 끝이 뾰족하고 위로 약간 휘어져 있다. 그는 돌을 한 칸 앞으로 옮겨놓고는 소리내어 읽는다. 큰개자리. 가브리엘은 그가 옆에 있어도 전혀 방해가 안 되는 모양이다. 차분히 게임을 계속하면서 상체를 흔들며 한 손가락으로 리드미컬하게 목에 있는 점과 귀 바로 아래 사이를 천천히, 아주 부드럽게 쓰다듬는다. 이런 아이들은 다른 사람과의 관계에 전혀 가치를 두지 않는 법이다. 자기 피부와 노는 걸 더 좋아한다. 로베르트는 양손을 주머니에 찌른 채 방 한 가운데에 서 있다. 가브리엘의 움직임, 이런 강박관념에서 눈을 뗄 수가 없다. 집에 가야 한다고 생각하면서도 흔들거리는 가브리엘의 몸짓과 감각을 마비시키는 리듬에 완전히 사로잡혀 있다. 창살 뒤에서 어슬렁거리는 호랑이의 움직임, 뭍으로 올라온 물고기의 파닥거림(기계적으로, 본능적으로 있는 힘을 다해 물고기는 물로 돌아가려 한다), 창문을 향해 돌진하는 쇠파리의 맹목적인 의지 같은 것들을 연상시키는 그 리듬에.

 소년은 일어나 놀이판과 말을—놀이판에는 '네가 그녀를 데리고 있어'라는 글자가 만들어져 있다—로베르트의 손에 쥐어주고 밖으로 나간다.

 에릭과 넬리가 큰 소리로 인사를 하면서 쿵쾅쿵쾅 들어온다. 그리고 팔에 안고 온 꽃과 쇼핑백을 식탁 위에 털썩 내려놓는다.
"걱정 말아요. 한 주 정도 도망간 거니까."
넬리가 잠시 후 이렇게 말하며 다리를 꼰다. 그리고 에릭에게 말한다.
"이봐요, 적포도주 한 병 따오죠."
그들은 팔걸이 의자에 앉아 그를 뚫어져라 쳐다본다. 조금은 동정한다는 듯, 조금은 재미있다는 듯. 그는 그들이 함께 코미디를 연출하면서 재미있어한다고 생각한다. 마그다를 장롱 속에 숨겨놓고 자신을 놀리고 있다고 말이다.
에릭이 미소를 짓는다.
"오늘 저녁 때쯤이면 전화를 할 거야."
넬리: "물론이죠."
에릭: "그래도 좀 걱정되지 않아?"
넬리: "얼굴이 안돼 보이네요."
에릭: "로베르트, 진짜 그렇게 믿는 건 아니지. 이리 와, 앉아. 정말 좋은 계절이야. 왜 그렇게 시무룩해?"

그는 정원 문을 열고 불도 켜지 않은 채 신발을 벗고 넥타이를 풀고 마그다의 시가 한 갑을 찾아 한 개비를 빼내 불을 붙인다. 그리고 위스키 한 잔을 따르고—몇 년 전부터 그는 술을 끊었다—소파에 누워 손 닿는 곳에 술병을 세워놓는다. 그녀가 없다는 사실이 마음을 몹시 어지럽힌다.
거리에서 시끄러운 소리가 밀려든다. 행인의 발소리, 킥킥대는 웃음소리, 감탄사가 연발되더니 갑자기 버스가 지나간다. 어떻게 말 한마디 없이 사라져버리자는 생각을 하게 되었을까? 어디를 헤매고 있는지, 언제 돌아올 건지 어서 말해줘. 그는 몸을 떤다. 당신과 내 인생에 이렇게 차가운 공기가 맴돌다니. 그는 일어선다. 문을 그대로 열어둔 채 두꺼운 웃옷을 하나 가져온다. 그리고 다시 누워 웃옷으로 무릎을 덮는다. 당신은 너무 잔인해!

당장 몇 군데 전화를 해볼 수는 있을 것이다. 어머니나 엘렌에게 전화를 걸어볼 수도 있다. 마그다가 아직 거기 있어? 집으로 돌려보내. 그러나 그는 전화를 걸지 못한다. 그런 부끄러운 말을 자신의 두 혈육에게 하고 싶지가 않다. 빌어먹을, 당신이 얼마나 잘못하고 있는지 알아? 그는 그의 어머니나 여동생, 그의 가족에게 품고 있는 그녀의 애정을 이해할 수 없다. 달력에 적혀 있던 메모—로베르트, 내일이 삼월 둘째주 일요일이에요—방문, 전화. 어머니와 전화를 할 때면 그녀의 목소리는 평소보다 온화하며, 여동생과는 배꼽을 잡고 웃기도 한다.

"무슨 일이야?"

로베르트는 의아해하며 묻는다.

"아무것도 아니에요."

크리스마스가 되면 그녀는 엘렌의 갓난아이들까지 포함해서 전 가족을 초대하고 싶어한다. 며칠 동안 그녀는 버섯 수프와 연어 무스, 입에 사과를 물린 새끼 돼지를 장만하느라 정신 없이 분주하다. 그는 왜 그런 짓을 하느냐고 묻는다.

"즐거우니까요."

그녀는 그렇게 말하며 미소를 짓는다.

하긴 한 번이라도 그녀가 그의 질문에 진심으로 대답해준 적이 있었던가?

　시가가 중간에 꺼져버렸다. 그는 라이터를 찾아내 잠시 불꽃으로 장난을 하다가 정신 없이 불빛을 바라본다. 그리고 입술을 동그랗게 모은다. 잘하면 도넛 모양의 연기가 어둠 속에 떠오를 것이다. 그는 잠깐 어린 시절을 생각한다. 그리고 마그다의 얼굴을 눈앞에 떠올린다. 도무지 속을 알 수 없는 표정이다. 당신은 나를 속였어. 말없이 떠나버렸고, 아무 일도 없는 듯 태연했고, 동물들과 머리카락 하나 없는 아기와 발목 끈이 달린 신발과 푸른 장신구를 남몰래 사랑하면서 나를 속였어. 목욕탕에서 나올 때면 당신은 수리남 가게에서 산 오일을 온몸에 발랐지. 슬쩍만 보아도 난 알 수 있어. 당신의 생각이 먼 곳으로 훨훨 날아가고 있다는 것을. 당신은 나를 속였어!

4

　당신은 나를 속였어.
　몇 해 동안 우리는 강에서 낚시를 했다. 깜박 잠든 마그다를 나는 마음을 다져먹고 흔들어 깨운다. 그녀가 부엌으로 들어가 뜨거운 찻잔을 양손에 들고 나오자 나는 미안한 마음에 그녀를 와락 끌어안는다. 그녀의 기분이 좀 풀어진다. 그녀가 돌 위에 맨발로 서 있거나 물살이 제법 센 곳에서 능숙한 솜씨로 물고기를 낚아올리는 모습을 나는 좋아한다. 나는 생각한다. 당신은 정말 완벽해. 이 희뿌연 빛 속에서, 얼음처럼 차가운 이 물가에서, 이 계곡에서,

나말고는 인간 그림자도 볼 수 없는 이 산중에서 당신은 내가 원하는 바로 그 모습을 하고 있어.

세상에! 어쩌자고 그렇게 의기충천해 있었을까? 예술은 인생이 아니다. 인생의 다른 형태이다. 만드는 것이 아니라 시험해보는 것이다. 깨어 있는 것이 아니라 잠과 꿈이다. 달리기가 아니라 줄타기다. 네 마음속에는 경계를 그을 수 없는 불안이 들끓고 있어. 어떤 경계? 내 눈에는 경계가 안 보인다. 코메디, 폭력, 거리. 나는 제법 많은 책을 읽었다. 사람들이 이론을 좋아하는 이유는 이론이 가진 명쾌함과 매력 때문이다. 하지만 그게 전부다.

그 시절 나의 관심은 인생이 아니라 색채였다. 색채, 터치, 색조였다. 다시 말해 몸을 숨기고 있는 사물들의 차원이었다. 정말 호기심에 차 있었다. 하지만 우리가 진짜 알고 싶은 것은 모습을 드러내지 않는 법이다. 그림은 비유다.

예술은 인생이 아니다. 그저 인생을 이용할 뿐이다. 나는 그때그때 내가 처해 있던 모든 상황을 철저히 이용했다. 나의 아버지, 나의 어머니, 나의 일출과 일몰, 나의 아이디어와 나의 망상. 특히 그 당시 나는 마그다를 이용했다.

마그다는 나를 대지와 묶어주는 가는 선이었다. 세상에, 어쩌자고 그렇게 의기충천해 있었을까? 나는 북향의 아틀리에에서, 그녀가 햇빛을 받으며 누워 잠자고 있다고 확신하며 작업을 했다. 그리고 생각했다. 당신은 상상의 동물이야. 푸른 꽃이야. 나를 제외한 모든 사람에게 수수께끼와 같은 존재야.

어느 겨울밤 그녀가 아틀리에로 들어온다. 니트 재킷을 입고 있다. 나는 꼼짝도 않고 이젤 옆에 서 있다. 스케치북을 뒤적이면서 나는 그녀가 바로 내 등뒤에 서 있다는 느낌을 받는다. 아무 말 없이 우리는 그날 내가 그려놓은 그림을 관찰한다. 가지각색의 형태와 선과 점들을.

한참 후 그녀가 이렇게 말한다.

"이제 당신 머릿속에 뭐가 들었는지 알 것 같아요. 당신 생각의 움직임을 이제는 알 수 있어요."

그날 저녁 나는 긁혀 생채기가 난 그녀의 손을 부여잡는다.

"빌어먹을, 빌어먹을, 빌어먹을."

집 안으로 들어오면서 그녀는 흥분하여 말도 제대로 못했다. 어둠 속에서 미끄러졌던 것이다. 나는 피멍과 피, 상처 난 하얀 피부, 방금 자른 나무에서 솟아나는 수액 같은 맑은 진물을 바라본다.

"조심하지."

나는 낮게 중얼거린다. 가슴이 아프기 때문이다. 나는 내 손이나 진배없는 그 손의 고통을 느끼며, 온전히 내 것인 눈 속에 어린 짜증을 바라본다. 다시 밝아지는 초록빛 눈동자. 나는 그녀를 끌어안는다. 나의 가슴, 나의 위장, 나의 창자, 나의 자궁, 나의 허벅지…… 내가 미친 건 아닐까? 이런 우스꽝스러운 생각들을 하다니. 이 연약한 존재는 타인이 아니다. 그녀는—엄밀히 말해—다른 사람이 아니다. 나는 그녀에게 내 사랑의 시스템을 부과했다. 이제 그녀는 내 것이다.

하지만 어느 날 밤 나는 잠들지 못했다. 어둠 속에서 질식할 것만 같았다. 몇시간 전 그녀가 이렇게 말했기 때문이다.

"아이를 갖고 싶어요."

병원은 르 비강의 중심가에 있다. 그가 처음 그녀를 그곳으로 데려갔을 때는 가을이었다. 그들은 콜 드 라 트리발로 나 있는 길을 택했다. 가장 지름길인데다 아직 차가 다닐 수 있었기 때문이다. 꼭대기에 오르자 로베르트는 습관대로 속도를 줄였다. 평소 이곳을 지날 때면 그들은 완만한 산비탈들을 탄성을 내지르며 바라보곤 했었다. 푸른빛을 차츰 잃어가며 남으로 남으로 뻗어 있는 산비탈들. 옛날 그 산 속에서 유혈이 낭자한 종교전쟁이 있었다는 사실을 그들은 알고 있었다.

바람이 세찼다. 낡은 가죽 재킷을 턱까지 끌어당겨 입고 있던 마그다는 바람 때문에 차가 이리저리 흔들리는 순간 밤 한줌이 차지붕 위로 우수수 떨어지자 짧게 웃었다. 로베르트는 신경이 곤두섰다. 에로로 넘어가는 다리 바로 앞에서 그가 갑자기 속도를 줄이는 바람에 두 사람의 몸이 앞으로 쏠렸다. 그가 놀라 물었다.

"괜찮아?"

그녀는 평온한 얼굴로 자리에 앉아 검게 빛나는 물 속을 바라보고 있었다.

해가 졌다. 어두워졌다. 마을이 활짝 펼쳐놓은 거미줄처럼 산비탈에 걸려 있었다. 헛간에서 개 한 마리가 튀어나오더니 자동차를 보고 미친 듯이 짖다가 달려가버렸다. 그들이 시내에 도착한 바로 그 순간 가로등에 불이 들어왔다. 하지만 아직 교통량은 많지 않았고 주차를 하는 데도 별 어려움이 없었다. 마그다는 부축 없이 혼자서 차에서 내렸다. 약간 하혈이 있었던 것이다. 그녀의 임신은 단 한 번도 삼 개월을 넘겨보지 못했다.

두 사람은 결혼한 후 처음으로 떨어져 있게 되었다. 혈액 검사,

수속, 카트. 결단이 필요한 세계는 마그다의 몫이었다. 사람들이 그녀를 높고 좁은 침대에 똑바로 누인 후에야 로베르트는 손을 흔들 수 있었다. 눈부신 불빛 아래, 환자들은 막 밥그릇 뚜껑을 열고 즐거운 마음으로 냄새를 맡은 뒤 저녁 식사를 시작하고 있었다. 그들이 주시하는 가운데 로베르트는 아내의 입술을 만지작거렸다. 아무것도 보이지 않았고 아무것도 느낄 수 없었다.

"어때?"

다음날 그는 아내의 다리를 덮은 이불 위에 몇 송이 들꽃을 올려놓았다. 그의 손이 새카맸다. 성 앙드레를 지나자마자 에어필터가 요란한 소리를 내며 보닛에 부딪쳤다. 삼십 분 동안 길가에 차를 세워놓고 수리를 해야 한다는 뜻이었다. 그가 마침내 병원에 도착했을 때 마그다는 잠들어 있었다. 그녀는 눈을 뜨고 놀란 듯한 표정으로 그를 바라보았다.

그녀는 미소를 지어 그를 안심시켰다. 그녀의 얼굴에 잠깐 무언가 희미한 표정이, 그림자와 비슷한 그 무엇이 떠올랐다. 그녀의 상태는 좋았다.

"의사가 뭐라고 했어?"

의사는 오후에 들를 거란다. 그가 또 물었다.

"안 아퍼?"

그녀는 그의 손을 잡았다. 안 아파요. 하나도 안 아파요.

그는 보슬비를 맞으며 돌아갔다.

마그다는 금방 퇴원을 했다. 로베르트가 다섯번째로 병원 침대 곁에 앉았을 때 마그다는 시체처럼 창백한 얼굴을 베개에 묻은 채 몸에는 별 이상이 없다고 알려주었다. 그는 그녀의 당황한 눈동자를 바라보며 생각했다. 아직 시월이구나. 태양은 우리집 밤나무의 황금빛 잎사귀를 비추고, 지하실에는—아주 맛있는— 뤼베롱 몇 병이 남아 있어. 생각에 잠긴 그의 귓가에 그녀의 말소리가 들려왔다.

"의학적으로는 전혀 이상이 없대요. 다음번엔 잘될 수 있을 거래요."

그녀가 달력에 표시를 하기 시작했다. 책상 위 그녀 부모님의 사진 옆, 그녀가 매주 캐나다에 계신 어머니에게 편지를 쓰는 편지 묶음 옆에서 로베르트는 빨간색으로 표시를 해놓은 날짜 리스트를 발견했다. 이런 날들이면 그녀는 평소보다 늦은 시간에 저녁을 먹었고 평소보다 더 활활 불을 지폈으며, 눈자위에 검고 푸른 그늘을 드리우고 그의 어깨 너머로 몸을 굽혀 술을 따라주거나 그녀의 온기를, 비 내리는 숲속의 향기를 그에게 전했다. 그를 너무나 잘 알고 있다는 듯이 말이다! 그를 더듬어 찾는 그녀의 손은 알맞은 강도를 알고 있었다. 그녀는 머릿속으로 계산을 하면서 그를 흥분시키고 나서 자신의 감정도 한껏 풀어놓았다. 마침내 그가 몽롱한 상태로 허둥대며 사랑의 고백 따위는 입 밖에도 내지 못한 채 주도권을 뺏겼다는 느낌으로 그녀를 따라 침실로, 어둠 속으로 들어갈 때까지. 하지만 어느 날 그는 그녀의 손길을 뿌리친다. 그리고 되는 대로 웃옷을 걸쳐입고 밖으로 나와 편치 못한 밤을 보낸다. 그는 벽에 기대어 나무들을 바라본다. 앙상한 유실수들, 가축들이 잠들어 있는 새파란 우리를 바라본다. 달은 구름조각 사이를 비집고 나오려고 애를 쓰다가 사라지고 다시 아틀리에 위로 모습을 드러낸다. 그리고 그리다 만 커다란 그림이 기대어 있을 바위

벽을 하얗게 비춘다. 당신은 나를 속였어!

그들이 두번째로 집을 나섰을 때는 한여름이었다. 그들은 엄청난 속도로 샛길을 지나 달렸다. 도로의 넓이도, 바짝 마른 언덕도, 밤나무 아래의 양떼도 무시한 채 르 레 계곡 아래로 돌진했다. 큰 돌덩이 사이를 흐르는 계곡의 강물은 아직 진흙탕이었다. 사십오 분을 달린 후 그들은 낮잠에 빠져 있는 시내에 도착했다.

마그다는 하얀 병실의 침상에 누워보지도 못했다. 생각하고 말 것도 없었다. 마그다는 곧장 2번 수술실로 실려갔다. 소파수술은 큰일이 아니다. 약하게 마취를 하고—마그다는 눈동자와 눈썹이 새까만 마취과 의사에게 몸을 맡긴 채 똑바로 누워 몽롱한 꿈속으로 빠져들었다—노련한 손길로 여자의 다리를 쫙 벌려 잘못된 태아를 들어내면 된다. 이십 분도 채 안 걸리는 사소한 수술이다. 정상적인 경우면 그날 바로 남편과 함께 집으로 돌아갈 수도 있다.

그날 저녁, 너무나 덥던 그날 저녁, 그들은 밖에 나와 앉아 있었다. 마그다는 초록빛 실크 잠옷을 입고 있었다. 그녀는 그가 건네준 꼬냑 한 잔을 순순히 받아들였고, 발 밑에 작은 의자를 밀어넣어주어도 거절하지 않았다. 로베르트는 옆을 쳐다보았다. 마그다가 열심히 담배를 피우고 있었다. 우리는 참 어리석은 인간들이로구나, 느긋한 마음으로 그는 생각했다.

겨울이 찾아왔다. 어느 월요일 마그다는 숲을 지나 마을까지 걸어갔다. 되돌아온 그녀는 아무 말 없이 침실로 들어가더니 짐을 꾸리기 시작했다. 이번에도 똑같은 진단이었다. 그녀의 가슴은 이미 팽팽해져 있었다. 이번에는 그녀도 주저없이 주사를 맞을 것이다. 로베르트는 정확히 세 번 그녀를 찾아갔다. 그는 병원 로비의 의자에서 기다리면서 절망의 감정을 참고 되도록 평소와 다름없이 행동하려고 애썼다. 정해진 시간에 병실 문이 열리자 그는 한 무리의 사람들 틈에 끼여 꽃과 선물을 손에 들고서 침대 옆에 자리를 잡았다.

눈이 왔다. 눈은 얼음처럼 차가운 하얀 짐승, 꿈속에 나타나는 괴물의 모습이었다. 아침에 밖으로 나간 로베르트는 삽과 비를 들고 자동찻길을 만들어야 했다. 그는 시동을 걸고 창문에 붙은 눈을 긁어내고 체인을 감았다. 그리고 산 속의 샛길이 막혔으므로 포레 드 사니삭 쪽 길을 택했다. 계속 눈이 내렸고, 그는 계속 방풍유리에 얼굴을 대고 밖을 내다보았다. 시속 삼십 킬로 이상 속력을 낼 수가 없었다. 흔들리는 와이퍼 너머 칙칙한 길을 두세 시간 달린 후 그는 완전히 기진맥진하여 병원 앞에 차를 세우고 계단을 올라 병실로 들어갔다. 마그다는 그를 에워쌌던 눈보라와 똑같은 칙칙한 장막에 싸여 차갑게 인사를 건넸다.

한번은 아세리에 생 마시엘 쪽으로 가다가 문득 차를 길가에 세우고 싶은 충동을 느꼈다. 그는 차에서 내려 손으로 가리고 담배에 불을 붙인 후 앞 범퍼에 기댄 채 눈앞에 펼쳐진 눈 덮인 툰드라를 뚫어져라 쳐다보았다. 몸의 모든 감각이 순식간에 이성의 통제를 벗어났다. 어디선가 총소리가 들렸고 개가 짖었다. 계속 교회의 종소리가 울렸고 바람이 일었다. 그래도 그는 아무 느낌이 없었다. 아무 생각도 없었다. 그는 이 설명할 수 없는, 감정이라고는 없는 시간 속의 한 점에 집중하기로 결심했다. 어린아이처럼 좋아하며 면회 시간이 지나버렸다고 확신할 때까지. 음울한 건물, 대기실, 휙 지나가며 묻는 말에 대꾸도 하지 않는 하얀 유니폼, 구역질

나는 약 냄새와 카트, 고통과 피와 식사 시간, 자기 혈육을 갖고 싶다는 무자비한 소망을 가슴에 품은 여자들로 북적거리는 후텁지근한 병실, 마그다의 팔에 꽂힌 링겔 호스, 그녀의 통통하고 볼륨 있는 몸, 그녀의 그림자, 침대 옆 병 속에 담긴 끔찍한 액체, 그들이 나누게 될 의미 없는 말들, 작별과 엘리베이터, 어쩔 수 없이 그녀를 수술대에 묶어야 하는 의사와의 우연한 만남, 이 모든 것을 하기에는 너무 늦어버렸다고.

얼마 남지 않은 희망의 시간, 삶과 죽음의 갈림길을 마지막으로 지나던 때는 이미 봄이었다. 카페 앞에는 다시 빨갛고 파란 차양들이 내려졌고 꽃을 심은 화분들이 입구를 표시하기 위해 진열되어 있었다. 로베르트와 마그다는 시내를 벗어나 오른쪽으로 꺾어 트리발의 산등성이를 따라 오르기 시작했다. 저거 보여? 로베르트가 묻자 마그다는 대답한다. 네, 보여요. 아름답네요. 그녀는 정말 보고 있었다. 곳곳에서 바위 틈으로 물이 솟아나왔다. 아름다워요. 아름다워요. 집에 도착해 차에서 내리면서 그녀는 중얼거렸다. 이제 보이지는 않았지만 소리가 들려왔기 때문이었다. 사방에서 물이 솟아나왔다. 저 높은 곳 어디선가 잠에서 깨어나 자유롭게 반짝이며 콸콸 흘러내리고 튀어올라 강물로 가기 위해 협곡 속으로 곤두박질치는 물소리가.

5

도무지 일이 안 풀리는 날이 있다. 물감을 섞어 선을 몇 개 그리고 몇 가지 시도를 해본 뒤 뒤로 몇 걸음 물러나 눈살을 찌푸린다. 집어치워! 이게 아니야. 하지만 어떻게 해야 할지 방법을 모르겠다. 도무지 감이 안 잡혀 너는 미심쩍은 표정으로 아직 물감이 마르지 않은 캔버스를 빤히 쳐다본다. 회청색–진홍색–빨간색–주홍색–청회색의 색 연결이 마음에 들지 않는다. 뭔가 우스꽝스러운 느낌이다. 너의 턱이 길어진다. 그리고 너의 능력이 다했음을, 꼭 필요한 본능이 떠나버렸음을 깨닫는다. 너는 생각한다. 영원히 떠난 것이라고.

그날은 최고로 무더운 날이었다. 아틀리에를 나오는 순간 갑자기 목과 어깨가 불이라도 붙은 듯 뜨겁다. 그래서 그는 뽕나무 길로 접어들어 느릿느릿 걸어갔다. 끝장이라는 느낌으로 그는 발로 현관 문을 밀어 열었다.

고요, 어둑어둑한 실내, 한줄기 햇살, 거울 하나. 눈살을 찌푸리고 살펴보고 나서야 그는 아래층 계단 옆 타일 위에 사지를 쭉 펴고 누워 있는 검둥이를 알아보았다. 긴장하여 귀를 곤추세웠다. 마그다가 집에 없거나 그와 말하기 싫어하거나 그에게 신경을 쓰지 않으려 들면 금방이라도 나락으로 떨어질 것 같은 기분이었다.

그녀는 침실에서 밀짚모자를 써보고 있었다.
"어디 가려고?" 그가 힘들게 말을 꺼냈다.
"마을에 가요."
모자의 테두리가 어깨의 맨살에 닿을 듯했다. 그녀는 끈이 달린 옷을 입고 있었다. 그가 말했다.
"지금 나가지 마."
그녀는 몸을 돌려 놀란 표정으로 그를 바라보았다.

"왜요?"

"너무 더워."

"걸어갈 거예요. 숲속으로 갈 거니까 괜찮아요."

"그래도 몸에 안 좋아. 이 더위에 굳이 나갈 필요 있겠어? 내가 당신을……"

"오, 로베르트. 그만해요!"

"왜 말을 가로막아? 내가 들어오자마자 나가겠다는 이유가 뭐야? 어디 갈 건지 말하고 싶지 않은 거지, 그렇지?"

말없이 그녀는 입을 딱 벌렸다.

그는 화가 났다.

"웃지 마!"

"내가 언제 웃었어요?"

"웃었잖아. 웃었어. 하지만 그게 중요한 게 아니지."

애원하듯, 갑자기 너무나 부드러운 목소리로 그가 말했다.

"한잔 마시면서……"

그녀가 선글라스를 쓰고 핸드백을 열었다 닫고 다시 한번 거울을 보는 동안 그는 미심쩍은 눈길로 그녀를 바라보았다.

"나 갈게요."

"적포도주? 백포도주?"

그는 양팔을 벌리고 그녀를 가로막았다.

"부엌이 시원해. 아주 쾌적하다고. 내가 방금 부엌을 지나오는 길이잖아."

"로베르트, 비켜요."

그녀는 서둘러 옆으로 빠져나가려고 했다. 그는 화가 나 그녀의 손목을 잡았다.

"그게 무슨 소리야. 비키라니. 당신이 무슨 말을 하고 있는지 알기나 해? 날 쳐다봐! 당신은 날 벗어나고 싶은 거야, 그렇지? 날 쳐다보라고 말했어!"

"싫어요. 정말 못 참겠어."

그녀는 잡힌 팔을 빼려고 버둥거리며 그의 어깨를 밀치다가 이내 조용해졌다. 불타는 눈길로, 야생동물의 눈길로 그녀를 쳐다보며, 어린 시절부터 생명의 위험을 느낄 때마다 나타나는 버릇대로 눈썹을 치켜올리고서 그는 그녀의 손목에서 손을 떼어 다정하게 그녀의 어깨로 가져갔다. 그녀는 침을 삼키고 혓바닥으로 입술을 적신 후 뒤엉킨 기억의 실타래에서 뭔가 놀라운 사건을 발견한 사람처럼 아주 짧게 웃음을 터뜨리려다 말았다. 그는 다른 손을 그녀의 겨드랑이 속으로 밀어넣고 아르헨티나 탱고를 추듯 발을 질질 끌며 붉은 비로드 커버가 씌워져 있는 의자 곁을 지나, 유칼리나무 냄새가 풍기는 장롱과 사람 키만한 거울 곁을 지나 방으로 그녀를 밀어넣었다. 그녀를 손에서 놓자 그녀는 뒤로 넘어져 침대 위로 벌렁 나자빠졌다. 그 바람에 밀짚모자가 벗겨지면서 올려놓은 블론드빛 머리가 풀어졌다.

그 시절 나는 그 지방에서 제일 높은 산꼭대기에 올라간 적이 있었다. 양치기 마을인 생 아르망 데 네주에는 당시 스무 명 정도가 살고 있었다. 대부분이 남자였고, 제일 젊은 사람이 예순에 가까웠다. 길은 가팔랐다. 마을이 가까워지자 자동차가 노새처럼 엉금엉금 기었다. 별 특징 없는 그저 그런 마을이었다. 붉은 담쟁이로 뒤덮인 담장, 발코니에 누워 잠이 든 개 한 마리. 갖가지 냄새가 풍겨나는 황량한 마을. 나는 생 아르망 데 네주 카페가 있는 정상에 도착했다. 나무 밑 탁자 앞에서 주사위 놀이를 하던 남자들은 하얀 먼지를 일으키며 외국인이 차에서 내려도 본 척 만 척했다.

카페 안에 있는 바에서 나는 포도주 석 잔을 마셨고, 파스티스 한 잔, 브리자드 한 잔, 파스티스 또 한 잔을 주문했고, 양손에 배술을 한 잔씩 들고 밖으로 나갔다.

난간 옆에 한 남자가 앉아 혼자서 도미노 놀이를 하고 있었다. 나무를 거쳐 여과된 햇빛 아래 꾸밈없는 행복에 가까운 표정을 짓고 있는 자그마한 노인이었다.

나는 그에게로 다가갔다. 그의 등뒤로 펼쳐진 전경이 눈부셨다. 산비탈과 협곡이 있는 점판암 색의 대지. 천지창조 이후 그 모습을 그대로 지켜온 대지. 나는 그의 탁자 위에 잔을 내려놓고, 맞은편에 앉아 그 지방 특유의 무거운 액센트로 말을 걸었다.

"날씨가 정말 덥지요. 기분 나쁘게 생각지는 마십시오. 부인이 계십니까?"

노인은 재미있다는 표정으로 쳐다보았지만 아무 말도 하지 않았다. 그가 게임에 열중하고 있는 동안 나는 화를 참으며 다시 술을 마시기 시작했다.

……나는 그녀의 미소를 견딜 수가 없다. 그건 미소가 아니다. 그녀만이 할 수 있는, 피부를 찌푸리는 동작이다. 나는 그녀의 발걸음 소리를 참을 수가 없다. 그녀의 숨소리를 견딜 수 없다. 담배를 피고 술을 마시고 손에 로션을 바르고 귀고리를 하고 머리를

풀어내리는 모습을 참을 수가 없다. 그리고 어둠이 깔리자마자 느닷없이 던지는 그녀의 말을 견딜 수가 없다.
"피곤해요. 덥죠. 안 졸려요?"
그녀의 흐트러진 태도는 나에 대한 도전처럼 느껴진다. 내가 알고 있는 당신은 이렇지 않았다! 내가 식탁에서 일어나 담배를 들고 다시 작업실로 가겠다는 의향을 보여도 그녀는 우리가 함께 하지 않은 또다른 과거가 있다는 듯이—촛대나 책, 레몬이 담긴 주석 쟁반 등—하나의 대상을 택하여 꼼짝도 않고 그것만 쳐다보고 있다.
"추워요? 더워요? 비 와요?"
내가 몇시간 후 다시 집 안으로 들어오면 그녀는 조용히 개털을 쓰다듬으면서 이렇게 멍청한 질문을 던진다. 그녀의 시선은 아주 온화하고 다정하지만 나는 이런 얼굴 표정을 믿지 않는다. 나는 알고 있다. 그 표정으로 몸을 가린 채 그녀가 자기만의 가슴앓이를 하고 있다는 것을. 나는 당신의 일인이역을 견딜 수가 없다.
"나한테 뭘 원해?"
한번은 그녀가 큰 소리로 고함을 쳤다. 아무것도, 아무것도 원치 않아. 내 사랑. 난 당신에게 내 삶을 바치고 싶었어. 내 작품을 바치고 싶었어. 정복할 수 없는 여자를 가지고 싶다는 내 욕망을 당신 곁에서 잠재우고 싶었어. 때로 잠이 덜 깬 상태로 그녀는 내 품으로 파고든다. 나는 그녀를 안아준다. 내 팔을 뿌리치지는 않지만 순간 그녀의 태도가 변했음을 나는 깨닫는다. 당신은 사물이다. 딱딱한 화석이다. 사랑에 대한 아스라한 기억이다.
난 알고 싶다. 앞으로 얼마나 이렇게 지내야 하는지. 나는 우리의 앞날을 설계했었다. 그리고 할 수 있는 것은 전부 다 해보았다. 몇 차례 당신에게 아이를 심어주었다. 낯선 의사의 손에 당신을 내주었다. 그리고 주저없이 다시 받아들였다. 하지만 당신은 나 몰래 가슴속에 근심을 품고서 나를 모욕했다.

"술 한잔 따라줄래요……."

이것이 지난 몇 달 동안 당신이 내게 속삭인 가장 다정한 말이었다. 그렇게 한 시간이 지나면 달빛을 받으며 엄숙한 표정으로 휘청거리는 그녀의 모습을 어쩔 수 없이 지켜봐야만 했다…….

노인은 도미노 놀이를 끝냈다. 우리 사이에 흑백의 귀여운 미로가 만들어졌다. 그는 내가 그의 앞에 놓아둔 술잔을 들고 한 모금 마신 후 진지한 표정으로 나를 바라보았다.

"그렇소. 아주 예쁜 아내가 있다오."

나는 몸을 앞으로 숙였다. 탁자가 삐걱거렸다.

"좋습니다. 노인장 말을 믿겠습니다. 한 가지만 더 물어보죠. 혹시 아내의 목을 비틀고 싶다는 생각을 해보신 적이 있습니까?"

노인은 놀란 표정을 지었다. 그는 모자 아래의 머리를 긁적이고 잠시 생각에 잠기더니—아니면 그런 척하더니—나지막한 한숨소리를 내뱉었다.

"그런 적이 있다오."

우리의 눈길은 여름날의 하늘을 방황하였다.

그의 애무, 그의 후회. 그는 눈물을 흘리며 혓바닥을 그녀의 입 안으로 밀어넣는다. 그녀가 괴로워한다는 사실을 알고 있으면서도 그는 다리로 그녀의 엉덩이를 휘감는다. 그리고 손가락으로 그녀의 어깨를 내리누르다가 바지 지퍼를 내리기 위해 허겁지겁 그녀를 밀어낸다. 그는 그녀의 얼굴을 보지 않는다. 그녀가 내뱉는 소리도 듣지 않는다. 할 일이 너무 많다. 사랑이 인내를 잃어버리고 칼날처럼 잽싸게 움직이는 이런 기만의 시간, 더위와 분노로 가득 찬 이런 방에서 이상주의자요 예술가이자 죽도록 피곤한 남자 로베르트 노르트는 생각한다. 아내가 너무 오랫동안 집을 떠나 있었다고. 이제 그녀를 저승에서 데려와도 좋다는 허락을 받았고, 그녀를 데려오면서 뒤를 돌아보아도 좋다고, 그녀를 붙잡아도, 그녀의 겨드랑이에 밴 땀냄새에 고개를 처박아도 되며 그녀의 머리채를 잡아 끌어 그녀의 따뜻하던 가슴과 피부와 눈동자로 되돌려도 된다는 허락을 받았노라고. 그곳으로 돌아가, 어서! 서로 알아야 할 건 전부 알게 되던 그곳으로! 땀으로 목욕을 한 채 바지를 옷걸이에 거는 동안 그는 지구만큼이나 오래된 가장 간단한 방법으로 질서를 회복하려고 애를 써본다.

태어나자마자 우리를 빨아들이는 혼란 덩어리.

6

그녀는 돌아오지 않는다. 전화도 하지 않는다. 전보도 없다. 마을 사람들은 호기심 어린 눈길로 그를 흘깃거린다. 저 남자 부인이 도망갔대. 아니면 뒤에서 손가락질을 한다. 그래, 저기 저 비쩍 마른 블론드빛 머리의 남자. 개 세 마리를 끌고 아침저녁으로 모래언덕길을 내려가는 저 남자 말이야. 이제 그는 한 시간 일찍 일어나고 한 시간 늦게 잠자리에 든다. 그의 생활방식이 변했다.

로베르트는 거실 소파에서 밤시간을 보내는 버릇이 생겼다. 몇 년 동안 비를 맞히고 또 말리면서 무거워진 웃옷을 덮고서. 정원으로 나가는 문을 열고 그는 방 안을 비추는 여름날의 청아한 달빛을 받으며 몇 개비 담배를 피운다. 그리고 대부분 이런 참담한 상황이 오래 가지 않을 거라는 생각을 하며 잠에 빠져든다.

"난 이해할 수가 없어."

마그다가 사라지고 일주일 후 엘렌이 말했다.

딸기잼 끓이는 냄새가 나는 그녀의 부엌에서 로베르트는 마그다가 그날 오전에 다녀갔었다는 말을 듣는다. 아이들이 학교에서 돌아와 옆에 앉아서 앞뒤없이 이런저런 이야기를 늘어놓았고, 그는 커피를 마시며 누이의 이혼 철학에 고개를 끄떡였다.

"아주 느긋해 보였어. 약간 신비스럽기까지 했다니까. 하루 종일 멋진 일만 생각하다 온 사람 같았다고나 할까."

마그다는 붉은 정장에다 날씨가 좋지 않았던 탓에 비옷을 입고 있었다. 쇼핑백 하나만 달랑 들고 있었다. 더구나 이렇게 말했다고 한다.

"어머니께 가볼 참이야."

그는 어머니를 찾아갔다. 새로 장만한 하얀 가죽 소파. 작은 발판. 아들이 지난 이십오 년 동안 항상 블랙 커피만 마셔왔다는 사실을 잊어버린 어머니.

"난 처음부터 그애가 항상 이상했다."

그는 필요한 정보를 얻는다. 마그다는 채 한 시간도 있지 않았다. 차 한 잔을 마셨고 조용히 시어머니의 말에 귀를 기울였다. 그녀는 아주 침착했고 가는 길에 붉은 산호 팔찌를 잊어버리고 갔다. 처음 인사를 드리러 왔던 날 시어머니로부터 선물을 받아, 우연히도 그날 낡은 줄이 끊어질 때까지 항상 팔에 차고 다니던 팔찌였다.

"며칠 후에 루카센으로 머리를 하러 가려고 보니까 옷장 밑에 떨어져 있더구나."

로베르트는 아무 말도 없이 어머니를 쳐다본다. 더러운 입가, 실룩이는 눈, 의자 등받이, 다이아몬드 반지를 낀 마른 손. 푸딩을 자르고, 빨래를 짜며, 손톱가위를 들고, "젊은 신사가 앉아 있었다……"로 시작되는 열여섯 살 아들의 시를 들고 훑어보며 분노로 덜덜 떨던 통통한 손이었다.

그가 두려워했던 건 어머니의 동정심이었다. 하지만 어머니는 동정심을 보이지 않았다. 한 시간 동안 내내 그는 꼼짝 않고 언짢은 표정으로 노려보는 노파의 눈길을 참았다.

그렇다면 마지막으로 아그네스 롬보우츠가 남았나. 구릿빛 머리의 여자, 알코올 중독에 걸린 아버지의 막내딸. 그 옛날 해변에서 그녀를 만나면 갑자기 온갖 자연의 색깔이 옅어지는 듯한 느낌을 받곤 했다. 지금 그녀는 소도시에 살고 있다. 그녀의 아름다운 몸매도 천천히 시들어가고 있다. 아파트, 카펫이 깔린 바닥, 이국적인 꽃무늬가 그려진 실내 가운. 마그다의 잠적이 지금은 정말 이해가 안 되지만, 차차 완전히 납득할 날이 올 거라고 자신을 속일 수 있는 동안에는, 그는 계속 애인을 찾을 것이다. 사무실에서 미친 듯 전화질을 해대고, 친구나 친척을 만나면 잽싸게 안부를 물어 그들의 우월감에 미리 쐐기를 박아버릴 수 있는 동안은 이중생활을 계속할 것이다.

"어젯밤에 무슨 꿈 꿨어?"

그들 사이의 비밀협약에서 고정 메뉴로 등장하는 그의 질문. 이 질문은 저녁이 저물어가고 있음을 알리는 신호탄이다. 처음 그들은 바닷가의 레스토랑을 찾아갔다. 아그네스는 버터 바른 생선과 매끄러운 삶은 감자, 네 가지의 제철 채소를 주문했고, 그는 그냥 그날의 메뉴를 시켰다. 포도주를 한잔 하자는 데는 둘 다 이의가 없다.

"폴리니-몽라셰."

유리 속에서 흐릿하게 반짝이는 향기로운 팔 년산 액체. 이런저런 이야기. 상대방이 안 보는 사이 얼른 해치우는 하품. 열한시경 그들은 다시 아파트로 돌아온다. 로베르트는 웃옷을 의자 위에 던진다. 알코올로 인한 몽롱한 온기, 희생적인 동지애, 어디에도 소속되지 못한 향수를 느끼며 그는, 넓고 하얀 어깨를 드러내며 조소를 머금는 여자를 바라본다. 한참 후 그는 꿈에 대해 묻기 시작한다.

그녀는 얼른 대답을 하지 않고 방 안을 돌아다니며 혼자 흥얼거린다. 그리고 재떨이를 집어든다. 그녀의 얼굴이 너무나 무표정해서, 그가 곁에 있다는 사실을 잊어버린 건 아닐까 의심이 들 정도다. 하지만 그녀는 다시 그의 곁에 누워 꿈이야기를 시작한다. 시내에서 달려가는데 두 마리 짐승이 나를 따라왔어요. 내가 그 짐승들을 구출해야 하는 거예요. 탑이 많은 텅 빈 도시였어요. 등뒤에서 발소리가 들리는데 무슨 짐승인지는 알 수 없었어요. 개 같기도 하고, 야생동물인 것 같기도 하고. 탑은 금속탑이었어요. 번쩍거렸어요. 나는 계단을 높이높이 올라갔어요. 끝까지 다 올라가서 보니까 한 마리밖에 안 남았어요…… 늘 그렇듯이 이야기는 시들하다. 그래서 큰 소리로 웃음을 터뜨리지 않으려면 바짝 긴장을 해야 한다. 그녀의 이야기가 끝나면 그는 억지로 진지한 목소리를 내려고 애를 쓴다.

처음부터 그녀 앞에서 절대로 입에 올리지 않는 이야기가 있다. 마그다에 관해서 그랬다. 그녀는 이해했다. 오히려 그 자신보다 더 문제삼지 않았다. 또한 그녀나 그의 과거에 대해서도 언급을 피했다. 고백이나 심리학적인 용어를 섞은 고리타분한 충고 따위도 일절 늘어놓지 않았다. 그러면서도 대화를 나누지 않을 수는 없었으므로 아그네스는 꿈이라는 아이디어를 생각해냈던 것이다.

어느 가을날, 그는 그녀의 이불을 덮고 누워 있다. 아침에 구름이 잔뜩 끼더니 드디어 비가 외벽을 내리친다. 그가 말한다.

"글쎄, 요즘엔 꿈을 꾸지 않아."

그가 때리기라도 한 듯 그녀가 고개를 획 돌려버린다.

얼마 후 신문에 실종자 광고가 실린다. 1프로그램과 2프로그램에서 뉴스가 끝나면 그녀의 이름이 방송을 탄다. 이제 곧 수색이 있을 예정이며…… 가슴속에 야릇한 아픔을 느끼며 로베르트는 텔레비전 화면에서 웃고 있는 마그다의 얼굴을 본다. 텔레비전 수상기 위에서 아른거리는 늦여름의 햇빛 때문에 그녀의 눈은 평소보다 더 평온해 보이고 블론드빛 머리카락은 더 진해 보인다. 그녀의 목에서 향수 냄새를 맡을 수도 있을 것 같은데…… 날씨는 벌써 며칠째 흐리고 밤이면 서리가 내린다. 붉은 면 정장, 비옷, 쇼

핑백. 이런 인적 사항이 무엇을 의미할까? 나의 아내.

　다음날 출근을 한 그는 공장을 뒤덮던 지옥 같은 소음이 차라리 그리울 지경이었다. 직원들이 파업을 하고 있는 것이 아니라 끼리끼리 모여 그의 인생을 걱정하고 있다는 사실을 깨달으면서 그의 시선은 수위와 두 명의 여비서, 제도사에게 가서 멎는다. 그들은 경외심이 가득한 표정으로 인사를 건넨다. 저 사람들이 당장 달려들어 꽃다발이라도 한 아름 안겨주지나 않을는지?

　정오 무렵 제이더르펠트가 나타난다. 그들은 곧장 본론으로 들어간다. 계획하고 있는 자회사 설립에 걸림돌이 되고 있는 여러 현안에 대해. 알콤의 재정 문제는 해결되었지만 알루미늄 주형의 프레이즈 반에 필요한 작은 프레이즈 줄을 미국에서 들여오려면 삼 개월이 걸린다!

　로베르트는 턱을 문지르면서 맞은편에 앉아 있는 침착한 얼굴을 바라본다. 그의 기억으로 제이더르펠트의 예상이 빗나간 적은 이번이 처음이다. 그래도 그는 별로 불안해하는 기색이 없다. 불안하지 않기는 나도 마찬가지다. 제이더르펠트가 불쑥 말을 꺼낸다.

　"이건 다른 이야기입니다만, 별일 없으시면 오늘 저녁 저희 집에 초대하고 싶습니다."

　그는 잘못 들은 게 아닌가 귀를 의심한다.

　"저녁식사에 초대하고 싶습니다. 실망하시지 않을 겁니다. 이래 뵈도 제가 미식가거든요."

　제이더르펠트의 사생활. 할허바터르에 있는 집, 검푸른 앞치마, 고양이 한 마리. 장식장에는 수석이 진열되어 있다. 그것을 계기로 그는 안데스 산맥 등정 경험을 상세하게 늘어놓는다. 그날 저녁 로베르트는 제이더르펠트의 완벽한 변신을 목격한다. (원숭이처럼 어깨를 흔들며) 웃음을 터뜨리는 제이더르펠트, 좋아하는 음악(《비대즐드》*의 사운드 트랙, 특히 수녀들의 합창)을 트는 제이더르펠트, 세련된 솜씨로 칵테일 셰이커(두 종류의 브랜디, 달걀 노른자, 레몬)를 다루는 제이더르펠트.

"워털루 피츠입니다."

식당에는 식사 준비가 되어 있다. 검붉은 식탁보 위에는 수선화가 놓여 있다. 첫 술잔을 비운 후 제이더르펠트가 손을 내밀면서 말한다.

"카스라 불러주십시오."

로베르트는 자동적으로 비단처럼 부드러운 손을 잡는다. 당황하여 그는 아무 말도 못하고 있다.

"카스. 카스파. 리세에서는 이 이름이 아주 흔하지요. 우리 반에 세 명이나 있었답니다."

"로베르트라네."

화기애애한 분위기 속에서 시간이 흘러간다. 음식도 포도주도 훌륭하다. 잠깐 동안 침묵이 있은 후 집주인은 자리에서 일어나 식당을 나가더니 꽃을 그린 정물화 한 점을 들고 들어온다. 돌아가신 그의 어머니가 그린 그림이다. 그의 눈가가 젖어 있다.

다음날 아침 잠에서 깨어난 로베르트는 등골이 오싹해지는 느낌을 받는다. 하지만 문제는 쉽게 해결되었다. 며칠 후 제이더르펠트는 사장실에 들어와 이렇게 말한다.

---

* 1967년에 나온 스탠리 도넌 감독의 영국 코미디 영화.

"노르트씨, 제가 해결책을 찾았습니다."

로베르트는 의자를 약간 뒤로 빼고 다리를 쭉 뻗는다.

"계속해보게."

그렇게 말하면서 그는 생각한다. 나도 알고 있어. 세계의 이 한 조각, 이 환상적인 작품 알콤 유한회사는 조용히 살아남을 거야. 다 잘 풀려가고 있어. 나도 알고 있다고.

제이더르펠트는 예전에 근무했던 펜실베니아의 회사 사장을 찾아가겠다고 한다. 네덜란드에 공장 설립을 고려하고 있는 그 알루미늄 회사는 미리 판매고를 확인해보고 싶어한다. 그래서 그들의 제품을 가공해줄 업자를 찾고 있다. 제이더르펠트가 그곳으로 전화를 하자 그 회사의 담당자들은 유능했던 인재의 능력을 금방 떠올렸다.

로베르트는 엄지손가락을 조끼 속으로 밀어넣는다. 잠깐 그는 생각에 잠긴다. 프레이즈 줄을 우리가 직접 생산해야 해. 다음 기회에 그에게 제안을 해보자. 제이더르펠트는 양손을 책상 위에 펼쳐놓고 있다. 저 부드러운 뼈마디를 만져보고 싶다. 일이 잘 되고 있는 거라면 그는 목소리를 깔 것이다.

목소리를 내리깔고 제이더르펠트가 입을 연다.

"협상이 잘되면, 그 빌어먹을 놈의 프레이즈 줄을 돌아오는 길에 제 여행가방 속에 담아오겠습니다. 잘 될 겁니다. 그 사람들이 보장해주었으니까요."

그들은 잠시 마주 본다.

"좋아. 자네의 통찰력이 놀랍구만."

로베르트는 이렇게 말하며 자리에서 일어선다.

제이더르펠트 역시 일어섰다. 두 사람 다 흡족한 마음이었다.

7

1981년 봄. 그의 어머니가 세상을 떠났다.

대로로 이어지는 아우어 제이스트라트에는 차가 꽉 막혀 있다. 아이들이 화환을 들고 바람 속에 서 있다. 마그다가 사라진 지 벌써 일 년이 지났다. 오래 전부터 다시 침대에서 잠을 자는 로베르트는 아직도 한밤중에 깜짝 놀라 일어나 불을 켜고 의자 위에 놓인 자기 옷을 쳐다보면서 심각하게 중얼거린다.

"난 불행하지 않아."

말 많은 마을 사람들은 그가 날이 갈수록 이상해진다고 쑤군거린다.

노파의 마지막은 그리 평화롭지 못했다. 어머니는 밤에 목욕탕에서 미끄러졌다. 양로원에서 먹은 저녁식사가 탈이 났었던 모양이다. 소고기 스튜와 게 칵테일, 일생 동안 그녀가 유혹을 뿌리칠 수 없었던 음식. 그녀는 늙은 창자의 과민반응을 이해하지 못하고 놀라서 황급히 목욕탕으로 달려가다가 머리를 세면대에 부딪쳤던 것이다. 그리고 하루나 이틀이 지난 후 발견되었다. 화장(火葬)을 하는 동안, 어머니를 그리 사랑하지 않았던 아들은 의외로 슬픈 표정을 짓는다.

꽃 내음이 코를 찌른다. 마태수난곡의 마지막 합창이 그녀의 마지막 가는 길을 장식한다. 그는 몇 안 되는 사람들의 선두에 서서 걷는다. 그들은 그의 등뒤에서 되도록 소리를 내지 않으려고 애를 쓴다. 어쩔 수 없이 그는 눈을 한 곳에 고정시킨다. 관 주위의 마룻바닥에······.

심기가 매우 불편했다. 마그다의 태도가 약간 부드러워지기 시작한 바로 그때, 그녀의 손톱과 입술에 다시금 검붉은 색깔이 입혀지던 바로 그때 그녀는 캐나다에서 전보 한 통을 받았다. 그 전날 나는 그녀의 가슴에 귀를 대어보았다. 규칙적인 박동소리. 당신이 다시 예전 모습으로 돌아왔어! 하지만 그녀는 의자를 뒤로 빼더니 비쩍 마른 여자처럼 앉아 발의 위치를 바꾸고는 떡갈나무 의자가 불편하다는 듯이 아랫배를 내밀었다. 전에도 그녀가 저런 모습이었을까? 코 주변의 피부는 정말 창백했다. 그녀가 고개를 들었다.

"이틀 전에 엄마 꿈을 꿨어요."

침묵. 더위를 뚫고 다가온 월계수 내음. 검은 아마(亞麻)운동화에 담긴 그녀의 발.

이렇게 울고 싶은 기분은 몇 년 만에 처음이다.

열흘 후 그는 그녀를 데리러 공항으로 갔다. D 999 도로를 타고 퀴사크 방향으로 달리면서 그가 물었다.

"어땠어?"

그녀는 예상대로 멍청하게 앞만 뚫어져라 보고 있었다.

"마그다······?"

누군가 그녀의 얼굴 피부를 양쪽에서 잡아당겨놓은 것 같았다. 입술은 핏기 하나 없었고, 길고 좁아졌다.

그녀는 피곤하다는 몸짓을 한다. 무슨 할 말이 있겠는가…….
"무슨 할 말이 있겠어요……."
이야기를 나눌 만한 상황이 아니었다. 여섯시가 가까웠다. 자동차들이 최고 속력을 내며 이차선 도로에서 추월을 하려고 했다. 그는 액셀러레이터를 밟았고, 날카로운 바퀴소리를 내며 급브레이크를 밟았다. 그리고 기회를 틈타 짐차가 달린 트럭 옆을 지나 달려갔다. 머릿속에서 온갖 질문이 아우성을 쳤다. 어떻게 했어, 화장이랑 장례식이랑? 어쩌다 돌아가셨어? 시신은 봤어? 계기판에 눈길이 가자 그는 화가 치밀었다. 공항 가는 길에 기름을 넣는다는 걸 깜빡했던 것이다.
그는 일주일 내내 잠을 설쳤다. 낮에는 부엌에 회벽을 바르고, 등산화를 찾아 닦고, 목욕탕의 배수구를 청소하고, 마그다의 재채기 원인인 풀을 베며 바쁘게 보냈다. 낮시간은 이렇게 멋지게 활용을 했지만 밤시간은 날이 갈수록 견디기가 힘들었다. 어떻게든 시간을 보내려고 그는 그녀에게 편지를 썼다. 그를 더이상 속이지 말라고. 조금만 양보하여 그녀의 감정을 그의 감정에 맞추어달라고. 난생 처음으로 그의 글씨는 사랑에 빠졌고, 난생 처음으로 현란한 언어들이 종이 위에 난무했다. 당신은 내 인생의 빛이야. 하지만 그녀라는 존재는 씁쓸한 느낌을 더 많이 주었다. 그래서 그는 그녀에게 이렇게 썼다. 몸과 마음을 다하여 두 사람이 알지 못했던 시절로 되돌아가고 싶다고…… 마침내 그는 한 꾸러미의 편지를 들고 어둠 속으로 걸어나갔다. 아틀리에는 쥐죽은듯 고요했다. 며칠 동안 아틀리에에는 발걸음도 하지 않았었다. 그는 휘파람을 불며 벽에 눈높이 정도로 종이를 못질해 박았다. 기쁜 마음으로, 약간 현기증을 느끼면서 그는 결과물을 바라보았다. 아내에게 보내는 편지를.

그는 백미러로 흘낏 아내를 쳐다보았다. 충격에 빠져 무슨 말을 할까 생각하고 있는 것 같았다. 그가 나지막한 목소리로 물었다.

"시신을 뵈었어?"

동시에 그가 핸들을 돌렸다. 주유소가 눈에 띄었던 것이다. 다행이었다. 다른 손님은 없었다. 그는 순간적으로 여기에서 기름을 넣자고 마음을 굳혔다. 차가 날렵하게 멈춰섰다. 그는 짙은 감청색 옷을 입고 그를 향해 달려오던 주유소 직원을 미처 보지 못했다.

"말해봐……."

그가 그녀를 다그쳤다.

그녀의 눈은 바보처럼 멍청해 보였다.

"냉동실에 누워 있었어요. 얼음침대 위에요."

그 순간 그의 시선이 범퍼 앞에 서 있는 커다란 남자에게 가 멎었다. 그는 얼른 몸을 돌려 서둘러 자동차 밖으로 나와 문을 닫았다. 셔츠 단추를 배꼽까지 열어젖힌 채 그는 주문을 했다.

"기름이 얼마나 남았나 한번 봐주세요."

그는 그녀의 어머니를 여러 번 만나보았다. 프로이센에서 태어난, 체코슬로바키아 유대인의 과부. 전쟁이 끝난 후 아이와 함께 캐나다로 이민을 갔던 여자. 그녀는 블론드빛 머리의 연약한 여자였다. 자기가 낳은 딸과는 전혀 달랐다. 푸른 눈동자는 상황을 곧장 꿰뚫어볼 줄 알았다. 딸이 유럽 남자를 사랑하여 이제 그녀 곁을 떠나려고 한다. 그래서 감동적인 대타협이 이루어졌다. 어머니가 금방, 일 년 후나 삼 년 후쯤 결혼한 딸네집으로 들어와 살기로 약속을 했던 것이다. 그리고 세베넨의 마당에 작은 집을 한 채 따로 지어드리기로 했다. 약 이 년 후 그는 그녀의 어머니가—동정심을 불러일으키는 자그마한 체구의 어머니는 몇 주 예정으로 딸네집을 다니러 왔었다—헛간의 흔적과 마음에 드는 바윗돌, 과거 다른 인생의 한 켠에서도 본 적이 있던 뽕나무를 찬찬히 살펴보고 있는 모습을 지켜보았다. 딸의 뜻에 따르겠노라는 의미의 미소는 이내 자취를 감추었다. 그녀는 딸보다 현명했다. 마그다는 심각한 표정으로 이곳저곳을 재보고 여기는 부엌, 여기는 목욕탕 하면서 집 안을 나누어보았다. 어머니는 바깥만 내다보고 있었다. 훗날, 크리스마스였다. 그들이 캐나다로 찾아갔을 때, 그녀는 집 뒤편의 눈 내리는 정원을 손짓으로 가리키면서 그녀가 얼마나 잘 지내고 있는지를 알리려고 애썼다. 하지만 마그다는 계획을 포기하지 않은 채 가슴에 묻어두고 있었다.

"이백사십사 프랑입니다."

그는 놀라 고개를 들었다. 남자의 입김이 얼굴로 확 끼쳐왔다. 피곤하게 구는 남자였다.

"뭐라구요!"

그는 화가 나 목소리를 높였다. 마치 그가 이 멍청한 남자와 그의 멍청한 아내, 그리고 뚱뚱하고 버릇없는 그 집 아이들을 먹여주고 입혀줄 돈을 지불할 사람이 아닌 것처럼. 이 볼품없는 주유소를 파산 직전에서 구해줄 사람이 아닌 것처럼.

"이백사십사 프랑되겠습니다."

남자는 또 똑같은 소리를 지껄인다.

화를 내봤자 아까운 힘만 낭비하는 것이었다. 로베르트는 바지

주머니에서 지폐 석 장을 꺼내 손가락으로 한 번 툭 치고 거스름돈을 받은 후 다시 고속도로의 차량 속으로 진입해 들어갔다. 왜 마그다는 아직도 입을 열지 않는 걸까?

그들 사이의 침묵, 심한 교통 체증으로 인한 두통과 짜증, 낮게 드리운 태양, 육중한 쿠페 자동차 속에 앉아 있는 멍청이들, 그 밖에도 그의 눈 속으로 밀려드는 모든 것을 꾹 눌러참고 어서 서둘러 집으로 돌아가 아내를 보살피기 위해 그는 최고의 수단을 이용했다. 바로 액셀러레이터였다.

갑자기 그녀의 손이 그의 머리에 와 닿는 느낌이 들었다. 그녀의 체취가 그의 귓바퀴를 지나 콧속으로 밀려왔다.

"잠깐 세워줘요."

휴게소 나무 아래 초록색 불빛. 새소리와 물 흐르는 소리. 그는 계속 그녀의 어깨를 감싸안고 있었다. 그들은 비탈진 언덕길을 내려와 개울로 갔다. 그리고 돌 위에 앉았다. 친구의 고민을 듣고 있는 사람처럼 그는 심각한 표정으로 그녀의 이야기를 들었다.

아직 시간이 남았다고 생각했어요. 가끔 대서양을 건너 서로를 찾아가고 한번씩 편지를 쓰겠다는 뜻이 아니에요. 엄마와 자질구레한 일상을 함께하고 싶었어요. 따뜻한 햇살과 추운 겨울, 한밤중에 뽕나무를 스쳐가는 바람소리 같은 것들 말이에요.

또 집안일도 같이 하고 싶었어요. 오븐의 열판이나 냄비, 석쇠를 이리저리 옮기고, 칼이나 포크, 술잔을 딸가닥거리고, 침대보를 씌우고, 꽃을 가꾸고, 예쁜 헌옷이나 새옷을 정리하고. 물론 우리는 알고 있었어요. 이 모든 애정이 현실에서는 다르다는 것을. 애정이란 굳어진 대화 형식에 불과하죠. 두 사람의 가수가 부르는 듀엣, 사랑과 죽음에 대한 응창(應唱)*일 뿐이에요. 하지만 그런 깨달음과 일상이 분리되지 않는 대화를 엄마와 나눠보고 싶었어요.

엄마한테 무슨 낌새가 보이면 내가 제일 먼저 알아차릴 거라고 생각했었어요. 엄만 벌써 오래 전부터 아팠던 것 같아요. 하지만 병원도 안 가고 방사선 치료도 거부했대요. 결국 머릿속까지 암이 번졌어요. 엄마를 모시고 우리 마을의 의사 드수슈 씨에게 찾아가봤어야 했는데.

병을 앓는 동안 엄마는 놀랍게도 지난 시간들을 한 편의 영화처럼 다시 한번 돌이켜본 것 같아요. 아니, 추억이 아니라 실제로 지난 일들이 엄마의 콧속에서, 입 속에서 다시 일어났던 거예요. 뇌에 이상이 생겨서 시간을 흘러갔다 다시 흘러오는 것으로 느꼈던 거지요. 곰곰이 생각해보면 모든 것들이 눈앞에 떠올라요. 얼굴들, 움직임, 사랑의 장면들, 아이들의 울음소리, 일요일의 점심식사, 태양, 더위, 장작불. 러시아 군인들이 우리집을 떠날 때 아빠는 우리 곁에 없었어요. 이미 돌아가셨던 거죠. 하지만 그들은 이상하게도 엄마를 건드리지 않았어요. 그것뿐이 아니에요. 정원 식탁 위에 놓여 있던 이별의 선물도 기억이 나요. 반쪽짜리 동양 카펫, 둥근 빵. 이런, 이야기가 옆길로 새버렸네요. 엄마는 주무시다가 숨을 거두셨어요.

작은 성당의 벽은 하얀 석회석이었어요. 스무 사람 정도가 같이

---

* 예배나 미사를 드릴 때에 사제의 낭영(朗詠)에 대하여 합창대나 회중이 노래로 답하는 것.

있었는데, 잘 모르는 사람들이었어요. 어쨌든 엄마의 장례식에 참석하러 온 사람들이었죠. 의례적인 기도를 올리고 오르간 소리가 울렸고, 밖에는 가을 햇살을 받으며 길고 검은 차가 기다리고 있었어요. 호화로운 차였죠. 엄마는 가스페의 공동묘지에 묻혔어요.

며칠이 지나는 동안 나는 엄마가 왜 구질구질한 일용품들밖에 남기지 않았는지, 엄마가 왜 옛날에 쓰던 물건들을 하나도, 정말 하나도 집 안에 보관하지 않았는지 이해하려고 애써보았어요. 어젯밤 난 어린 시절에 쓰던 침대에 누워 끙끙 앓았어요. 고요와 어두움이 하나로 뭉쳐지는 것 같았어요. 엄마는 엄마의 과거와 함께 내 과거의 일부를 가져가버렸어요.

그녀가 말을 마쳤다. 뭐라 설명할 수 없는 거부감 때문에 그는 고개를 옆으로 돌렸다. 하지만 그녀는 앞만 쳐다볼 뿐 그에게 별 기대하는 것이 없어 보였다. 그는 일어나서 정신을 가다듬고 땅을 툭툭 차다가 허리를 구부렸다 일어서며 이런 생각을 했다. 이 여자는 절대로 내게 비밀을 털어놓지 않을 것이다! 그는 힘껏 돌을 던졌다. 두 번, 세 번 물수제비가 일었다.

이 모든 일들은 내가 주변에서 일어나는 일을 더이상 감당할 수 없게 된 시기에 일어났다. 물감은 마르고 붓은 딱딱해져버렸으며, 아틀리에의 벽에서는 부스러진 회칠이 떨어져내렸고, 캔버스는 점점 더 커지고 텅 빈 채 색깔을 잃어가다가 하얀 먼지로 뒤덮였다. 뭔가 잘못 되어가고 있었다. 주변을 한번 휙 둘러보면 금방 그 사실을 확인할 수 있었다. 산과 나무, 사물과 빛, 무슨 터무니없는 자신감이었던가! 왜 나는 그토록 나의 예감을 무시하였던가! 내가 바라본 세상은 얼간이의 눈에 비친 세상이었다.
　마그다도 마찬가지였다. 다만 나보다 더 우울해했을 뿐이다. 그녀는 이제 괴로워하지는 않았다. 시간은 흘렀고, 그녀의 입에 물린 담배, 아궁이에 불을 돋우려고 정신없이 몸을 구부리고 있는 그녀의 모습을 볼 때마다 나는 그녀가 일부러 바보처럼 행동하고 있다는 인상을 받았다. 그녀는 자신의 삶을 살았고, 그러면서 가정의 평화를 지켰다. 가끔씩 내가 그녀를 시험해보았다고 해서 그게 그렇게 놀랄 일이었을까?
　친구들이 놀러온다. 식탁은 집 안에서 최고 좋은 식기로 장식된다. 식탁보 위에는 샤토 이장 세 병과 진홍빛 소나무 가지가 꽂힌 꽃병이 놓여 있다. 1973년 10월 20일. 마그다는 반갑게 손님들을 맞이한다. 그리고 음식을 날라오고 이야기하고 웃는다. 모두들 그녀에게 감탄의 눈길을 보낸다. 후추를 집으려고 팔을 뻗는 그녀의 낡은 검정 스웨터 소맷자락이 손가락까지 내려와 있다. 로베르트는 고개를 앞으로 쭉 뺀다.
　"왜 그렇게 자루 같은 옷을 입고 있어?"
　그녀는 그에게 후추를 내밀며 묻는다.
　"후추 필요해요?"
　그는 술잔을 내려놓고 입을 닦은 후 정중하게 묻는다. 생일 파티를 위해 옷을 갈아입어줄 용의는 없는지. 그러면서 소리를 죽여 자신이 원하는 스타일을 일러준다. 엉덩이가 팽팽해 보이는 그 꽉 끼는 바지 있지, 장단지에 끈이 달린 그 바지 말이야. 그리고 검은 펌프스에 목이 푹 패인 블라우스, 거기에 붉은 귀고리를 하면 멋있겠는데. 십오 분이면 갈아입을 수 있지 않겠어……

그녀는 태연하게 그를 바라본다.

"당신은 보물이에요, 정말 사랑스러워요. 여보, 왜 '스페인 스케치'를 안 보여주는 거예요?"

그날 서른다섯번째 생일을 맞은 로베르트는 예쁜 나비 넥타이를 매고 있다. 오늘 아침 침대 맡에서 아내는 그 넥타이를 선물하여 그를 놀라게 했다. 일주일에 한 번 마을에서 장을 보고 나면 그들은 그 동네에서 제일 인기 있는 술집 오 비외 를레에 들른다. 특히 여름철엔 그곳에서 아는 사람들을 많이 만난다. 로베르트는 젊은 영국 남자의 차림새가 마음에 안 든다. 온순해 보이는 불그레한 얼굴도, 그가 소리 죽여 마그다와 나누는 이야기도 마음에 들지 않는다. 갑자기 그녀가 이상하게도 진지해지면서 눈동자를 다른 곳으로 돌린다. 그 남자가 계속 옆에서 쳐다보고 있는데도 말이다. 하지만 로베르트가 가자는 신호를 보내자 그녀는 다리를 꼰다. 그는 태양이 밤나무 뒤로 자취를 감추고 개가 마당에 사지를 뻗고 누워 있다는 사실을 그녀도 깨달아주었으면 하고 기대한다. 하지만 그녀는 다른 생각을 하고 있다. 가요, 먼저 가요, 이 캄파리 마저 마시고 갈게요. 이분이 집까지 바래다줄 거예요.

그녀의 태연함은 뻔뻔하기 이를 데 없다. 그가 머리가 아프다고 해도 느긋하게 텔레비전을 켠다. 마르세유와 리옹의 축구경기가 시작되었기 때문이다. 그가 손가락에 피를 흘리며 집으로 뛰어들어오면—에이, 끝이 미끄러졌어—그녀는 힐끗 돌아보면서 무슨 일이냐고 묻고는, 반창고가 어디 있을 텐데 하고 말한다. 그는 혼자 상처에 약을 바르고, 커피 물을 올려놓다 바닥에 우유를 쏟고 설탕을 엎지른다. 그래도 그녀는 화내는 기색 하나 없이 콤브에 가겠냐고 묻는다. 누가 새끼 염소 한 마리를 주겠다고 약속을 했다는 것이다. 그래도 침대에서는 나무랄 것이 없다. 그의 입술에 입을 맞추고 그를 쓰다듬고 한숨과 신음을 내뱉으며 황홀감에 빠져든다. 그는 팔을 약간 쳐들고, 샤워를 하는 그녀를 지켜본다. 상상 속의 동물이 거울 앞에 앉아 그의 얼굴을 쳐다보고 있다. 한순간 그는 그녀의 얼굴에 남아 있는 광택과 홍조를, 반쯤 벌린 입을, 그리고 그 모든 것에 실린 실낱같은 의미를 양해해줄 수 있을 것 같다.

그렇지만 이내 그녀는 기지개를 켜고 하품을 한다. 이빨, 주름살, 눈물 고인 눈동자, 그리고 하늘을 향해 소리지르는 공허. 당신에겐 주었다가 금세 다시 빼앗아가는 기막힌 기술이 있어!

8

마른 얼굴의 삼십대 중반의 남자. 조잡한 액자를 기존 거래처가 있는 독일 회사에 손쉽게 팔아치운 남자. 여비서는 우연을 가장하여 그와 사우나에서 마주치도록 머리를 굴린다. 그의 사업 수완은 탁월하다. 구름이 잔뜩 낀 어느 날 그는 영국제 중고 피아노를 배로 들여오는 수입상과 마주 앉아 있다. 계약이 체결되기 직전 그의 푸른 눈동자는 불리한 사항을 눈치채지 못하고 있는 상대편에게 무언가 암시를 준다. 그래도 계약은 체결되고 일주일 후면 벌써 물건이 벨기에로 되팔릴 것이다. 로베르트는 검은 머리를 짧게 커트한 여자를 예의상 점심식사에 초대한다. 덴마크 출장에서 돌아오는 길. 주유소에서 키가 껑충한 한 소녀가 검은 블레이저 코트를 입고 그의 차를 향해 돌진해온다. 그녀는 차 문을 열고 시트에 털썩 주저앉더니 새벽 세시까지는 암스테르담에 가야 한다고 말한다.

"밥은 먹었어?"

삼십 분쯤 달리다가 그가 묻는다. 조심스럽고 나직하며 위선적인 그의 억양은 지난 시절 그가 처음으로 여자들을 만나고 다닐 때의 음성과 똑같다.

1974년 여름 마그다와 함께 고향으로 돌아왔을 때 그는 과거의 삶을 깡그리 지워버리고 싶었다. 완전히 새로운 인생을 살아보고 싶었던 것이다. 세베넨에서 지냈던 시절을 돌이켜볼 때마다 그는 웃지 않을 수가 없었다. 영락해간다는 느낌, 속았다는 느낌, 그 모든 것을 포괄하는 상실의 느낌 때문이었다. 그런 느낌이 침침해져 가는 시력의 원인인지 결과인지는 알 수가 없었다. 떨어지는 시력 때문에 그는 다시 한번 확인을 해야만 아, 저기 우리 마누라가 오는구나, 아, 저기 개가 밥을 먹는구나, 아 저건 자동차구나, 길이구나, 웅덩이구나를 판단할 수 있었다. 그리고 시간이 한참 지난 후에야 그는 그것이 죽을지도 모른다는 공포의 느낌일 수도 있었다는 것을 깨닫게 되었다. 지금 생각해보니 그런 느낌들이 사라진 것은 마그다가 결국 그의 뜻을 받아들이고 난 다음이었다. 우린 북쪽으로 갈 거야. 오늘부터 우리의 언어는 네덜란드어야.

어느 가을 저녁 그는 회의를 마치고 집으로 돌아왔다. 목욕을 하고 바다 위를 지나가는 폭풍 소리에 잠깐 귀를 기울이다가 그는 잠자는 마그다의 얼굴을 들여다보았다. 이 여자가 내 아내로구나.

결혼한 지 십 년 만에 로베르트는 다시 바람을 피우기 시작했다.

대단치 않은 스캔들. 제대로 시작도 해보기 전에 끝나고 마는 사건들. 그는 절대로 먼저 시작하지 않았다. 하지만 여자들이 그의 일에 참견을 해대며, 그의 눈을 뚫어져라 바라보고, 그의 어깨에 기대려고 하지 않는다면야 굳이 그녀들의 찬사를 마다할 이유가 없었다. 아버지의 회사, 망해가는 노르트 유한회사를 회생시키겠다고 결심하기 직전 그는 신발 가게에서 우연히 아그네스 롬보우츠를 만났다. 그날 이후 이중생활의 묘미와 그로 인한 깊은 만족감이 그의 정확하고 예리한 사업적 본능의 원천이 되었던 것 같다. 주저없이 그는 여동생의 주식으로 자신의 행복을 찾아나섰다.

"하!"

처음 아그네스 롬보우츠는 이렇게 소리를 질렀다.

"앞 못 보는 우리 아버지가 새끼 토끼의 가죽을 벗기는 광경을 당신이 봤어야 했는데!"

그러나 로베르트는 자기 손톱만 쳐다보고 있었다. 애인들의 앞 못 보는 아버지나 여동생, 어린 시절 사랑했던 강아지, 과거의 숭배자, 심호흡 운동 등 그녀들의 진짜 얼굴 따위에는 전혀 관심이 없었다. 그는 그녀의 식탁에 멍하니 앉아 그녀의 가슴에 난 큼지막한 보랏빛 사마귀를 생각하고 있었다. 하지만 그녀가 무엇 때문에 그에게 애정을 품게 되었는지 추적해보고 싶은 생각은 추호도 없었다.

"무슨 일 있어요?" 그녀가 또 물었다.

"아니, 아니, 아무것도 아니야."

그녀는 우연히 스쳐간 자극이요, 냄새였다. 그녀는 집과 사무실 사이의 작은 공간이었다. 그곳에서 그는 이따금 숨을 들이쉬며 자신이 뭘 하고 있는지 묻지 않은 채 멍하니 있을 수 있었다. 그러고 나면 마치 기적이라도 일어난 듯이 생기와 넉넉한 마음을 회복하여 그곳을 나설 수 있었다. 자고 먹고 마실 수 있는 집이 있다는 확신을 가진 채. 집에서는 약간의 승리감―아내는 아무것도 모르고 있다, 아무것도!―과 아내에게 잘못하고 있다는 약간의 죄책감, 그리고 끓인 우유를 섞은 커피 내음만 있으면, 아내의 즐거운 기분과 어학 공부, 번역 청탁, 넬리와의 즐거운 오후 시간, 정신질환을 앓는 넬리의 아들에게 느끼는 그녀의 애정, 그 아이의 이름으로 그녀가 전 세계로 써보내는 편지를 용서해줄 수 있었다. 남편의 정절을 신뢰하는 바보스러움을 포함하여 그녀의 모든 것을 용서할 수 있는 것이다. 자신만이 유일한 여자요, 애인이며, 모든 것을 담고 있는 유일한 풍경이라는 그녀의 조용한 확신 뒤에는 정확히 말하자면 자족감의 흔적이 숨어 있을지도 모를 일이다. 이제야, 오랜 시간이 흐른 지금에서야 그는 세면대 옆에 놓여 있는 면도기에서부터 계단 밑에 놓여 있는 낡아빠진 구두에 이르기까지 사소한 물건들을 다시 향유할 수 있게 되었다. 심지어 삶이란 바로 이런 작은 물건들 때문에 살 만한 것이며, 그 때문에 이런 물건들에는 신성한 아우라가 있다고 생각하는 사람들을 이해할 수 있게 되었다. 그래서 그는 하루 종일 회의에 시달리고 돌아온 어느 날―우리의 결혼은 편안한 안정기에 들어섰다고 생각하는 마그다의 만족스러운 입에 키스를 한 후―신문을 들고 정원으로 나가 부드러운 바닷바람에 몸을 맡기고 신문을 뒤적일 수 있었다. 이 시간이 있게끔 한 오래 전의 만남에 대해서는 조금도 생각지 않으면서…… 마그다, 당신의 현재와 과거, 그리고 미래를 받은 대가로 나는 당신이 꿈도 꾸지 못했던 사랑을 당신에게 베풀 테야!

이차선 도로. 팔꿈치로 스쳐가는 바람. 태양. 오른편으로는 시크쇼크 산맥. 육억 년의 역사를 자랑하는 애팔래치아 산맥의 줄기. 눈을 찌푸린 그의 시선은 왼편에서 반짝이는 세인트로렌스 강을 향했다. 강은 내려갈수록 자꾸만 넓어져 바다의 모습을 띠었다. 마테인을 지나갈 무렵에는 건너편 강변이 보이지 않을 정도가 되었다. 강의 색깔은 짙어지고 물결은 느려졌다. 일 년 동안 뉴욕의 예술가 지구에서 지냈던 그는—1963년 유월—낡은 포드 세단을 타고 북쪽으로 떠났다. 차 지붕을 열어놓아 머리카락이 쏜살같은 바람에 흩날렸다. 전날 그는 퀘벡 시를 떠났다. 다리를 건너고 '하이웨이 20 이스트'라는 표지판을 따라가다 세 시간 후 소도시 리비에르 뒤 루에 도착했고, 거기서 사차선 도로가 조용한 '132 이스트'로 접어들었다. 리무스키에서 그는 리무스키 모텔에 들었다. 프랑스식 식사. 프랑스어로 나눈 환담, 레이스 침대보가 덮인 침대. 그는 손을 깍지 껴 베개로 삼았다. 그리고 바깥에서 들려오는 물소리와 밤새의 울음소리를 들으며, 자유의 방종에 대해 생각했다. 내키는 김에 가스페 반도 전체를 돌아보기로 작정했던 것이다.

마테인까지 약 오십 킬로 정도 남은 지점에서 그는 선택의 기로에 놓였다. 그는 두 갈랫길 중에서 오른쪽으로 접어들어 나무 한 그루 없는 평원을 지나 가스페의 남쪽 해안에 도착했다. 하지만 급커브를 틀어 반대 방향으로 돌진했어야 했다. 그랬다면 마그다를 만나지 않았을 수도 있었을 것이다. 아무 생각 없이 그는 직진을 하고 말았다.

　굴곡에 커브도 심한 그 길은 매력적이었다. 소박하고 친근한 분위기로, 이 여행길이 정말 보람 있다는 느낌을 주었다. 저기 좀 봐. 저 규격품처럼 서 있는 작은 집들과 전봇대, 울타리들. 이곳에서 사람들은 이런 인생을 보내고 있구나. 저 아래 만(灣)을 좀 봐. 자갈 해변, 어선들, 고기떼의 방향을 훤히 꿰뚫고 쳐놓은 그물들. 오른편에 있는 저 숲과 산 속에서 모든 생물들이 햇빛을 받으며 살아움직이고 있다고 상상해봐. 순록과 고라니, 곰, 모든 것이 자유로운 자연에서 살고 있다고 말이야. 그는 운전석 뒤로 기대면서 다리를 쭉 뻗었다. 그의 물빛 눈이 반짝였다. 그는 휘파람을 불었다. 가까워졌다 멀어지는 수평선 때문에 어지러웠지만 그의 운전솜씨는 나무랄 데가 없었다.

　생 탄 데 몽에서 샌드위치 하나를 먹고, 망슈 데페 근처에서 맥주 한 잔을 마시고 그는 한 시간 정도 해변에서 휴식을 취했다. 눈을 뜨자 이빨이 듬성듬성하고 우락부락하게 생긴 작은 남자가 그를 보고 있었다. 하지만 그는 그 인디언에게 별로 관심을 보이지 않았다. 이런 날에는 단 일 초도 쓸데없는 감탄에 허비해서는 안 된다. 오로지 마법에 몸을 맡겨야 한다. 며칠 묵을 예정인 가스페 시까지는 아직도 백사십 킬로 정도가 남았다.

　높은 암벽. 넓은 대양. 북쪽에 도착하자 그는 캅 데 로지에를 따라 난 도로를 택하기로 마음먹었다. 국립공원을 지나칠 때 그는 마그다가 그곳에서 남자친구와 함께 검은 곰을 직접 목격했다는 사실을 알지 못했다. 그 짐승은 나뭇잎이 깔린 땅을 파다가 뭔가를 덥석 물고 가쁜 숨을 몰아쉬면서 벌떡 일어서더니 유유한 걸음걸이로 나무 사이로 사라져버렸다. 이 이야기를 그는 그날 저녁에야 듣게 된다.

캅 데 로지에 등대가 눈앞에 나타났다. 빨간 지붕의 여관 하나가 눈에 띄었다. 이층에는 닫힌 창문들이 줄지어 늘어서 있었다. 하지만 그는 일층에 있는 방에 더 관심이 갔다. 빨강, 하얀색의 긴 발코니가 햇빛을 가려주는데다 전망이 아주 좋았기 때문이다. 저 멀리 바다가 내다보이고, 눈을 돌리면 둥근 가로등이 걸린 방파제와 철제 차양이 보였다. 그 차양 아래에서는 지금 블론드빛 머리의 처녀가 웬 사내놈이랑 히히덕거리고 있었다. 그녀는 한쪽 다리를 가볍게 까딱거리면서 김이 서린 차가운 잔을 뺨에 대고 있었다. 모텔 레 무에트.

그는 일층의 방 하나를 빌렸다. 손을 씻고 나자 목이 말라 죽을 지경이었다. 그는 익사 직전의 어부처럼 조심스러운 발걸음으로 물가의 구름다리로 달려나갔다. 그곳에서 그는 아무런 준비도 없이 마그다의 입과 눈을 만났다. 그는 자리에 앉아 맥주를 주문했다.

여덟시가 조금 지나 그녀가 들어왔다. 그는 자리에서 일어났고 별로 놀라지 않았다. 그녀가 나와주리라는 것을 한순간도 의심치 않았기 때문이다. 그는 테라스로 나가는 문 옆 자리를 예약했고 약속시간보다 일찍 도착해 위스키 한 잔을 마시면서 노란 불빛에 눈을 익힌 다음, 종업원을 불러 꽃이 안 좋다고 불평을 하여 싱싱한 패랭이로 바꾸게 했다. 패랭이는 무거운 한여름밤의 향기와 잘 어울렸다.

"배고프시죠."

그녀가 의자를 당겨 앉자 그가 심각한 목소리로 말했다. 그리고 곧바로 이렇게 덧붙였다.

"초록색 옷이 잘 어울리겠는데요. 빛 바랜 토끼집처럼 흐린 초록색 말입니다."

그녀는 메뉴판을 보고 있던 눈을 들며 말했다.

"저는 프뤼 드 메르로 하겠어요."

몽롱한 광기 속에서 그들의 눈길이 부딪쳤다.

"굴이 나올 겁니다."

그가 대답했다. 그녀가 웃기 시작하자 그의 심장이 한 시간 전과 똑같이 쿵쾅거리며 뛰었다. 약간 짜증이 났다.

오늘 오후 그는 즉석에서 그녀를 식사에 초대했다. 그녀의 친구가 잠깐 자리를 비우자 지체없이 그 기회를 활용했던 것이다.

그는 어깨를 쭉 펴고 그녀에게로 행진해갔다.

"오늘 저녁은 저와 함께 식사를 하시지요."

그녀의 표정이 너무나 평온하여 그는 당황했다. 그는 그녀의 귀 옆 뺨에 송송 돋아난 은빛 솜털을 바라보았다. 피부 속에 불이 붙은 것 같았다. 좋아요. 그녀도 여덟시가 좋겠다고 했다. 그녀의 눈은 억지로 어리둥절한 표정을 지어내지 않았다. 그녀의 친구가 돌아오자 세 사람은 형식적인 인사를 나누었다.

식사와 음료가 나왔다. 그들은—둘 다 능숙한 솜씨로—굴과 포크, 레몬에 몰두했다. 하나 둘 손님들이 자리를 메웠다. 그들을 둘러싼 단조로운 이야기 소리와 그 소리가 주는 평온이 두 사람의 대화를 자연스럽게 만들어주었다. 그가 중얼거렸다.

"당신과 여기 앉아 있으니 정말 좋군요."
그녀는 잔을 내려놓고 멍한 표정으로 물었다.
"어디서 왔어요?"
네덜란드, 뉴욕, 미시간 호. 몇 가지 하나 마나한 대답들. 순진한 목소리로 말머리를 돌리기에 충분한 대답들. 그는 그녀의 엷은 갈색 팔을 바라보면서 무슨 말을 해야 할지 생각하였다. 할머니, 할아버지, 아버지, 어머니의 이야기부터 시작하는 것이 어떨까? 대학에 다니는지, 조정을 해봤는지, 플루트를 불 줄 아는지, 좋아하는 동물이 있는지……
하지만 그는 이렇게 말했다.
"그 친구와 어떤 관계죠?"
그녀는 고분고분한 표정을 지었다. 아, 그애. 그는 귀를 쫑긋 세웠다. 그녀의 모든 것을 상세히 알고 싶었으므로 그의 눈길은 그녀의 손가락과 푸른 귀고리에 가서 멎었다. 전부 수수했다. 아등바등하는 성격은 아닌 것 같다. 좋은 애예요. 스코틀랜드 출신인데, 친척이 애버딘 지방에 살고 있어요. 그 사람들과 휴가를 같이 보낸 적도 있어요. 아니, 이 호텔말고, 가스페의 우리 엄마 집에서요. 나랑 같이 퀘벡 대학을 다니고 있어요. 그래요, 맞아요. 불문과에 다녀요. 어제는 포리용 파크에 같이 소풍을 갔었는데 우리 바로 옆에서 검은 곰 한 마리가 어슬렁거리고 있는 거예요. 정말 장관이었는데…….
그는 그녀의 말을 가로막았다.
"언제부터?"
"뭐가요?"

"언제부터 같이 지냈어요?"

그녀는 잠깐 생각을 하더니 어깨를 으쓱했다. 오래됐죠, 정말 오래됐어요. 그는 그녀가 딴 생각을 하고 있다는 사실을 깨달았다. 갑자기 기분이 좋아졌다. 그가 팔을 치켜들었다. 웨이터! 그러다 잘못해서 유리병을 건드리는 바람에 물이 그의 무릎으로 흘러내렸다. 그래도 그는 상관하지 않았다.

창문 저 너머로 저물어가는 태양의 마지막 햇살이 반짝거렸다. 레스토랑 여기저기서 담뱃불이 번쩍였다. 커피를 마시고 나서 갑자기 그는 잠깐 동안 아무 말도 할 수가 없었다.

"어머, 어쩌지!"

두 사람 사이에 침묵이 흐르자 그는 웨이터에게 계산서를 달라고 말했다. 그녀가 화들짝 놀라더니 정신을 차리고는 집에 가야겠다며 일어섰다. 그는 그녀의 팔을 붙잡았다. 둘은 밖으로 나왔다. 그리고 구름다리 위에 서 있었다. 그가 둘레둘레 돌아보다가 긴장하여 바다 쪽을 가리켰다. 달빛을 받은 바다. 반짝이는 푸른 빛줄기. 바다 위로 나타났다 사라지는 몇 개의 거대한 물체. 그것은 몸을 뒤척이며 비틀다가 꼬리지느러미를 내리치며 어두운 회색빛으로 바다 위로 떠올랐다 다시 물 속으로 숨어들어가 안개와 공기의 작은 분수를 달을 향해 내뿜었다. 그는 그녀를 쳐다보며 설명을 기다렸다.

"고래예요." 마그다는 이렇게 말하면서 몇 발짝 물러섰다.

"무슨 고래?" 그가 소리쳤다. 그녀는 게처럼 슬금슬금 뒷걸음질을 쳤다.

"잘 모르겠어요. 아마 흑고래일 거예요. 그래 흑고래가 분명해. 저 뚱뚱한 몸통을 봐요. 흑고래는 이때쯤 북쪽으로 이동하거든요."
"저쪽에 내 차가 있어요."
그가 절망이 담긴 목소리로 말했다.
"포드 세단인데, 지붕을 열어놨어요. 집까지 바래다줄게요."
하지만 그녀는 어느새 빨간 미니카에 올라타 시동을 걸고는 창문을 내리고 뭐라 알아들을 수 없는 소리를 외쳤다. 그리고 순식간에 사라져버렸다.
"아직 멀었단 말야!"
그는 어둠을 향해 소리를 질렀다.

끔찍한 나날들이었다. 그는 떠날 수 없었다. 바다 위로, 게와 해파리와 조개가 우글거리는 자갈 해변 위로, 저녁 무렵 샤워를 하러 호텔로 들어서는 그를 밀치고 지나가는 선글라스 낀 얼굴들 위로 뻗어 있는 캅 데 로지에에 그는 붙박인 듯 앉아 있었다. 식당에서 자신들의 저질스러운 충동을 클라리넷과 타악기의 오케스트라로 북돋우려는 사람들. 그들은 열쇠를 짤랑거리면서 무슨 옷을 걸치고 굶주린 늑대떼처럼 식당으로 몰려갈까 골머리를 앓고 있었다.
싸한 느낌의 적포도주 한 병을 마시고 기념품 가게에 서서 막 열대 조개를 구경하던 찰나였다. 그는 가죽 구두를 신고 그 곁을 지나가는 마그다를 보았다. 그리고 십오 분도 채 안 돼 그는 그녀의 가슴을 움켜잡았고 손가락으로 그녀의 어깨와 목, 아래턱과 쭉 뻗은 팔의 안쪽을 어루만졌다. 당신의 탄력 있는 배꼽 속으로 당신을 빠뜨리고 싶어. 무슨 맛이 나냐고 묻는다면 개암나무 맛이라고 말할 거야. 그는 입술로 그녀의 배에 잡힌 작은 주름을 지그시 내리눌렀다. 당신에게 말할 거야. 당신의 모든 인격, 당신의 모든 자유를 꼭 필요한 만큼만 빼고 송두리째 내가 가지겠노라고. 그는 그녀의 음모 아래에서 딱딱한 뼈를 느꼈고 그녀의 음모가 작은 쥐똥나무 숲처럼 빽빽하고 짙은 색깔이라서 놀랐다. 사랑해. 이 말이 몇 번이고 입 밖으로 새어나와 그는 깜짝 놀랐다. 시간이 흘러 두 사람이 다시 정신을 차렸을 때 호텔 방은 가택수색을 당한 집 같았다. 그녀의 가죽 구두는 식탁 위에 뒹굴고 있었고, 하얀 블라우스는 전화기 위에 팽개쳐져 있었다. 그의 여행가방은 넘어져 있었고, 책이랑 시가 지도가 온통 널브러져 있었다.

그는 화가 난 표정으로 그녀를 바라보았다.

"그 다음날 아침에 보니 고래가 한 마리도 없더라!"

그녀는 미안하다는 듯 웃으며 수영하러 가는 게 어떻겠냐고 말했다.

하지만 그녀는 말이 없었다. 그날 이후 며칠 동안 도무지 이해할 수 없는 상황에서도 입을 열지 않았다. 애인의 감정에 관심을 가지는 것이 그렇게 이상한 일일까? 그가 좀더 상세한 설명을 기대하면 바로 그 순간 그녀는 돌아누워 담배를 찾았다. 미친 듯 혼자 지껄이다가, 빨간 미니카가 임자와 함께 퀘벡으로 돌아가버렸다고 즐거운 표정으로 보고를 했다. 하지만 그가 꼬치꼬치 캐묻자 자기의 생각에는 변함이 없고 그 친구의 눈이 이때까지 보았던 어느 눈동자보다 푸르고 아름답다고 말했다. 그는 그녀의 얼굴을 자세히 살펴보다가 하얗게 질리고 말았다. 한번은 그녀가 그를 가스페에 데리고 갔다. 그녀는 정원 문을 열고 앞서 온실로 들어가 어머니에게 그를 소개했다. 그는 곧바로 어머니가 어떻게 저렇게 젊으냐고 물었다. 통나무 의자에 앉아 있는 그녀가 어떻게 저렇게 젊고, 어두운 표정이며, 힘이 없냐고. 그녀는 대답 대신 항구로 오징어를 사러 갈 건데 같이 가겠느냐고 물었다. 항구에 도착하여 그들은 싸웠고 그는 그녀를 버려둔 채 혼자 와버렸다.

밤에 그는 그녀에게 전화를 했다. 당신을 즐겁게 해주어야 하는데, 오히려 괴롭히기만 하는 것 같아. 그는 풀 죽은 목소리로 말했다. 잠이 덜 깬 목소리였지만 그녀도 아주 상냥했다. 그는 그녀에게 무슨 생각을 하고 있었느냐고 물었다. 자고 있었잖아! 그녀는 그렇게 항변했다. 그는 전화를 끊어버렸다.

그녀가 태도를 바꾸었다. 그를 다시 자기 집 정원으로 데려간 그녀는 그의 무릎 위에 앨범을 내려놓았다. 어머니가 뒤에서 장미를 자르며 가끔씩 그들을 향해 차분한 미소를 던지는 동안, 그녀는 사진을 설명해주면서 그의 어깨에 기대었다. 이건 내가 여덟 살 때, 이건 열 살 때. 이건 우리 개, 이건 엄마랑 해변에서 찍은 사진. 여기서 내가 아주 많이 아팠어요. 그녀는 묻지도 않았는데 그 당시 이야기를 들려주었다. 고열에 시달리며 보았던 환각이며 격자 침대, 면회 시간이면 마스크를 착용해야 했던 어머니의 놀란 눈동자 등을. 난 어머니가 오지 않았으면 좋겠다고 생각했어요. 다른 사람들도. 축축하고 몽롱한 상태에서 기분이 아주 좋았거든요.

정오 무렵 그들은 암벽을 올라갔다. 그는 또다시 어머니에 대해 물었다. 어머니 이야기만 나오면 그녀의 등이 뻣뻣해진다는 것을 느꼈기 때문이었다. 마그다는 암벽을 오르면서 한 마디씩 툭툭 던졌다. 그녀의 어머니는 독일인이고 1936년, 일생에서 유일한 위대한 사랑을 만나 결혼했다. 체코의 엔지니어였고 유대인이었다. 하지만 팔 년 후 그녀는 남편을 보호해주지 못했다. 모라비아 언덕에 있던 그녀의 집에 남편을 꽁꽁 숨겨주지 못했던 것이다. 뽕나무와 마당의 그네, 개 한 마리, 토끼와 닭, 집 바로 옆의 비행장. 그는 파르트잔에게 영어 라디오 방송을 번역해주었다. 구월 어느 날 트럭이 집으로 왔다. 장화와 검은 모자들이. 그리고 다시는 남편을 보지 못했다. 위로하려 하지 말아요. 그가 채 손을 내밀기도 전에 마그다가 이렇게 말했다. 그건 엄마 문제지 내 문제는 아니니까. 저기 봐, 바다예요.

하지만 얼마 안 있어 그는 그녀를 괴롭히는 것이 무엇인지 확인할 수 있었다. 이번만큼은 그녀가 얼굴을 돌릴 수도, 표정을 조절할 수도, 아무렇지도 않다는 듯 가장할 수도 없는 상황이었기 때문이었다. 그녀는 잠을 자고 있었다. 그녀가 발을 움찔하는 바람에 그는 잠에서 깨어났다. 그는 가만히 누워 귀를 기울였다. 그리고 눈을 떠 방 안으로 흘러들어오는 달빛을 바라보았다. 그는 몸을 일으켜, 헐떡거리는 그녀의 얼굴을 가만히 지켜보았다. 그녀가 무엇을 보고 있는지 알 것 같았다. 그녀가 지금 어느 곳을 헤매고 있는지. 어디로 뻗었는지 알 수 없는 아스팔트 길. 규칙적으로 돌아가는 불빛. 그 빛이 구석까지는 닿지 못하는 마당. 급경사의 계단을 지나 탁자 하나와 의자 하나가 놓인 방. 그녀는 그에게 이야기했다. 그 구월의 아침 문을 열어주었던 사람이 바로 자신이었다고. 그런 일은 드물지 않게 일어난다. 영악한 꼬마가 문을 열고 세상에서 가장 순진무구한 표정으로 빤히 쳐다보고 있다. 그 틈을 이용해서 집 안 저 안쪽에 있던 어른들은 사태를 수습하는 것이다. 독일 군인들이 마그다를 옆으로 밀쳤던 그 순간부터 그녀는 계속하여 자신에게 물어왔다. 그녀의 손이 빗장을 다시 걸었다면 어떻게 되었을까 하고. 그녀는 아버지가 숨어 있던 장소를 기억 속으로 불러낸다. 아버지가 무슨 일을 겪었을까 궁금하다.

그는 그녀의 얼굴에서 머리카락을 쓸어준다. 그리고 아주 부드럽게 그녀의 관자놀이를 쓰다듬는다. 그녀가 깨지 않도록 조심하면서 그녀의 머리 위에 손을 얹는다. 그렇게 그녀는 안정을 되찾고 위안을 받는다. 하지만 중단된 꿈은 이내 다시 되돌아오게 마련이다. 용은 죽여도 죽여도 머리가 새로 생긴다. 그녀는 옆으로 돌아눕는다. 호흡도 다시 고르다. 그는 당장 그녀를 안아 기분을 바꿔주었다. 이제부터 그녀는 맹목적인 방황을 끝낼 수 있으리라. 그녀의 얼굴에서 긴장이 사라지면서 그녀는 엉덩이를 꿈틀거리고 신음을 하고 다리를 쭉 뻗는다. 원시시대의 잔인한 전쟁을 끝낸 것 같은 기분으로 그는 침대에서 빠져나왔다.

모텔에서 멀지 않은 곳에 낭떠러지가 있었다. 달빛 속에서 그는 위험하지 않은 길을 발견했다. 썰물 때인가 보았다. 파도 소리가 거의 안 들렸다. 그는 등대가 있는 봉우리를 보았다. 저 아래쪽으로 만이 펼쳐져 있었다. 그는 아래로 내려가면서, 발걸음을 옮길 때마다 불안이 더해간다는 느낌에 사로잡혔다. 해변 위쪽에서 몇 미터쯤 걷다가 쭉 미끄러졌다. 그는 풀쩍 뛰어 중심을 잡은 후 미친 사람처럼 해변을 달렸다.

9

그녀가 없는 일상이 낯설지 않다. 이 년째로 접어들고부터는 그녀가 언제라도 돌아올 수 있지만 잠시 돌아오지 않고 있는 그 집에서 사는 것이, 그리고 그 침대에서 잠을 자는 것이 익숙해져버렸다. 무감각에 가까운 피로가 엄습한다. 토요일 아침이면 그는 청소기를 돌리고 시장을 본다. 좋아하지도 않으면서 꽃까지 산다. 매일 개 세 마리를 빗기고 먹이를 주고 운동을 시킨다. 옷장에 걸린 그녀의 옷과 신발을 볼 때마다 우울한 기분이 되어야 할 이유가 있을까? 그녀는 죽지 않았다.

그녀는 죽지 않았다. 1981년 가을 그녀에게 번역 청탁을 했던 연구소에 편지 한 장이 날아든다. 예쁘고 깨끗한 글씨로 그녀는 자신이 맡았던 번역을 마무리하지 못해 죄송하다는 말과 인사를 써보낸다. 편지의 발송지는 파리다.

"아니, 그럴 생각 없어."

그는 여동생 엘렌에게 이렇게 말하며 그녀의 놀란 얼굴을 향해 부드러운 미소를 보낸다.

에릭과 넬리도 이해할 수가 없다.

"왜 그래, 왜 안 가보는 거야?"

그는 탁자 위에 팔꿈치를 괴고 잠깐 눈을 감는다. "내가 따라가 줄까?"라고 말하는 에릭의 음성이 들린다.

지금 내가 무슨 말을 해야 하는 걸까, 그는 이렇게 생각하며 여러 가지 가능성을 타진해본다. 확신컨대 마그다는 지금 파리에 없어. 너랑 넬리도 그렇게 생각할걸. 그렇다면 부랴부랴 파리로 달려가 이 거리 저 거리 헤맬 필요가 있겠어? 가을의 파리는 아름다운 도시가 아니야. 관광객들이 하나 둘 떠나고 나무는 아직 잎사귀를 매달고 있는데 유명한 단골손님처럼 카페에 앉아 입씨름이나 하고 있으라니. 솔직히 말해봐. 너라면 그럴 수 있어? 구석자리 작은 탁자에 맥주나 커피 한 잔을 앞에 놓고 앉아 있던 마그다가 고개를 들어 우리를 발견하는 순간 얼굴이 환해지고…… 너라면 그런 장면을 상상할 수 있겠어?

그는 단호한 태도로 자리에서 일어선다. 차라리 그들에게 솔직하게 털어놓는 편이 더 낫지 않을까? 사람을 갉아먹는 불확실한 감정에 난 이제 길이 들어버렸어. 어쩜 내가 생각하는 편안한 생활이란 이런 건지도 몰라. 이런 개인적인 문제에 개입하고 싶은 마음 전혀 없어. 가끔 나는 해변을 걷지. 밤이면 빗소리에 귀를 기울이기도 해. 이런 순간에 떠오르는 아내 생각은 기껏해야 토요일 아침의 식탁이나 깨끗한 식탁보, 커피와 빵 냄새, 발치에 엎드려 있는 따스하고 축 늘어진 개의 무게와 다를 바가 없는 거야.

"넬리, 당신은 정말 좋은 사람이오. 아름답고 친절한 사람이지. 차 잘 마셨어요."

그는 한 계단 한 계단 모래언덕을 내려와 피어오르는 지표면의 안개 속으로 들어간다. 저녁 어스름 속으로. 다섯시쯤 되었나보다. 길 끝에서 바람이 옷깃을 파고든다. 푸른 가로등 불빛을 받은 그의 모습은 길을 잘못 든 늙은 사립탐정 같아 보인다.

낮이 길어진다. 그가 아침에 노르트 유한회사의 사장실로 들어서면 창문 저편이 서서히 밝아온다. 마을에서는 풀이 죽어 있던 그가 회사에서는 엄한 표정이 된다. 마른 몸에 아주 세심한 부분까지 신경을 쓴 옷차림이다. 와이셔츠에는 손이 반쯤 덮일 정도의 커프스가 달려 있다. 직원들은 그의 전문지식에 늘 감탄을 보낸다. 그는 정확한 판매고와 월예산액을 알고 싶어한다. 그 옛날 두서너 가지의 정교한 재료—아마포나 물감—로 사물의 무한성에 부딪쳐보고 싶어했던 그가 이제는 직원들에게 일어나는 모든 일을 정확하게 알고 싶어한다. 더구나 오래 전부터 그의 회사에서는 해직을 당하는 사람이 하나도 없다. 모회사나 자회사 알콤 유한회사 모두 안정 국면에 들어섰다. 노르트 유한회사의 부지 위에는 새 건물들이 들어섰다. 알콤사의 과거 활동에 힘입어 로베르트는 성공적으로 자동차 시장에 진출했다. 이제 매일 팔십 명이 넘는 금속공들이 작업장을 오가고 있다.

 물론 알콤을 인수할 당시는 어려움도 많았다. 주형의 납품기한이 너무 길었다. 필수부품인 프레이즈 줄을 유럽에서 구입할 수가 없었다. 하지만 제이더르펠트가 펜실베니아로 날아가 양측 모두에게 이익이 되는 계약을 체결하고, 돌아오는 길에 그 물건을 가져와 로베르트의 책상 위에 내려놓았다. 두 남자는 뒷짐을 지고 금속의 형태와 짙푸른 광채를 바라보았다. 로베르트가 말한다.

 "제이더르펠트, 우리가 이 물건을 생산할 걸세."

 그리고 정말 그들은 미국 기업과 협상 체결에 성공한다. 알콤의 신규 사업은 얼마 안 가 놀랄 만큼 급성장의 조짐을 보인다.

 날이 갈수록 그는 자기 안으로 침잠해 들어간다. 일단 퇴근을 하면 좀처럼 집 밖으로 나가지 않는다. 마그다의 얼굴을 떠올리기 싫어 그는 TV 앞에 앉아 있다. 가끔 폭풍우가 몰아치는 밤이면 늙은 개를 끌고 해변을 달려 카트베이크의 라인강 하구까지 갔다가 돌아온다. 다만 회사 일이라면 퇴근 후라도 다시 나갈 용의가 있다. 그럼에도 그는 어느 날 다시 제이더르펠트의 초대를 수락한다. 자신도 그 이유를 모른다. 마음속으로는 거절하고 싶으면서도 즐거운 표정으로 그러겠다고 말한다.

그의 친구는 그를 진줏빛 날개를 단 요란한 시보레에 태워 모래 언덕을 지나 와세나르로 데려간다. 나무 사이에 가려진 빌라에 도착하자 열두 명의 남자로 구성된 근사한 색서폰 밴드가 등장한다. 제이더르펠트는 그 클럽의 회원이다. 떠들썩한 술자리, 떠들썩한 이야기, 별 뜻 없는 질문들. 밴드는 19세기의 악보를 편곡하여 연주한다.

밤이 되자 그들은 기분좋게 헤어진다. 아우어 제이스트라트 한복판에서 엔진이 나지막하게 부르릉거리고 양쪽 차 문을 활짝 열어둔 채 그들은 악수를 하고 서로의 어깨를 툭 친다.

"조심해서 가게."

"잘될 겁니다. 잘될 거예요. 조심해서 들어가세요."

비틀비틀 집으로 들어가면서 로베르트는 이 멍멍하고 나른한 졸음에서 절대로 깨어나지 않았으면 하고 생각한다.

모든 것은 끝이 있는 법이다. 아그네스와의 이별도 저절로 찾아온다. 얼마 전부터 붉은 머리의 구두가게 점원은 그에게 아주 무관심하다. 하지만 그가 한참 동안 소식이 없으면 사무실로 전화를 건다. 비서가 그녀의 목소리를 알고 있기에 연결을 시켜주고 그는 한번 들르겠다고 약속한다. 과장된 행동 뒤에 숨겨진 그녀의 진심은 무엇일까? 그는 그녀 집의 어두컴컴한 실내와 소파, 쿠션, 위협적일 만큼 커다란 TV를 살펴본다.

한번은 그녀가 이런 말을 한다.
"우리 어렸을 때 당신이 나한테 홀딱 빠졌었지. 나는 당신이 마음에 들기까지 정말 많은 시간이 걸렸는데."
그녀의 향수 내음이 훅 끼쳐온다. 어깨와 팔을 치켜올리고, 숱이 많은 머리를 풀어헤친 채 그녀는 나무토막처럼 식탁에 앉아 있다. 그는 아무 대답도 하지 않는다. 그러면서 생각한다. 반했다는 말은 맞는 것 같은데 도무지 기억이 나질 않아. 너한테 주려고 했던 싸구려 물건들도 기억에 없어. 너의 단조로운 목소리, 네 눈가에 잡힌 주름도 내겐 아무 의미가 없어. 그녀는 고개를 들어 뭘 생각하고 있느냐고 묻는다. "마그다를 생각해"라고 대답하며 그는 이야기를 시작한다. 밤이 깊어갈수록 그는 자꾸만 말이 많아지고 상냥해진다.
"지금 안 가면 취해서 핸들도 못 잡을 거야".
그녀는 그를 바깥 현관 문까지 배웅해주면서 다정하게 그의 팔을 톡톡 친다. 뒤에서 그녀가 안녕, 하고 말하는 소리가 들려온다.
옛 친구. 어린 시절부터 계속되어온 우정과 다툼. 일요일에 집으로 오라는 초대, 아니 요구. 그 집 안주인이 네가 안쓰러워 보이나 봐. 바깥주인도 그런 것 같아. 그는 계단을 올라가서, 집 정원에서 꺾어온 금잔화 가지 몇 개를 넬리에게 건네주고는 에릭에게서 위스키 한 잔을 받아든다. 앞쪽 거실에 가브리엘이 앉아 뭔가를 읽고 있다. 그는 고개를 들지도 돌아보지도 않는다. 로베르트는 가슴에 구멍이 뚫린 듯 허전하고 지루하다. 하지만 위스키만 쳐다보고 있는 그를 에릭이 자꾸 흘깃거리자 활기를 되찾고 대화에 끼여든다. 따뜻한 오월에서 시작하여 안과 병원의 이전, 바흐의 음악, 꿈의 미학, 말이 존재하기 전부터 철자가 있었다고 주장하는 카발라, 시집 『눈의 얼굴』을 거쳐 고래의 뇌가 주제로 떠오른다. 에릭은 쥐돌고래의 뇌가 상대적으로 인간의 뇌보다 크다는 내용의 기사를 어디선가 읽었다고 말한다.

"그럼 그 고래는 틀림없이 인간보다 똑똑하겠군."

로베르트가 말한다.

"그게 바로 문제야, 내가 궁금한 게 바로 그거라고."

에릭이 그의 말을 받는다.

"그렇다면 고래의 학문은 어떨까? 고래의 모나리자는 어떻게 생겼을까?"

로베르트의 얼굴은 화난 사람 같다. 억지로 관심이 있는 척하다 보니 재미가 붙어 이런 주장을 펼쳐본다. 고도로 발달한 고래의 문화는 우리에게는 인식불가능한 것이다. 고래의 이성 논리가 우리의 그것과는 완전히 질서가 다르기 때문이다. 우리가 알 수 있는 것은 고래의 문화가 인간의 문화와는 정반대로 '만들기'에 기초한 것이 아니라는 사실뿐이다. 폴 발레리의 말을 인용해본다면 예술 작품이란 창조 과정의 실수를 보여줄 뿐이다. 그러므로 결론적으로 말해 고래는 이런 물질화된 형태의 실수를 불필요한 것이라고 생각한다.

그들은 서로 바라보며 정답게 히죽거린다. 에릭이 아내의 손에서 무거운 쟁반을 받아주느라 자리에서 일어서자 로베르트도 따라 일어선다. 그는 앞 방으로 어슬렁어슬렁 걸어가 의자를 끌어와서 가브리엘 앞에 놓고 묻는다.

"요즘도 편지 많이 와?"

아이는 반응이 없다. 로베르트는 그의 얼굴을 가까이에서 관찰한다. 마치 동굴 속에 붙어 있는 것 같은 작고 흐리멍텅한 눈동자, 홍채를 둘러싼 흰자위는 거의 보이지 않는다. 눈동자를 움직이는 것도 아주 힘이 들어 보인다.

"그럼요!"

꽃과 술잔을 들고 오던 넬리가 대신 대답한다.

"파리, 포츠담, 하버드의 천문대에서 편지가 와요. 이 주 전에는 퀘벡에서 전파 망원경으로 찍은 아름다운 사진을 보내왔어요."

"뭐 읽고 있니? 나도 좀 보여줄래?"

로베르트는 목소리를 낮추어 속삭인다. 가브리엘이 들고 있던 서류철의 한 면을 펼친다. 왼쪽에 원 모양과 안개, 점들이 찍혀 있는 흑백 사진이 있고, 오른쪽에는 물 흐르는 듯한 필체로 적어놓은 메모지 한 장이 붙어 있다. 마그다의 깨끗하고 또렷한 필체다.

가브리엘이 서류철을 내밀자, 그는 『뉴 사이언티스트』의 천체사진을 살피고 영어로 된 설명을 읽는다. 오른쪽에 있는 메모지에는 눈길을 주지 않으려고 애를 쓴다. 하지만 이상하게도 가브리엘 특유의 헐떡이는 숨결을 느끼는 순간 금방이라도 마그다가 헐레벌떡 뛰어들어와 늦어서 미안하다고, 그래도 다행히 너무 늦은 것 같지는 않다고 사과를 할 것만 같다. 가브리엘은 텍스트가 눈꺼풀 속에 붙어 있는 것처럼 막힘 없이 줄줄 읽어내린다.

"에타 카리네는 지금까지 알려진 은하계의 별 중 가장 밝은 별이다. 광도가 태양보다 약 1천만 배 강하고 크기는 태양의 약 1백 배다. 지구에서 약 7000광년 떨어진 곳에 있고 부동의 카리나 성운 속에 자리잡고 있다. 표면 온도는 29,000K다. 에타 카리네 근처에 있는 두 별, HD 93129 A와 HD 93250은 표면 온도가 52,000 인데……."

"뭐 해요, 어서 이리들 와요."

넬리의 다그치는 음성이 귓전에 들려온다.

마그다가 돌아오기 전주에 그는 잠을 설치고 기분 나쁜 꿈들을 꾼다. 월요일 그는 해가 뜨기 직전 기지개를 켜고 아침 햇살 속에서 손바닥을 들여다보다가 바닥에 무릎을 꿇고 울음을 터뜨린다. 그리고 빛이 가득하고 따스했던 꿈을 떠올려본다. 불타는 듯 빨간 튤립 들판을 가로질러 달려오던 마그다와 그녀를 쫓아오던 개 한 마리. 마그다는 길가에 멈춰 서서 뭐라고 소리를 지른다. 그녀의 얼굴은 아주 가까이에서 찍은 사진처럼 크고 밝고 둥글다. 그가 잠에서 깨어나던 순간 그녀의 얼굴은 순식간에 어쩔 줄 모르는 표정으로 변한다.

그후 며칠 밤 동안 그는 병실에 누워 있는 귀부인의 꿈을 꾼다. 그가 그녀에게 느끼는 애정은 말할 수 없이 크다. 그녀의 상태는 그리 심각하지 않다. 그래서 그녀는 자리에서 일어나 웃옷을 입고, 시내로 나가는 그를 따라나선다. 그녀는 하얀 타조 깃털이 달린 하얀 여름 모자를 쓰고 있다. 지나가는 행인들이 전부 존경의 눈길로 인사를 건네는 이 여자가 지나치게 즐거워하자 그는 신경이 곤두선다. 그녀는 "별을 세다가 잠이 들었어"라고 말하고는 깔깔대며 웃는다. 그녀의 웃음이 하늘을 나는 새처럼 다가온다. 정말 무슨 축제에라도 가는 길 같다. 그가 말한다.

"그만 웃어. 다 지난 일이잖아. 넌 죽었으니까 울어야지."

그녀는 그를 올려다보더니 양손으로 얌전히 입과 얼굴을 가린다. 하지만 그는 속지 않는다. 그는 활짝 펼친 그녀의 손가락 사이로 그녀가 웃음을 참으려고 입술을 깨물고 있는 것을 본다.
"안 되겠어, 널 다시 병실로 데려가버릴 거야."
그가 차분하게 말한다. 십대 소녀처럼 스타킹이 줄줄 흘러내린 채 웃음을 참으며 그녀가 그를 따라 달린다.

금요일 오후 그는 아우어 제이스트라트로 접어드는 커브 길에서 자신의 집을 바라본다. 빛 바랜 붉은색의 줄무늬 차양이 내려와 있다. 다락방 창문도 열려 있다. 앞뜰에는 살수기가 팔자를 그리면서 장미꽃 위로 물을 뿌리고 있다. 그녀가 돌아온 것이다.
그는 집 앞에 차를 대고 차에서 내린 후 집 안에서 그를 보고 달려나오는 작은 개들을 허리를 굽혀 쓰다듬는다. 하루 종일 아주 더웠다. 갑자기 셔츠가 축축하다는 것을 깨닫는다.
착하지, 그래 가만히 있어. 그는 개의 머리와 주둥이 아래쪽, 그리고 앞발 사이의 털을 어루만진다. 기다리다 못한 개들이 앞서 집 안으로 달려간다. 잠시 후 그는 부엌 문지방에서 걸음을 멈춘다. 그곳에 마그다가 있다.
그녀가 말한다.
"말벌이 이렇게 많은데 밖에서 저녁을 먹어야겠어요?"
그녀가 싱크대에 서서 손을 씻는다. 그리고 돌아보며 그에게 미소를 짓는다. 마늘과 구운 고기 냄새에 둘러싸여 그를 향해 걸어온다.
그는 놀라지 않는다. 초록빛 실크 옷을 다시 알아보았고 아내가 일 센티미터도, 아니 일 밀리미터도 더 뚱뚱해지거나 날씬해지지 않았다는 사실을 깨닫는다. 피요르드 말(馬) 같은 블론드빛 머리카락 역시 조금도 변함이 없다. 어깨에 닿지 않는 머리 길이도 똑같다. 그는 확신한다. 그래, 정말 모든 것이 똑같다. 그녀의 맨 팔, 맨 다리, 오늘 신발장에서 꺼내 먼지를 털어냈을 색 바랜 아마 운동화까지. 가는 시간과 오는 시간이 있다. 이런 특별한 반란의 경우 이 두 시점의 간격을 되도록 짧게 생각해야 한다. 그녀의 얼굴에 담긴 만족스러운 표정, 어질러진 부엌, 낡아빠진 시커먼 누더기처럼 제자리에 누워 숨을 쉬고 있는 그녀의 개까지 모두 나를 속이려들고 있다. 지난 이 년 동안 마그다에게는 아무 일도, 정말 아무 일도 일어나지 않았다고.

그는 그녀의 키스에 응답한다.

"당신 좋을 대로 해, 당신 좋을 대로."

다만 아주 잠깐 그들의 시선이 불안하게 얽힌다. 하지만 이내 신음과 교성이 터져나올 수 있다. 진리를 에워싸는 움직임.

"내가 먼저 샤워할게."

그는 정신나간 사람처럼 멍하니 목욕탕 거울을 바라본다. 집 안 어디에도 가방 하나 눈에 띄지 않는다. 비행기표나 기차표, 호텔의 로비가 그려진 그림엽서 한 장도. 흔적을 남기지 않은 여행은 꿈처럼 사라질 것이다. 성급하게, 멍청하게, 혼란스럽게. 어느 누구에게 어떤 증거도 남기지 않은 채.

처음에는 이런 상황에 안도감을 느낀다. 마그다가—변함없이—돌아왔고, 모든 것이 다시 그대로다.

옆방 책상 위에는 다시 사전과 백과사전이 쌓인다. 평소보다 일찍 퇴근할 때면 그는 찻잔을 앞에 두고 창가에 앉아 담배를 피우며 생각에 잠긴 그녀의 모습을 본다. 때로 전화가 걸려오고 그녀는 명랑하게 이야기를 나눈다. 그녀가 전화를 끊으면 그는 누구냐고 묻는다. 내일 오전에 집 안 가스 기기를 점검한대요. 목욕탕과 부엌 온수기하고 난로하고요. 그녀는 진지하게 설명한다. 그는 고개를 끄덕이지만, 얼마 전부터 불쑥불쑥 그를 괴롭히는 입 안의 맛에 신경을 쓰느라 그녀의 말을 제대로 못 듣는다. 끈적끈적하고 진득거리는 느낌이다. 갈증 같기도 하고 두려움 같기도 하다. 옆쪽 아래턱에서 시작되는데, 구강에서 나와 목과 코를 거쳐 입 전체로 퍼져나간다. 가끔은 위스키를 병째로 들고 한 모금 마시고 나면 금방 가라앉기도 한다.

집안은 다시 원상태로 돌아온다. 초인종 소리가 들린다. 세탁소입니다. 화원에서 왔는데요. 안녕하세요, 좋은 말씀을 들려드릴까 해서요. 그는 왜 배달부나 마을 사람들이—처음에—그에게 그렇게 친절한지 의아해한다. 그리고 불안해진다. 정말 모든 게 정상일까? 정상적으로 화창한 여름이다. 가끔 그들은 이른 아침 바다로 수영을 하러 간다. 이리 와요, 마그다는 잠수를 했다가 그의 옆으로 불쑥 나온다. 아침거리로 청어를 잡았어요. 큰 길가 상점에서 그는 축제에 나온 곰을 보듯 그녀를 빤히 쳐다본다. 그녀의 눈꺼풀, 입술과 손톱은 바닷물에 씻겨 장밋빛으로 빛난다. 이것이 생선 가게 주인이 겨자 없은 오이 피클을 그들에게 공짜로 준 이유일까? 시장에서 가재와 꽃을 살 때면 사람들이 그의 팔을 툭툭 치는 것은 무슨 뜻일까? 한 농촌 아낙은 그들에게 집에서 직접 만든 하얀 치즈를 내놓는다. 꼬질꼬질한 그 늙은 아낙이 끊임없이 수다를 떨면서 치즈 위의 뾰족한 서양 자초 끝부분을 가리키며—손과 팔꿈치로—음란한 몸짓을 할 때에도 그는 감사하다는 인사를 건넬 뿐 달리 어쩔 도리가 없다.

그렇게 가을이 지나가고 겨울이 찾아온다. 이제 그가 마그다와 함께 상점에 들어서면 바람 한 점 없는 이상 기후에 대해 이야기를 나누던 사람들이 갑자기 입을 다문다. 몇십 년 만에 기록을 경신한 기온이나, 바다와 육지에서 마을로 불어오는 후텁지근한 연무를 걱정하던 사람들이 굳게 입을 다물어버리는 것이다. 소금과 쓰레기, 흙가루가 뒤섞인 안개가 건물의 벽을 더럽히고 집 안까지 들어오는데다가 지하실을 해초투성이로 만들고 있던 참이었다. 정말 아무도 좋아할 수 없는 안개였다.

그는 남몰래 마그다에 대해 놀란다. 그 어떤 것도 그녀를 방해할 수 없다. 그가 잠 못 이루고 숨을 죽이고 있는 동안에도 그녀는 태평하게 잠을 잔다. 잠 못 드는 밤 그는 노르트 유한회사를 생각한다. 침착하게 회사를 경영하는 자질이 있으니 이런 밤의 숨막히는 어둠 속에서도 느긋하게 긴장을 풀 수 있을 거라고. 마음속에 담긴 수수께끼를 애써 풀어보려고 끙끙대지 않을 수만 있다면, 강을 생각하거나 구름다리를 생각하는 것도, 화물차나 불구덩이 지옥을 생각하는 것도 그리 나쁘지 않을 거라고. 네 곁에서 잠이 든 이 여자, 다른 상표의 담배를 피우고 해 질 무렵이면 노을 속에 멍하니 앉아 있으며, 침대에서는 힘이 넘쳐나는 이 여자. 이 여자가 예전에 네가 너무나 잘 알고 있던 바로 그 여자와 백 프로 똑같지 않다는 느낌은 대체 어디서 오는 걸까?

이월이 되자 갑자기 추워진다. 마을은 안도의 숨을 내쉬고 마을 회관의 테니스 코트 위로 얇은 물기가 떠돈다. 하지만 로베르트는 알제리로 출장을 떠나 더위 속에서 협상을 끝냈고, 예전보다 일찍 찾아온 화창한 튤립 시즌이 시작될 무렵 다시 집으로 돌아온다. 마을은 관광객으로 북적인다. 그들은 떼를 지어 들판을 뛰어다니고 한 아름 꽃을 안고 교회 주변 골목으로 몰려다닌다.

부활절 직후 바다가 다시 따뜻해져 해변 카페 앞에는 부두와 배를 연결하는 널빤지가 깔린다. 하지만 육지에서 불어오는 바람은 몇 주 동안 엄청난 해파리떼를 해변으로 유혹한다. 퇴근하여 아스트리트 대로 위를 달리던 로베르트는 해수욕객들이 백사장에 앉아 투명한 푸른빛 해파리를 넋을 놓고 바라보는 광경을 쳐다본다.

여름이 막바지에 접어들자 모두들 그러하듯 그도 지치기 시작한다. 어느 날 마그다와 그는 친구들과 함께 밖에 앉아 있다. 사람들이 찾아오는 게 부담스럽다. 에릭의 말에 대꾸를 하기 위해 그는 바짝 긴장한다. 어떤 대화에도 끼여들지 않고 사람들이 모이는 곳에 가지 않는 것이 최선일 듯하다. 더위가 수그러들 기색이 없는데다, 달빛과 네온 빛이 뒤섞인 불빛 아래에서 귓전을 맴도는 모기 소리를 들으며 밤낮을 가리지 않고 가슴 위에 놓인 돌덩이처럼 그를 내리누르는 질문을 막아내기 위해 안간힘을 쓰고 있는 이런 순간이라면 말이다. 이제 그 질문은 귀에 들리고 눈에 보이는 모든 것을 압도한다. 썩는 냄새가 나는 정원, 의자 아래에 앉아 헐떡이고 있는 개들, 에릭과 넬리의 피곤한 얼굴, 적당히 거리를 취하는 마그다의 태도, 이 모든 것을 압도한다. 그는 손을 내민다. 그녀가 얼음이 든 위스키 잔을 그에게 건네준다. 그는 한 모금 마시고 에릭의 말에 동의한다는 듯 고개를 끄덕이며 억지로 미소를 지어보려고 애를 쓴다. 미장원에서, 길거리에서, 극장에서 누구나 쉽게 묻고 대답하는 그런 질문을 참기 위해 이렇게 바닥을 기며 개처럼 구슬프게 울고 손을 비틀어야 하다니 우습지 않은가. 이 년 동안 지상에서 종적을 감추었던 마그다에게 이 분명한 두 마디의 말은 질문이 되지 못하고, 장애물이, 나락이 된다. 박차를 가하자마자 출발하는 말처럼, 끝까지 당겨졌다가 힘차게 날아가는 독화살이 된다.

"어디 있었어?"

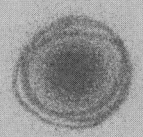

3 말해줘. 나는 나지막한 목소리로 아기에게 부탁했다.

사람들이 그러는데, 사람이 죽으면 처음에는 모든 게 온통 회색빛이다가,

하얗게 변하고 다시 파랗게 되어 별을 향해 날아간다며?

그렇니? 저 장미꽃 마음에 들어?

나는 내가 본 장미꽃 중에 제일 예쁜 것 같아.

기가 막혀서! 레이든으로 가는 버스에 앉아서도 나는 내가 정확히 어디로 가고 싶은지 알지 못했다. 이상하게 들릴지도 모른다. 내가 생각해도 이상한 이야기다. 하지만 그날 내가 개의치 않을 수 있었던 것은 다름아닌 이상(異常)과 정상의 차이 때문이었다. 그리고 그날 이후 그런 태도는 나의 일부가 되어버렸다.

어쨌든 나는 모래언덕 사이에 있는 첫번째 정류장 크레이셀에서 버스에 올랐다. 그리고 콧수염을 기른 인상 좋은 기사에게 말했다.

"하르터부르흐케르크 한 장이요."

창가 자리에 앉으며 나는 내가 유일한 승객이라는 사실에 놀랐다. 웃옷의 단추를 채 풀기도 전에 차 문이 닫혔다. 버스가 부르릉거렸다. 귀가 멍한 소음에도 금방 잠이 들었나보았다. 아스트리트를 지나갔던 기억이 나질 않는다. 다만 버스가 급정거를 하던 순간 꿈속에서 보았던 말은 기억이 난다. 온순한 검은 눈동자의 암말이었다. 버스는 몇 분 동안 서 있었다. 웬일인지 눈을 뜨기조차 힘들어, 버스가 왜 서 있는지 알려고 하지도 않았다. 버스가 다시 출발했다. 나는 정신을 차리고 창 밖을 내다보았다.

칙칙한 공터가 끝나는 그곳에 내가 몇 년 동안 살던 마을이 누워 있었다. 아직도 나는 집 근처를 맴돌고 있었다. 급수탑과 벙커, 보도 곁에 쌓인 모래, 해마다 관광철이면 관광객들의 사진 모델이 되는 어부들의 가볍고 밝은 세계. 지금이라도 귀를 기울이면 길을 걸어가는 내 발소리가 들릴 것만 같다. 군인들이 행진할 때처럼 지축을 뒤흔드는 낭랑한 그 소리. 특히 비가 오는 날이면 나는 집들을 바라보았다. 내가 제일 좋아했던 것은 칙칙한 빛깔의 보기 흉한 건물들이었다. 그런 건물들은 나를 매혹시켰고, 그곳에 숨어 있을 계단의 냄새를 생각해보라고 유혹했다. 층계참과 테라초(대리석 등의 부스러기를 다른 재료와 섞어 굳힌 뒤에 표면을 닦아 대리석과 같이 만든 돌—옮긴이) 목욕탕, 어두운 벽지의 침실을 떠올리며 공포에 떨어보라고. 로베르트, 꼭 그래야만 한다면 당신과 함께 이곳에서 참고 살 수도 있었겠지요!

내가 그를 버린 것인지는 알 수 없었다. 나는 흔들리는 버스에 앉아 시야에서 사라지는 마을과 모래언덕을 바라보았다. 내가 남편을 버린 것인지, 나는 알지 못했다. 어떻게 그런 일이 있을 수 있을까? 오랜 세월 항상 똑같은 사랑을 누려왔던 사람이라면 엘리베이터 안에서조차도 완전히 혼자 있어본 적이 없다는 사실을 조만간 알게 될 것이다. 기차를 탈 때도, 꽃을 보거나 하늘을 올려다볼 때도 늘 그림자가 곁에 있으며, 친구의 입술을 탐할 때도 어디선가 어둠 속에서 너의 손을 붙잡고 있는 손이 있다는 사실을. 아니, 나는 몰랐다. 내가 알았던 것은 한 가지, 아침마다 짐을 싸자는 굳은 결심으로 잠자리에서 일어났었다는 것뿐.

붉은 옷을 입자. 살굿빛 속치마를 찾으려고 커튼을 걷으면서 그렇게 생각했다. 그 속치마는 구식이 되어버렸지만 오늘 같은 습습한 봄날에는 딱 어울리는 속옷이다. 밤새 열어놓았던 창문을 닫기 위해 나는 창턱 너머로 몸을 내밀었다. 그리고 잠깐 유리창에 비친 여자의 얼굴을 바라보았다. 졸린 눈, 오슬오슬 떨며 미소를 짓는 입. 저게 너야, 마그다, 마그다. 햇살과 온기 가득한 생활에서 몇 번 특별한 순간을 체험했지만 떠나야 하는 이 시간 작별 인사를 나눠야 할 것이 없다는 사실에 놀라고 있는 여자. 나는 침대를 정돈하기 위해 몸을 돌렸다. 그리고 금방 정돈을 끝냈다. 로베르트가 집에 들어오지 않는 밤이면 나는 돌처럼 꼼짝 않고 누워 자기 때문이다. 은행에 가는 것도 잊지 않아야 한다고 나는 뜨거운 샤워기 아래에서 생각했다.

아홉시 십분. 우리 개들한텐 약간 늦은 시간이었다. 젖은 머리로 계단을 내려가자 개 세 마리가 이미 나를 기다리고 있었다. 힘차게 문을 열어주자 개들이 정원으로 달려나갔다. 나는 잠시 문지방에 서 있었다. 짙푸른 풀밭, 얼마 전에 깎은 잔디 속에 피어 있는 꽃들은 대부분 내 노력의 결실이다. 이런 마을에서 바닷바람을 이기려면 엄청난 노력이 필요하다. 많은 이들이 불평을 해대고, 포기하는 이들도 많다. 이제 겨울을 무사히 나려면 조개꽃과 튤립, 베고니아 화분을 헛간으로 옮겨 월동준비를 해주어야 한다. 나는 문

밖의 화단을 바라보았다. 로베르트 어머니의 너도밤나무 덕분에 내가 심은 플록스와 다알리아는 팔월이면 엉덩이에 닿을 만큼 키가 자랄 것이다…….

예전에는 이 부엌도 오븐도 빨강 노랑 타일이 깔린 바닥도 모두 시어머니의 것이었다. 나는 찬장을 열어 그곳에 밴 콩과 라드, 통밀가루의 냄새를 맡으며 개먹이와 빵을 꺼냈다. 몇 년 전 이 집의 안주인이 되었을 때 나는 욕심 많고 까다로운 시어머니의 살림솜씨를 그대로 물려받는 것이 당연하다고 생각했다. 그랬다. 정말 그렇게 생각했었다. 그 시절의 즐겁고 헌신적인 기분을 아직도 정확히 기억할 수 있다. 계단을 오르내리고 옷장을 청소하던 그 날들을. 세월의 흔적을 안고 영원히 살아남을 그 무엇 속으로 미끄러져 들어간 듯한 느낌을 주었던 그 모든 것들을.

"도대체 어디 숨어 있는 거야!"

연락 없이 집으로 돌아올 때면 로베르트는 이렇게 소리를 질렀다. 그가 말을 채 끝내기도 전에 나는 마루 밑에서 "가요!" 하고 소리쳤다. 그리고 그의 발치에서 뚜껑을 열고 먼지와 거미줄 냄새를 뒤집어쓴 채 기어나왔다.

"아…… 로베르트! 정말 멋진 날이야. 날씨가 너무 좋아요. 다시 여름이 오는 것 같아!"

뒤에서 헐떡거리는 소리가 들렸다. 개들이 흠뻑 젖은 정원에서 돌아와 밥을 달라고 아우성이었다. 나는 다리에 매달리는 개를 피하기 위해 한 걸음 옆으로 물러섰다. 아나톨레는 얌전히 있었고 부비에는 부엌 문 옆에 서서 굳은 신뢰의 표정으로 나를 빤히 바라보았다. 아직 내가 할 수 있을 때 이 개들에게 뭔가 해주어야 하지 않을까? 가슴이 찢어졌다. 나는 우유를 데우고 야채를 옥수수와 섞었다. 아나톨레는 밥을 먹을 때 사람보다 더 예절을 지킨다. 조심스레 입술로 먹이를 물고 잠깐 머리를 흔들다가 입을 크게 벌려 몇 번 씹고는 목을 약간 움직인다. 그리고 먹이를 꿀떡 삼키고 사라진다. 밥그릇이 순식간에 텅 빈다. 그러고 나면 코와 시커먼 털을 꼼꼼히 핥는다. 나는 아나톨레 곁에 무릎을 꿇고 등을 쓰다듬어주었다. 개는 대답이라도 하듯 조심스레 꼬리를 흔들고 이해한다는 표정으로 나를 바라보았다. 이 동물은 나를 잘 알고 있었다. 너무나 잘 알고 있었다. 나와 내 특별한 냄새가 뭔가 부조화스럽기 때문에 걱정을 하고 있는 것이다.

나는 아침을 먹고 몇 가지 작은 소지품들을 가방에 챙겨넣는다. 웃옷을 걸치고, 나는 잠깐 옷장 옆에서 망설였다. 아! 마루 위로 흘러넘치는 저 아름다운 빛, 무늬목의 저 찬란한 광택. 꿈 같은 집, 꿈 같은 생활. 적어도 이 순간 이 또렷하고도 확연한 감탄을 내가 어떻게 붙잡을 수 있단 말인가? 밖에서 발소리가 들린다. 우체부가 한 꾸러미의 우편물을 집 안으로 억지로 밀어넣었다. 나는 구두 뒤축을 땅에 대고 몸을 돌려 뒤를 돌아보았다. 그리고 생각했다. 이제 넬리한테 개들을 맡기러 가야 해.

사파이어 반지를 낀 여자의 손. 무게가 없는 듯 가볍게 움직이는 몸뚱어리. 그녀는 예쁜 커피 잔을 내 앞에 내려놓고 식탁 맞은편에 앉았다. 그녀가 약간 의심스러운 눈초리로 나를 바라보고 있다는 것을 나는 잘 알고 있었다.

"물론이지. 그래, 얼마나?"

넬리가 말했다.

나는 어깨를 으쓱했다.

"잘 모르겠어. 며칠 후면 로베르트가 돌아올 거니까 와서 개들을 데려갈 거야."

"뭘 하려고?"

그녀가 물었다.

"가족들을 찾아가보려고."

그녀가 계속 내게서 시선을 떼지 않았으므로 나는 우물우물 중얼거렸다.

"엘렌하고 어머니하고…… 한번 찾아가봐야지."

내 시선이 비스킷과 장미꽃을 스쳐지나…… 그녀는 크리스털 재떨이를 내 쪽으로 밀어주었다.

나는 생각에 잠겨 담배를 피웠다. 창턱에 머물던 바람이 잠잠해지면 째깍거리는 벽시계 소리가 들렸다. 이런저런 말을 늘어놓아야 할 이유가 있을까? 넬리를 안 지도 벌써 십육 년이 지났다. 우정이라고 부를 수도 있을 사이다. 우정, 그녀의 따뜻한 집과 메마른 정원, 파티 때마다 그녀가 손수 만드는 절인 조개, 그녀가 농촌 아낙 같은 손가락으로 휘감는 그녀의 남편, 그녀의 팔에 매달린 팔찌의 육감적인 효과, 검은 정장을 입은 그녀가 진열대 사이를 오가는 가게의 도자기, 자폐아라고들 하는 그녀의 아들에게 내가 느끼는 우정. 나는 이 모든 것들을 일상의 삶으로 정돈할 수 있는 그녀의 상상력에 우정을 느낀다. 하지만 왜 우리는 가끔씩 함께 침대에 누워 엉엉 소리내어 울지 않았을까? 충분히 그럴 만한 이유들이 많았는데도 말이다.

"왜 그렇게 히죽대는 거야?"
그녀가 물었다.
"내가 히죽댔어?"
"토마토 네 개가 나온 카지노 기계 앞에 앉아 있는 노름꾼 같아 보여."
"커피 좀 더 줄래?"
"그러지."
그녀가 다시 자리에 앉자 내가 말했다.
"방금 우리가 처음 만났을 때를 생각했어. 기억 나?"
"널 소개해주려고 로베르트가 우리집에 왔었지. 1964년 1월 22일이었어."
"서로 말이 잘 안 통했었지······."
나는 더듬거리다 당황했다. 그녀가 아주 우발적으로 두 가지 사실을 입에 올렸기 때문이다. 내 남편. 그리고 그녀의 아들이 태어나기 전날.
"우린 한 마디도 나누지 못하고······."
그녀는 짧게 웃고 고개를 옆으로 돌렸다. 맞아 그랬어. 무슨 대단한 일이라도 되는 것처럼, 그 말을 안 하면 큰일이라도 나는 것처럼. 그날 밤엔 말이 필요없었다. 우리가 이야기했던 것들은 전부 우리와는 상관없는 것들이었으니까. 날씨나 전쟁, 자연재해 같은 때 느껴지는 너무나 분명한 징조들. 우리의 우정이 어떻게 되리라는 것은 처음부터 분명했다. 습관처럼 "이리 와!" 하고 말하던 한 남자의 굶주림, 정열과 불안. '건드리지 마' 하고 생각하는 아이의 도망치던 눈길. 그 모든 것들이 만나는 교차점에 우리의 우정이 있었다. 나는 식탁 아래로 발을 쭉 뻗었다. "가브리엘은 어때?"라고 말하려던 찰나 문이 열리며 아이가 들어왔다. 당시 가브리엘은 열여섯이었다.

"마그다?"

가브리엘은 내 뒤편의 찌푸린 하늘을 향해 말을 던졌다. 그리고 잡지를 펼쳐 내 코앞으로 들이밀었다. 『뉴 사이언티스트』 10월호. 넬리가 내게 메모지 한 장을 건네주었고, 나는 번역을 시작했다. 에타 카리네의 비밀…… 나는 알았다. 글을 쓰고 있는 내 손과, 숨을 거칠게 몰아쉬고 끙끙대면서 내 머리 위로 고개를 숙이고 있던 그 아이를 위해 내 연필에서 흘러나오는 정확한 단어들이 내 이름과 내 모든 인격을 구성하고 있다는 사실을.

"여기 있어."

나는 상냥하게 말했다.

가브리엘이 방을 나가자 넬리는 창가로 걸어갔다. 나는 그녀의 등을 바라보았다. 그녀는 그곳에 가만히 서서 아무 말도 하지 않았다. 가끔 돌풍이 세차게 불어오면 창문이 덜컹거렸다. 커튼이 불룩해졌다가 다시 축 늘어졌다. 먼 곳에서 바람이 일었다 잦아들었다. 나지막한 바람소리를 들으며 나는 산과 호수, 교회와 보트가 있다는 사실, 내가 빚진 것 없는 창조물들이 있다는 사실을 떠올렸다. 이런 상황이라면 나는 자유롭게 떠날 수 있었다.

그녀가 돌아보았다.

"역시 내 생각이 맞았어. 혼자 생각에 빠져 낄낄거리고 있구나."

갑자기 나는 허둥대며 의자를 밀고 일어섰다.

"버스가 언제 떠나는지 알아?"

"응. 시간마다 정시에 출발해. 첫 정류장에서."

떠나기로 마음을 굳혔다. 버스에 올라타 웃옷 단추를 열고 편안한 자세로 자리에 앉았다. 버스가 출발하자마자 일상의 세계도 멀어졌다. 모든 풍경이 작아지고 시야가 탁 트였다. 들판이 나타났다 사라지면 다른 풍경이 눈앞으로 떠올랐다. 튤립 꽃밭을 지나자 온실이 나타났다. 급수탑. 페 더 용 운트 존 사료 공장. 교차로 신호등에서 한 여자가 짙푸른 자전거 위에 앉아 있었다. 핸들 앞에는 아이를 태웠고 뒤 짐칸에는 개 한 마리를 실었다. 버스가 출발하자 이번에는 지팡이를 짚은 남자가 나타났다. 아! 너를 태우고 가는 대중교통 수단의 이 흔들림.

물론 그 사이 승객이 늘었다. 아우어 제이스트라트 끝에서 기사는 여러 명의 승객을 태웠다. 뚱뚱한 학생, 어부의 아내, 제정신이 아닌 남자. 그 남자는 내 곁을 지나가면서 이렇게 중얼거렸다.

"오늘 밤엔 눈을 못 감을 거야!"

버스를 타고 가는 동안 내내 그랬다. 레인스부르크에 도착할 무렵에는 내 주변에 앉아 있던 농부 두 사람이 몽당연필을 한 자루씩 들고 계산을 하다가 고개를 들고는 서로 쳐다보면서 "맞아?" "맞아" 하고 묻고 대답했다. 머리를 맞대고 거무죽죽한 포장지를 펼쳐놓고 커다란 고등어의 뼈를 바르고 있던 부부. 그리고 내 등 뒤에서 이야기를 나누던 두 젊은 여자. 버스 타이어의 시끄러운 소음 탓인지 그들은 마음놓고 지껄였다.

한 여자가 말했다.

"내가 어떻게 해야 했겠니? 스타킹을 벗고, 침대에 누워 있는 그이한테로 다가갔지. 그이가 잽싸게 자기 머리를 내 배에다 올려놓는 거야. 하지만 나는 별로 좋질 않았어. 아내에다 그림을 그렇게 잘 그리는 아들까지! 다음날 아침에는 그냥 입을 다물고 있었어. 그이가 카운터에서 계산을 하는 동안 나는 호텔에서 뛰쳐나와 택시를 잡았어."

"오, 오!"

다른 여자가 위로를 하려는 건지 감동을 받았다는 건지 뜻 모를 소리를 질렀다.

레이서 뷰르트 정류장에서 한 여자가 차에 올랐다. 천대받고 살았다는 느낌을 주는 환갑 정도의 여자였다. 차비를 내자마자 그녀의 시선은 내 옆 빈자리에 와 꽂혔다.

"앉으세요."

나는 기어들어가는 목소리로 말했다. 그녀는 자리에 앉자마자 허리를 굽혀 새로 산 물건을 가방 속에서 꺼냈다. 그러면서 '이것 한번 봐……'라고 말하는 듯한 눈길을 보냈다. 2굴덴 50이라고 적힌 가격표도 떼지 않은 새 사진틀과 놀라울 만큼 크기가 꼭 맞는 사진 한 장이었다.

"크기가 딱 맞네요."

나는 사근사근하게 말을 붙였다.

"그래요. 불안해서 사진을 가져왔다오."

그녀가 고개를 끄덕이며 말했다.

싸구려 사진기로 찍은 흐릿한 사진, 싸구려 거실에 앉아 있는 싸구려 인간들, 그녀와 남편이었다. 남자는 집에서 뜬 스웨터와 우스꽝스러운 셔츠를 입고 있다. 그런데 너무 말랐다. 아내의 목에 살짝 가린 채 입이 찢어져라 웃고 있는 얼굴도 너무 말랐다. 뒤편에는 장미꽃이 담긴 꽃병 하나, 촛대, 볼품없는 탁자 위에 놓인 사과 쟁반 하나.

"석 달 전에 찍은 사진이라오."

이렇게 서두를 꺼낸 그녀는 비극의 전말을 모두 털어놓았다. 어딘가 몸이 안 좋다는 첫 느낌에서부터 몇 달 후 비쩍 마른 남자가 되어버렸다는 그의 수치심까지, 그의 찌푸린 얼굴과 일그러진 미소를 보지 않으려고 연둣빛 수건이 걸려 있던 수건걸이와 세면대, 맥없이 축 늘어져 있던 커튼 쪽으로 자꾸만 눈길을 돌렸던 그 마지막 흐린 오후까지. 그래서 그녀는 솔직히 말해 남편의 얼굴보다 그 물건들이 더 생생하게 기억에 남아 있다고 말했다.

목소리와 냄새, 사진틀에 넣어 꽃병 옆에 세워두게 될 사랑의 증거. 분명 내 얼굴에는 동정과 기쁨의 표정이 동시에 떠올라 있었을 것이다. 그녀 때문이 아니라 나 자신 때문에. 비록 나는 사랑의 꿈에서 깨어났지만 이 작은 한 조각의 다른 인생이 나의 정열을 일깨워주었다. 안주인이 아니어도 된다는 것, 충실한 아내가, 해묵은 친구가 아니어도 된다는 것이 너무나 좋다. 시간이 가면 더 침착해질 수 있을 것이다. 그 사이 버스는 목적지에 도착했다. 지금도 나는 기억할 수 있다. 지붕들 위로 부드럽게 펼쳐진 비 갠 하늘을 올려다보며, '그래, 이렇게 정신이 맑고 마음이 푸근하다고 느껴본 지가 얼마 만인가!' 하고 생각했던 것을.

이제, 길을 나선 지금 나는 비로소 아스트리트 대로에서 사진기 렌즈를 번쩍거리는 관광객들을 이해할 수 있을 것만 같았다. 사람들이 찾고 있는 것은 미지의 평원이다. 시간을 멈추고 간격을 없애는 것. 배경은 배경으로 남는다. 나는 내 옆자리에 앉은 할머니의 팔을 느낄 수 있었다. 우리 주변을 맴돌던 액체 연성비누의 냄새를. 그녀가 누구인지 알아야 할 이유가 있을까? 여행을 하는 사람들은 야만인이나 죽은 사람들처럼 과거도 미래도 보지 않는다. 역사의 가르침도 우리에게 걱정을 만들어주지 못한다. 자 웃어봐, 자 밥 먹자. 우린 꼭 다시 만날 거야. 그렇지? 맞아, 맞아. 내일, 모레, 절대로 오지 않을 그날에…… 대로 위를 나란히 걸어가는 두 어부. 수줍은 얼굴 뒤에 가려진 분노와 자만심과 반항심. 넌 존경심을 품고 그 옆을 지나치면서 능숙한 솜씨로 눈에 보이는 것을 머릿속에 입력시키고…… 눈물샘 바로 옆에 눈물이 고였다. 잘못하다가는 늦겠다는 듯 서둘러 스웨터를 뜨고 있는 옆자리의 할머니를 바라보았다. 어깨에 실밥이 터진 붉은 포도줏빛 재킷을 입고 내 옆에 앉아 있는 그녀에게 지금 내가 느끼는 애정이 피붙이에 대한 애정보다 덜할 수 있을까?

  버스가 속도를 늦춘다. 하르터부르흐. 우리 두 사람은 자리에서 일어났다. 버스 문 옆에서 이리저리 흔들리고 있던 순간 그녀가 내게 물었다.

  "어디 가는데?"

  내가 대답했다.

  "시어머니한테요."

  그 순간 내 얼굴에는 태연하면서도 밝은, 약간 조롱기 어린 미소가 피어났다. 문이 열렸다. 비를 머금은 하늘 아래에서 우리는 인사도 없이 헤어졌다.

나는 미친 듯 달렸다. 차표를 손에 쥐고 돌계단을 뛰어올랐다. 5번 승강장, 5번 승강장이 맞나? 그래 맞을 거야. 정말 저쪽에서 회녹색의 고속열차가 들어오는 게 보였다. 아니 눈으로 보았다기보다는 느낌으로 알았다. 기차는 천천히 전진하며 미끄러졌다. 내가 타야 할 기차였다. 수염을 기른 거무스름한 남자 두 명이 열려 있는 화물칸 문에 서 있다가 내 팔을 잡아당겨 위로 올려주었다. 이렇게 빨리 달려본 적이 있었던가? 누군가 나를 위해 객실 문을 열어주었고 나는 푹신한 붉은 플러시 의자에 몸을 던졌다. 그리고 담배를 피워물었다. 하! 하!

숨이 찼다. 우리들 식물이나 동물은 놀랄 만큼 정확히 조절되어 있다. 온도가 일 도만 틀려도, 분자가 하나만 모자라도 죽어버리는 것이다. 물론 금방 죽지는 않을 테지만 말이다. 그렇게 되기까지 먼저 가벼운 산소 부족이 있을 것이고, 정신을 맑게 하고 약간의 흥분을 유발하는 가벼운 마비상태가 찾아올 것이다. 객실 의자에 앉아 있던 그때를 생각하면 정말 웃음이 나온다. 헉헉대는 가슴, 풀어헤친 머리, 그 정신없는 와중에도 필요한 광경은 놓치지 않는 눈동자. 승강장 지붕이 시야에서 사라지자 이내 간척지 위에서 풀을 뜯고 있는 소떼와 양떼가 나타났다. 고향 같은 풍경이었다. 오후 다섯시. 목초지, 약한 오렌지빛의 막이 드리운 도랑. 하지만 유감스럽게도 이 풍경 뒤편으로 이내 시어머니의 침울하고 백묵같이 하얀 얼굴이 떠올랐다. 그 얼굴로 그녀는 그날 오후 대문을 빼꼼히 열었다. 노부인은 갑작스러운 방문을 달가워하지 않았다. 그리고 내가 그런 기색을 눈치챘다는 것도 알고 있었다.

"……너로구나…… 마그다…… 잘 왔다, 잘 왔어. 그래. 어떻게 왔니……?"

그녀는 나를 앞질러 부엌으로 들어가 말 한마디 없이 주전자에 물을 채웠다. 여느 때처럼 캐시미어 옷을 입고 금 장신구를 하고 있었다. 하지만 이제는 지난 몇 년 동안 눈빛으로 내게 순종을 요구하던 그 여자가 아니었다. 왠지 불안이 배어나는 둔하고 냉담한 노부인이었다.

저, 집 나왔어요. 검붉은 차가 담긴 찻잔을 그녀에게 밀어주면서 나는 생각했다. 저, 집 나왔어요. 그리고 노르트 부인이라는 빈틈없는 며느리 역할과 작별을 고하려고 해요. 월요일 아침마다 하는 전화 통화, 집안 경조사에 들고 가는 하얀 꽃다발, 당신의 명령과 작별하려 해요. "식사 시작하기 전에 까치밥나무주 두 잔 부탁한다, 로베르트. 그러면 저 아이 눈이 반짝거리게 될 거다"라던 당신의 명령과. 젊은 여자가 좋아하지도 않는 사람에게 어떻게 그렇게 부드럽고 고분고분할 수 있었는지 과연 누가 설명해줄 수 있을까?

아들에 대한 강한 애정. 사람을 불안하게 만들고 숨도 제대로 못 쉬게 만드는 집요하고도 부담스러운 요구의 희생물. 거울 앞에서 얼굴을 찌푸리고 혀를 내밀고 뺨을 부풀려보았다. 흐느껴도 보고 웃어도 보았다. 붉은 구두 뒤축과 배에 묻은 비누거품을 뚫어져라 쳐다보기도 했다. 넌 완전히 제정신이 아니었어. 프랑스어를 사용하는 캐나다에서 온 처녀. 63년의 뜨거운 여름, 그를 알았을 당시 나는 오십오 킬로그램의 몸무게에 물어뜯은 손톱과 트랑스라는 이름의 애인을 가진 여대생이었다. 트랑스는 천사의 이마와 코, 하늘빛 눈동자를 가진 남자였다. 내게 호의를 품었던 남자, 도랑 끝에서 네가 빠질까 봐 살펴준 뒤 두 손으로 네 머리를 잡고 구름을 보게 해주던 남자……

"무슨 생각 해?"

밤이면 난장판이 된 침대에 누워 달빛을 받으며 그가 속삭였다.

"널 생각해!"

흔들림 없는 확신으로 넌 그렇게 대답했었다. 사랑의 고통도 유전될 수 있는 것일까?

1938년 어머니가 나를 임신했을 때 체코슬로바키아는 이미 갈기갈기 찢어진 후였다. 하지만 아직 점령당한 상태는 아니었다. 모라비아 남부의 여름은 시월까지 이어졌다. 나는 상상해본다. 그곳 언덕에서 어머니는 회칠을 한 담벼락 사이에 가만히 서서 자기 몸의 엄청난 무게에 놀라워한다. 저녁 어스름이 깔리면 그녀는 황혼에 물든 하늘을 배경으로, 남쪽 벽의 바람 들지 않은 양지에 서 있던 십 미터 높이의 하얀 뽕나무를 잘라 가지를 끌고 오는 남편을 바라본다. 남편의 움직임과 입고 있는 옷을 넋을 잃고 지켜본다. 낡은 아마 바지? 상앗빛 셔츠? 어쨌든 나는 그 눈을 떠올릴 수 있다. 누구도 막을 수 없는 기쁨이 담겨 있던 까만 눈동자를. 나는 사랑의 결실이었다. 그리고 어머니의 그 사랑은 그대로 내게 유전되었다.

그 사랑으로부터 벗어나본 적이 있었던가? 아니, 내가 알고 있는 한 일생 동안 단 한 번도 그러지 못했다. 고향 마을의 뜨거운 거리 어딘가에 서 있는 어린 나를 되돌아보아도 그렇다. 전쟁중인지 아닌지, 어쨌든 나는 복숭아를 먹으며 작은 서커스 행렬을 바라보고 있다. 유령 같은 그 행렬은 둥둥거리며 큰 소리를 내는 악기를 들고 지나간다. 머리에 깃털을 꽂은 동물들이 길가에 똥을 싼다. 그리고 나는 그를 발견한다. 그곳, 행렬의 맨 끝에서 꿈에 빠져 있는 맨발의 어린 소년. 자기의 체온과 셔츠 한 장, 바지 하나 밖에는 아무것도 가지지 못한 소년…… 행렬이 다리 위로 사라지고 난 후 어머니가 말한다.

"말 봤니?"

어머니는 내가 한숨을 쉬다가 한참 후에야 겨우 더듬거리며 한마디 던진다는 사실을 깨닫지 못한다.

"그애는 팔찌를 하고 있었는데……."

훗날, 바다를 건너오고 나서도 끊임없이 다른 사람들이 있었다. 나는 그들을 눈앞에 불러올 수 있다. 내게 작은 신호를 남겼던 사람들. 물기 어린 쇼핑가 위에 걸려 있는 별들처럼 친숙하면서도 멀게 느껴지는 그들을. 그저 돌아서 천천히 걸어가다가 추위를 무릅쓰고 잠깐 기다리는 것이 내가 할 수 있는 최선의 방법이었다…… 앙고라 스웨터를 입고 아이들 앞에서 박자를 맞추던 여선생님, 입술 사이에 담배꽁초를 물고 자전거를 타고 지나가던 남학생, 키가 크고 거무스름하며 잘생긴 친구의 아버지, 첫 남자친구, 재미있는 것을 보여주겠다고 열세 살의 나를 자기 방으로 데려갔던 첫 남자.

"어때?"

하얀 바지를 내린 후 그가 물었다. 나는 난생 처음 느껴보는 감정으로 대답했다.

"정말 크다."

그리고는 거울로 달려가 머리를 빗었다.

아, 결혼 전의 내 사랑들. 그 혼란, 어두운 남빛 하늘을 향해 도망치던 새떼를 바라보던 눈길, 복잡한 물리 문제, 레코드 플레이어 위에 놓인 아즈나부르의 음반 〈나는 작별인사를 하지 않으리〉. 그 모든 것들이 전부 고통이었던 것은 아니었다. 하지만 시간이 갈수록 나는 말수가 적어졌다. 특정한 사랑의 충동이 일었던 것이다. 하지만 한 가지 사실만은 믿을 수가 없다. 함께 외식하러 가고 함께 침대에 누울 수 있었던 다정한 친구가 곁에 있었던 바로 그 시간, 그는 나를 웃겨주고 "나의 토끼"라고 불렀으며, 한번은 사과를 가득 실은 트럭 뒤칸에 태워 당구대가 있는 술집으로 데려가기도 했다. 바로 그 여름 나는 카드 놀이와 같이 자유롭고 수수께끼 같은 내 삶을 한 남자의 손에 맡겼다. 빛 바랜 머리카락을 가진 네덜란드 남자에게. 자, 어서 시작해봐요. 내 카드가 어때요? 나쁘지 않죠, 그렇죠?

찬란하게 빛나던 여름은 지나갔다. 가을이 시작될 무렵 그는 주장했다.

"진짜 예술가는 유럽에서 나오는 법이야."

나는 고개를 끄덕이며 창 밖을 내다보았다. 목련 발치에서 어머니가 쪼그리고 앉아 이탄가루를 흩뿌리고 있었다.

나는 유령처럼 앉아 있었다. 나와는 아무 상관없는 작은 거실에서 미소를 지으며 다리를 꼬고 앉아 차를 마셨다. 맞은편에는 한 노파가 앉아 내게 눈길로 명령을 내리려 하고 있었다. 찻잔이 비었으니 차를 더 따라주어야 하지 않을까? 내 손이 노파를 향해 흔들흔들 떠가는 동안 내 몸뚱이의 나머지 부분은 방 안을 산책한다. 이 가구에서 저 가구로, 나무와 쓰레기, 컬러 사진을 지나 시계추가 왔다갔다하는 벽시계, 그 옆 사진틀 속에 박혀 있는 아이들과 손자 손녀들, 노파의 열정적인 사랑과 그녀의 자손들에게로. 나는 창가에 서서 잠시 뺨을 유리창에 대어본다. 차갑고 미끄럽다. 흐릿한 알코올 냄새가 창 밖의 비둘기, 전신주와 잘 어울린다. 비가 오려나? 아니, 안 올 것 같다.

"찻잔 치울까요?"

나는 자리에 앉아 잠시 그녀와 이야기를 나누었다. 몇 년 전부터 이미 귀소본능을 상실한 시어머니.

"오늘 오후에 엘렌에게 들렀어요."

그녀는 멍한 표정으로 고개를 끄덕였다.

"엘렌……"

그리고 입술을 오므렸다. 멀리서 들려오는 소리에 귀를 기울이는 것 같은 표정이었다.

"잘 지내고 있지?"

나는 손가락을 쭉 피고 웃었다. 무슨 질문이 저럴까. 언제나 그렇듯 엘렌은 호들갑을 떨며 다정하게 나를 맞아주었다. 나를 끌어안고 곱슬머리를 내 뺨 위로 흔들어대며 거실로 떠밀었다. 식사 준비가 다 되어 있었다. 어서 와, 앉아. 애들은 금방 올 거야. 건포도 빵이야. 우유는 저기 있고. 아, 케이크! 기다려, 저기, 생크림 케이크가 아직 반쪽 정도 남아 있을 거야. 정말 반가워, 정말이야, 마그다. 그리고는 자리에 서서 다리를 쫙 벌리고 내 얼굴을 쳐다보며 얼굴을 붉히고 감동에 젖은 눈으로 물었다.

"우리 오빠 잘 지내지?"

나는 포크를 들고 케이크를 먹기 시작했다. 그리고 말했다.

"맛있다. 오빠는 비엔나에 갔어. 일이 있어서. 지난주엔 글쎄 오빠가 고양이를 구하지 않았겠어. 구두도 안 벗고 입은 옷 그대로 연못으로 뛰어들어가서는……"

"정말!"

그녀가 까르르 웃었다. 과장된 웃음, 행복에 겨워 미치겠다는 웃음. 나는 신기한 듯 그녀를 바라보았다. 사랑하는 오빠의 흠뻑 젖은 모습이 어린 시절의 혼란스러운 기억과 연결되면서 화학반응처럼 결합되어 그녀를 넘어뜨리고 약간 창백하게 만들고 사로잡고…… 그 과정을 또렷하게 볼 수 있는 것만 같았다. 그랬다. 특별한 일이 아니었다. 기운을 차리고 눈길을 둘 수 있는 곳을 찾아야 한다. 안마당의 작은 헛간이 연둣빛으로 반짝였고 자전거 핸들 위에는 참새 한 마리가 앉아 있었다. 어서 가자, 나는 생각했다. 그때 은방울같이 청아한 시계 소리가 울려퍼졌다.

"세시 반이구나."

노파가 이렇게 말하며 이마를 찌푸렸다. 짜증난다는 속마음이 그대로 드러났다. 그녀가 옳다. 어서 가는 것이, 어서 꺼져주는 것이 제일이다. 안 그러면 머리가 아플 것이다. 나를 몇 년 동안 이곳에 붙들어두었던 것은 망상이었다. 하지만 이 사랑, 이 내음, 이 거리의 풍경들은 어디를 가나 나를 따라다닐 것이다. 나를 둘러싸고 있던 비밀의 모습은 그랬다. 작고, 창백한 모습. 모두가 내 남편으로부터 비롯된 것들. 나는 그에게 깊지만 약간 비장한 느낌을 품고 있었을 뿐이다. 오늘부터 나는 나와 이 우연 사이의 거리를 없앨 것이다. 서두르면 파리행 기차를 탈 수 있을지도 모른다.

나는 자리에서 일어나 탁자를 돌아 시어머니의 뺨에 입을 맞추었다.

"앉아 계세요. 혼자 갈 수 있어요."

그녀의 목에 밴 라벤더 향기를 맡자 이 상황에 딱 어울릴 만한 말이 떠올랐다. 내일 로베르트가 와서 외식을 시켜드릴 거예요. 하지만 나는 그 말을 하지 않은 채 애교 있는 미소를 머금고 방을 나왔다.

이날, 나는 세번째로 비옷을 입었다. 소매를 펴고 거울에 비친 나를 바라보았다. 백육십오 센티미터의 키에 너무 마르지 않은 몸매, 붉은 옷을 입고 샌들을 신은 여자. 얼굴이 일그러졌다. 나는 이곳에 내 흔적이 남아 있는지 알고 싶은 걸까? 손으로 머리카락을 쓸어올리는데 팔목의 산호 팔찌가 흘러내리는 느낌이 들었다. 다음 순간 산호를 꿰고 있던 낡은 줄이 끊어졌다.

로젠달에 도착해서야 나는 꿈에서 깨어났다. 객실 문이 열리고 세 사람이 내가 앉은 객실칸으로 들어왔다. 자그마한 대머리 남자, 군인 장화를 신은 젊은이, 도자기처럼 흠 하나 없는 얼굴의 젊은 여자가 내게 인사를 건네며 웃옷을 벗었다. 기차가 기적을 울리며 조용히 출발했다. 집 뒤뜰, 남자와 말이 그려진 광고 플래카드, 붉은 벽돌의 공장 건물과 들판이 서서히 밀려나며 사라지더니 주위가 어두워졌다. 오월의 하루가 저물고 있었다.

브뤼셀을 지나자 웨이터가 와서 우리 일행에게 식사를 제의했다. 우리는 식당차의 눈부시게 하얀 식탁보 위에 팔을 내려놓고 포도주와 새고기 요리를 먹으면서 허물없이 친해졌다. 대머리 남자는 동틀 무렵 숲속을 달리며 도랑을 뛰어넘는 것이 너무 좋다고 말했다. 여자는 웃으며 자기는 장미와 장밋빛 꽃, 장밋빛 침대보, 장밋빛 소금통을 너무너무 좋아한다고 말했다. 나는 아스트리트 대로를 따라 내려가면 한쪽으로는 빛 바랜 여관들이 즐비하고 반대쪽으로는 바닷가의 배들을 볼 수 있다고 이야기해주었다. 젊은 이는 아버지를 상대로 소송을 걸었는데 오늘 아침 판결이 나왔다고, 자기가 이겼다고 말했다. 그리고 자기가 얼마나 바보 같은 행동을 했는지 분통을 터뜨렸다.

"말도 안 돼요. 내가 왜 울었을까요."

우리는 그의 잔에 술을 따라주며 그의 사랑 이야기에 귀를 기울였다. 그는 놀랍게도 이런 말로 이야기를 끝맺었다.

"모조리 엉망진창이 돼버렸지요. 한번 생각들 해보세요. 정말 모조리……"

"모조리라는 표현은 너무 심한데요."

여자가 말했다. 그녀는 자기 손가락 끝을 쳐다보았다.

"하긴 아무것도 아니지, 모조리라, 그것도 사실 너무 모자라지."

나는 어린 시절을 캐나다에서 보냈다고 털어놓았다. 남편을 잃고 나서 어머니가 너무 힘들어했기 때문에, 적이 되어버린 마을과 이웃들이 그녀에게 아무 의미도, 정말 아무런 의미도 없었으므로 캐나다로 이민을 했다고. 어느 날 갑자기 사람들이 사라지고……

우리는 다시 객실로 돌아가자고 합의했다. 여자는 불을 끄고 복도쪽 커튼을 친 다음 의자 쿠션 속으로 파고들었다. 두 남자들 역시 무릎을 앞으로 쭉 내밀었다. 그들이 다정하게 코를 골고 신음 소리를 내는 동안 나는 창문 쪽으로 돌아앉았다.

빙빙 돌아가는 공간. 저녁 하늘. 가풀막진 한 조각 땅, 대양처럼 푸르고 대양처럼 걸어갈 수 없는 땅. 철들고 나서 이런 혼자만의 시간은 처음이었다. 조심스레 나는 담배를 찾았다. 다른 사람들을 깨우고 싶지 않았다. 온전히 나 혼자 깨어 담배를 피우며, 달을 가리는 구름을 바라보고 싶었다. 마음이 너무나 평온했다. 내 마음 가장 깊은 곳에 숨어 있던 평온과 공허가 기억 속으로 떠오른다. 나무들…… 논밭들…… 별빛 아래 떠 있는 한 척의 보트 같은 농가…… 갑자기 로베르트와 함께 했던 내 삶이 한 편의 시였다는 생각이 들었다. 나와 개인적으로 관련된 모든 것들은 이 우연한 만남의 빛 속에서 약간 왜곡되었다. 내 눈과 피부에는 다른 목적이 부여되었다. 지난날들과 어머니는 말로 표현되어버렸다. 그리고 나의 미래는. 저것 좀 봐, 저 햇살 넘치는 공터를. 이제 우리가 산과 나무와 강으로 장식할 거야. 나는 다리를 뻗었다. 잠에 빠진 젊은이의 모습이 감동적이었다. 그의 이마는 밖에서 비쳐든 불빛을 받아 밀랍처럼 하얗다. 그 순간 내가 알고 싶었던 것은 이런 것들이었다. 그 한 편의 시를 손으로 잡아 돌바닥에 내팽개칠 수는 없을까? 산산조각을 내어 다시 먼지로 만들 수는 없을까?…… 몇 년 동안 우리는 강에서 고기를 잡았다. 등산화를 신고 암벽을 헤매다가 집에 도착하면 침대로 기어들었다. 비가 왔고 눈이 내렸고 햇살이 비쳤다. 한번은 허리케인이 불어와 우리집 세탁실 지붕을 계곡 속으로 날려버린 적도 있었다. 다시 구월의 밤이 찾아왔고 발작처럼 포도주를 탐닉했다. 특히 우리가 나눈 대화를 잊을 수 없다. 너무나 멋진 대화였다. 괴팍하고 심술궂게 예술과 신, 사랑, 인간의 진화, 우리집의 개조에 대해, 그리고 다시 예술에 대해 나누었던 대화. 우리는 우리의 허황된 꿈을 능숙한 솜씨로 이리저리 엮어 짰다…… 내가 알고 싶은 것은 이런 것이다. 이 모든 것에는 분명 틀에 맞춰 규격화할 수 없는 것이 있지 않을까?

북프랑스가 눈앞을 스쳐간다. 도시와 마을의 수가 늘어난다. 늘어나는 불빛, 늘어나는 역사들. 짐꾸러미를 들고 기차를 기다리던 사람들, 어서 빨리 A에서 B로 가고 싶어 웅성대는 군중에게 눈길 한번 받지 못한 채 사라지고 마는 칙칙하고 형체 없는 무리들. 기차가 몇몇 전철기 위로 비집고 들어갔다. 객실 전체가 흔들렸다. 맞은편 남자가 잠에서 깨었다.

"열시 반이네요."

남자가 시계를 보며 말했다. 그리고 졸린 눈으로 기침을 했다.

잘됐어. 십오 분 후면 파리 북부 역에 도착하겠지. 택시를 잡으려면 어디로 가야 할지 난 잘 알고 있어. 가스파르 호텔로 가주세요. 택시 뒷좌석에 앉아서 그렇게 말할 거야. 낡은 지하철 입구가 내다보이는 나뭇바닥 객실, 로베르트랑 내가 너무 푹신하다고 생각했던 침대. 우리는 침대 한복판으로 굴러가 서로의 품에 안겨 잠에서 깨어났었다. 가스파르 호텔. 목욕을 하고 죽은 듯 잠을 잔 다음 내일 아침을 먹고 세베넨으로 가자.

태양과의 경주, 서쪽으로 날아가며 밤을 약간 유예한다. 오후 일곱시. 팔월의 어느 저녁 나는 대서양을 건너기 위해 샤를 드

골 공항에서 비행기를 탔다. 기내의 온도 덕분에 나는 안도의 한숨을 내쉬었다. 며칠 동안 숨막히고 매우 후텁지근한 날씨가 계속되었다. 공원에도 거리에도 날씨 탓에 입맛을 잃은 사람들이 우글거렸다. 십오 분 후 나는 안전벨트를 풀었다. 그리고 의자 등받이를 조절했다. 비행기가 하늘과 땅 사이를 날아가는 동안 나는 몸의 편안함과 머리의 혼란에 나를 맡겼다. 그리고 아이슬랜드와 그린랜드, 뉴펀들랜드에서 전해온 정확한 보고에 근거하여 정확히 팔월의 같은 날 오후 일곱시 십오분, 프랑스어를 사용하는 캐나다 아이들이 즐거운 하루를 끝내고 저녁 식탁으로 불려갈 즈음 이 비행기를 퀘벡에 착륙시켜줄, 보이지 않는 승무원들에게 나를 맡겼다. 태양은 나보다 한 시간 반을 앞서 갈 것이다.

 나는 고개를 들었다. 한 젊은 여자가 나를 향해 다가왔다. 마실 것 좀 갖다드릴까요? 나는 좋다고 했다. 미소와 함께 피콜로(일인분 정도가 들어 있는 작은 샴페인 병—옮긴이)와 투명한 잔, 물수건이 건네졌다. 괜찮으시죠? 금방 식사가 나올 겁니다. 찬찬히 살피는 검은 눈동자. 나는 고개를 끄덕이면서 미소로 응답했다. 물론이죠, 아주 좋아요. 더할 나위가 없어요. 나는 피콜로를 마시며 이 간소화된 에어컨 세계의 웅웅거리는 소리를 듣는다. 어쩌자고 열여섯 달 동안이나 세베넨에서 뭉기적거렸는지 도저히 실감이 나질 않는다.

 시간에 신경을 쓰지 않았다. 계속 시간 개념을 놓쳐버렸다. 시간 감각보다는 현재 위치한 공간에 대한 감각이 더 뛰어난 아이처럼 나는 늘 입을 벌리고 감탄만 하였다. 푸른 골짜기, 제멋대로 자란 너도밤나무가 있는 노란 테라스, 닫힌 창문 뒤편의 얼굴들, 재와 부스러기와 코르크가 굴러다니는 빛 바랜 식탁, 불타는 오후의 더위, 밤이면 저 멀리서 들려오던 짐승의 비명소리가 갑자기 멎으면서 찾아드는 고요, 내 가슴에 놓인 한 남자의 손가락, 아침 햇살을 받은 그의 시커먼 얼굴, 그의 부드러운 행동…… 내가 방향감각을 약간 상실했다고 해도 놀랄 일은 아니지 않을까? 나는 친숙한 이미지를 찾아다녔고, 꼭 필요한 경우에는 뒤엉클어진 이미지라도 찾아내려고 헤매다녔다. 내 과거와 관련하여 그 이미지들이 필요했던 것이다. 하지만 나도 모른다. 이런저런 방식으로 나는 늘 지난 시절 내 손으로 그은 적이 있던 몇 개의 점이나 선 바로 옆에 착륙하곤 했다. 그리고 옛날에 살던 집 안을 돌아다니며 침대 밑을 쳐다보고 장롱 안을 뒤적이는 대신, 어느 날 생전 처음 본 남자를 따라 나갔다. 내게서 눈길을 떼지 못하던 남자, 어느 날 일을 끝낸 내게 말을 걸어왔던 도망자, 가짜 이름을 가진 범죄자. 그는 나무가 우거진 트리발의 절벽에 있는 오두막집에 살고 있었다. 세베넨은 몸을 숨기고 싶은 모든 사람을 따뜻하게 맞아준다. 그는 벽에 하얀 페인트 칠을 하고 내화성이 강한 벽돌로 난로를 만들어 놓았다. 그 겨울 그곳에서 나는 난생 처음으로 추위를 느끼지 않았다.

　우연히 발을 들여놓은 삶 바로 옆에 또다른 삶이, 평온한 마음으로 똑같이 잘 꾸려갈 수 있는 또하나의 삶이 존재한다는 사실을 나는 확인하였다. 나는 롤랑 호텔 하녀방 침대에 누워 있었다. 창문은 열려 있었고 의자 위에는 내 옷이 걸쳐 있었다. 삼단 매트리스를 덮은 침대보는 비단처럼 부드러웠다. 샤워를 하고 잠깐 쉬고 있던 참이었다. 내 눈은 습관적으로 벽과 천장의 암홍색 선을 따라갔다. 삼십 분 후면 밑으로 내려가서 이 지방 특유의 묽은 감자 스프와 찐 토끼고기를 준비해야 한다.

생 마르시알. 우리가 살았던 농가에서 삼 킬로 떨어진 마을. 1980년 5월 나는 이곳에 도착하자마자 이 지방에 하나밖에 없는 호텔에 들었다. 조용한 골목과 집들 사이로 매혹적인 내음이 떠돌고 있었다. 나른한 그 무엇, 밤이면 꿈 없는 잠을 자게 만들어주는 너무나 사랑스러운 그 무엇이. 한 주가 지나자 이곳에 정착하고 싶어졌다. 그래서 다리에 거무스름한 혈관이 돋아나 걸음걸이가 시원치 않은, 내 연배의 호텔 여주인에게 물었다.

그녀는 소시장에 나온 농부처럼 나를 이리저리 살폈다.

"요리할 줄 알아요?"

그녀는 나를 데리고 송어 젤리와 훈제된 오리 가슴, 장밋빛과 노란색 내용물이 들어 있는 절임용 유리그릇을 지나 부엌으로 들어갔다. 그리고 서랍을 열어 냄비를 보여주고는 어떤 칼이 어떤 용도로 쓰이는지 설명해주었다.

"닭은 목을 베면 안 돼요. 목을 비틀어 죽여야 하는 거예요."

설명을 마치자 그녀는 내게 다락방 열쇠를 건네주었다. 오전에는 식당에서 서비스를 하고 밤에는 주방 일을 돕는 것이 내게 맡겨진 일이었다. 또 원할 때는 언제나 초록색 배달차를 써도 좋다는 허락도 받았다.

그 차를 사용한 적은 단 한 번뿐이었다. 단 한 번 나는 내가 살던 그 산 곁을 지나가다가 산 위로 올라가볼까 말까 망설였다. 우리집으로 이사를 왔던 새 주인을 나는 기억하고 있었다. 긴 블론드빛 머리의 건축사와 그의 아내, 그리고 어린 딸. 하지만 나는 앞만 쳐다보며 염소 치즈를 가지러 아래쪽 농가로 내려갔다가 곧장 생 마르시알로 돌아오고 말았다. 낮에는 저 멀리 포도밭과 목초지와 뽕나무가 있는 언덕이 훤히 내다보이는 마을. 해가 지면 사람들이 개와 아이들을 데리고 꼬불꼬불한 계단을 지나 자갈밭으로 어슬렁거리며 산책을 나가는 마을. 밤마다 꿈도 없는 깊은 잠에 빠지고, 아침이면 창문을 열고 내 방 바로 맞은편 길 건너에 자리잡은, 울타리 두른 작은 공동묘지를 바라볼 수 있는 마을. 내 다락방 앞길은 경사가 심한 내리막길이었다. 그 길은 몇 개의 급커브를 돌아 다시 급경사의 오르막길로 이어지기 때문에 송판 사이에 끼여 묘지로 이송되는 죽은 사람들은 완전히 방향을 상실할 수밖에 없었다. 그러니 목적지인 산등성이 응달의 묘지에 이르러서야 겨우 안도의 한숨을 내쉬면서 저 건너 양지 쪽에 자리잡은 고향 마을을 바라볼 수 있었다.

　나는 침대에서 몸을 일으켰다. 교회 종소리가 울렸다. 개신교 교회의 우스꽝스러운 종이 높고 낮게, 길고 짧게, 둔중한 음색으로 열두 번을 쳤다. 나는 침대에서 빠져나와 옷을 입고 눈화장을 한 후 입술에 새빨간 루즈를 발랐다.

　식당에 들어서자 평소와 다른 일이 세 가지나 있었다. 우선 식탁 여덟 개 중 여섯 개가 차 있었다. 구월의 주중치고는 손님이 많았다. 붙임성 없어 보이는 거만한 얼굴의 남자가 오늘 벌써 두번째로 식당 구석에 쭈그리고 있다. 그 뒤편으로 한 가족이 앉아 있었다. 그들은 나를 알아보고 반갑게 인사를 건넸다. 블론드빛 머리의 건축사와 그의 아내, 그리고 그 동안 많이 자란 그들의 딸. 아이는 아홉 살쯤 된 것 같았다.

"꼭 한번 놀러오세요."

그들은 디저트를 끝내고 내게 마르크 드 푸아르를 권했다. 손님들이 대부분 자리를 떠나고 구석 자리의 남자만 커피 한 잔을 더 주문했다. 나는 스스럼없이 그 가족의 식탁에 잠깐 앉았다.

건축사는 안경 너머로 시선을 내 쪽으로 돌렸다. 그리고 몸을 앞으로 숙이고 말했다. 부엌 창문을 넓히고 발코니에 천장을 올리고 목욕탕 바닥에 보일러를 새로 놓고 벽과 문설주에 페인트 칠을 새로 했는데 정말 장난이 아니었다고.

"잠깐 실례할게요."

나는 일어나 미소를 머금은 채 구석자리로 달려갔다.

"부르셨어요?"

내가 착각한 것 같았다. 그는 아무 신호도 보내지 않았다. 그는 어리둥절한 표정으로 내 눈을 바라보다가 별로 유명하지 않은 상표의 꼬냑 한 잔을 더 주문했다. 날 생각해서 주문을 해준 것 같았다. 사투리를 쓰는 걸로 보아 이 지방 사람이 아닌 게 분명했다.

다시 즐거운 표정으로 건축사 가족의 식탁으로 돌아왔지만 이미 내 마음은 콩밭에 가 있었다. 안마당의 분수를 청소했건, 처마 밑에 제비가 둥지를 틀었건, 빛 바랜 토끼집을 치워버렸건 말건 나는 관심이 없었다. 등뒤를 바늘로 콕콕 찌르는 것 같았다. 건축사의 아내가 손가락을 쫙 펴고 몇 개의 화단을 만들었나 세고 있는 동안—"연보랏빛 달리아, 일본 장미, 천남성, 그네 하나, 모래 상자 하나……"—나는 불안한 마음으로 구석자리를 흘깃거렸다. 좁은 터널을 가로지르듯 식당을 가로질러 강한 담배 내음이 날아왔다. 그래서 나는 기분이 좋아졌다. 일이 일어날 거야. 머잖아. 나는 태연한 표정으로 그를 돌아보며 생각했다.

딸아이가 나를 쳐다보았다.

"제 침대 옆 벽에 코끼리 한 마리가 있어요."

우리는 웃음을 터뜨리며 자리에서 일어났다. 즐거운 시간이었다. 잘 먹었고 적당히 마셨다. 계산은 끝났고 이제 따뜻한 집으로 돌아가기만 하면 된다. 건축사는 느릿느릿 다시 한번 놀러오라고 말했다. 며칠 있다 한번 들르세요…….

"그럼요."

나는 정말 옛집을 보고 싶다는 듯 목소리를 낮추었다.

"꼭 갈게요."

나는 푸른 하늘을 우러러 거짓말을 했다. 절대 찾아가지 않으리라는 것을 나는 너무나 잘 알고 있었다. 악수를 하고 소리내어 웃으면서도 내 마음은 다른 곳에 가 있었다. 산전수전 다 겪었을 것 같은 남자가 그 사이 식탁과 의자를 지나 나에게 다가올 태세를 취하고 있었다. 금방이라도 내 팔꿈치를 잡는 그의 손길을 느끼며 놀라는 기색 하나 없이, "이름이 뭐죠?"라고 묻는 그의 목소리를 들을 수 있을 것만 같았다.

골짜기는 험하다. 저 위쪽 돌밭에서 빗물과 눈 녹은 물이 엄청난 속도로 떨어지면서 나무 뿌리를 파헤치고 짐승들과 집들을 휩쓸어가고 있다. 세베넨은 '손님 대접이 나쁜 동네'다. 하지만 그것이 세베넨의 전모는 아니다. 세베넨은 독수리와 늑대뿐 아니라 인간에게도 화강암과 소나무 틈 사이에 은신처를 제공해준다. '피난

처를.' 주민들은 개신교도들이고 고집이 세며 중앙정부에 저항심이 강하다. 그래서 이곳 사람들은 전통적으로 수색작업을 거부한다.

이 남자가 무슨 범죄를 저질렀는지 나는 몰랐다. 물어보지도 않았다. 그의 말에서도 전혀 낌새를 챌 수 없었다. 하지만 옷을 벗고 누워 눈을 감고 다급한 목소리로 "좋아요······좋아······" 하고 중얼거린 그 순간부터 나는 알게 되었다. 이 가느다랗고 거무스름한 손, 나무와 연기의 내음, 햇빛과 난로의 열기와 함께 끔찍한 것이, 용서받을 수 없는 죄가 내 몸을 쓰다듬었다는 것을.

그는 나를 소형 오토바이에 태웠다. 오토바이에! 그 모습 자체가 말할 수 없이 우스꽝스럽다. 중년의 남녀가 햇빛을 받으며 비탈길을 털털거리며 오르내린다. 여자는 웨이트리스 옷을 입고 있고, 남자는 바람에 나부끼는 셔츠에 길고 약간 가는 머리카락. 가끔 그는 그녀에게 옆모습을 보이며 진지하게 말한다.

"조금만 더 가면······ 저게 마지막 비탈길이에요······ 저기 길이 보이는군······ 조심해요······"

나무 사이에 가린 오두막의 딱딱한 야전 침대로 가는 길이었다.

그가 시동을 껐다. 길이 가파르고 좁아졌다. 여기서부터는 오토바이가 다닐 수 없는 길이었다. 나는 내 앞에서 종종걸음으로 오토바이를 밀고 가는 그를 바라보았다. 그러다가 위를 올려다보고 이리저리 주변을 돌아보았다. 나무, 이끼, 마른 가지. 옆구리가 찌르는 듯 아팠지만 이 초록빛의 온기가 아주 좋았다.

"다 왔어요."

그가 말했고, 나는 비탈에 비스듬히 걸려 있는 더러운 흰색 집을 바라보았다.

 사면이 벽으로 둘러싸인 어두컴컴한 실내. 침대 하나와 식탁, 창문 하나. 내 발걸음은 더듬더듬 그 창을 향했다. 다시 푸른 시야. 왜? 왜 아직도 시간은 흘러갈까? 만져서는 안 되는 남자가 있다는 사실, 그 남자를 만진다는 것은 상상조차 할 수 없는 일이라는 사실. 옛날이었다면 충분히 놀라고도 남을 그런 사실이 그날 오후 내게는 전혀 문제가 되지 않았다. 그는 이빨이 누렇지도 않고 말을 할 때 침을 튀기지도 않으며, 소파 위에 속이 빈 십자가를 툭 튀어나오게 걸어놓지도 않는다. 그럼에도 너와 그 남자 사이에는 시멘트 벽이 놓여 있다. 레몬이 모기를, 라일락이 파리를 쫓아내듯 너를 밀어내는 경험들이 그를 둘러싸고 있는 걸까? 이 범죄자와 나는 벌써 몇시간 전에 하나가 되었다. 곧장 그를 향해 돌아서 옷을 벗고 그에게 다가가 이 초라한 집의 사방 벽이 꿈의 가장자리에 선 듯 까마득히 물러나는 느낌을 느끼지 말아야 할 이유는 없었다. 아! 섹스! 탐닉, 결과물 없는 교미, 우리 사이에는 어떤 비밀도 일어나지 않았다. 어떤 더러운 행동도, 비난을 가득 담은 시선도, 우리 두 사람의 역사를 하나로 녹여줄 전희도. 왜 그랬을까? 팔과 다리, 온몸을 뒤흔들었어도 나는 알 수 있었다. 그가, 이 남자가 어떤 사람인가를. 나는 그의 얼굴과 벗은 어깨, 그의 가슴과 꼿꼿한 성기, 배 위에서 가슴까지 일직선으로 뻗어 가슴께에서 이리저리 가지를 치며 뻗어 있던 그의 검은 털을 바라보았다. 그는 저속하면서 사랑스럽고 섹시하면서 무심하며 충실하면서 폭력적이고 거짓말쟁이면서 천진난만하고…… 나는 그 모든 것을 찬란한 나의 고독 속에서 깨달을 수 있었다.

의자에 기대어 황혼의 품에 안긴 채 잡지를 뒤적이는 지금, 지나간 여름과 겨울의 나날들이 난생 처음 겪었던 화사한 시간으로 응축된다. 생각 없이 눈처럼 하얀 식탁포를 펼치고, 새끼 돼지의 머리통을 채우면서 호텔 여주인의 전쟁 시절 이야기를 듣고, 꿈이 기억나지 않을 만큼 깊이 잠들고, 마을의 한두 사람과 우정을 나누고, 그들과 함께 불가에 앉아 술을 마시며 혼자 생각에 잠기던 공간. 당장 초록색 배달차를 타고 트리발로 가볼까? 숲 앞 공터에 내일 아침까지 차를 세워둘 수 있을 거야.

이번에도 그림 그리는 남자란 말인가! 그의 책상 위에서 허섭스레기 사이에 놓여 있는 종이와 잉크, 물감을 처음 발견했을 때 나는 어리둥절했다.

"이게 뭐야!"

그가 다가와 내 뒤에 서서 내가 뭘 보고 있는지 살폈다. 너무나 아름다운 동물, 진홍색 갑각과 새까만 몸통에 붙은 여섯 개의 새까만 다리, 머리에 진홍빛 더듬이가 달린 곤충의 세밀화.

"방아벌레예요."

그가 무언가를 가리켰다. 압지 위에 원본이 놓여 있었다. 죽어 움직이지 않는 작은 곤충.

그날 오후 숲에서 그는 손가락을 입술에 대고 내게 조용히 하라는 신호를 보냈다. 들어봐요. 우리는 무릎을 꿇고 앉았다. 눈부시게 푸른 방아벌레 한 마리가 몸통을 앞으로 숙였다 다시 뒤로 젖히더니 풀썩 소리를 내며 공중으로 뛰어올랐다.

"잡았어."

그의 손에 방아벌레가 잡혀 있었다.

나는 왼발을 앞으로 내밀고 숨을 죽인 채 수풀 속에 서서 호기심 어린 눈길로 1.5센티미터의 푸른 방아벌레를 관찰하였다.

"팔천 종쯤 되는 방아벌레과에 속하는 벌레죠."

나는 고개를 끄덕였다. 그렇게 종이 많다니!

"가슴 뒤쪽에 침이 있어요. 이 침이 엉덩이 사이에 있는 틈에 꼭 맞지."

나비가 지그재그를 그리며 우리 곁을 날아갔다. 날씨가 더웠다. 하지만 넉 잔의 포도주 덕에 기분이 좋았다. 정말 좋았다. 그 곤충이 몸을 뒤로 젖히자 틈 사이에서 침이 삐져나왔다. 그제야 나는 수수께끼 같은 그의 설명을 이해하였다. 나는 남자의 포개진 양손을 이리저리 살펴보며 어디서 그런 섬세함이 나오는 것일까 궁금해했다. 그리고 비틀거리면서 그의 손가락 마디와 손톱을, 그리고 당연히 로베르트의 그것보다 시커먼 솜털을 바라보았다. 로베르트, 난 당신을 생각해요. 그렇지만 당신 생각에 정신이 팔릴 만큼 무분별한 인간은 아니에요. 난 그저 사업을 운영하던 당신의 경솔한 방식과 상처받을까 봐, 무시당할까 봐 초조해하던 당신의 두려움, 그리고 어떻게 표현해야 할까, 어디를 가나 늘 내 곁에 있던 당신의 존재를 생각해요. 내가 책상에 앉아 있으면 당신의 차가집으로 올라오지요. 내가 욕조에 누워 있으면 당신은 에스프레소와 마크로네(견과류가 들어 있는 과자—옮긴이)를 가져다줘요. 나는 의상실로 가서 꽉 끼는 치마와 앞쪽에 작은 단추가 달린 붉은 정장을 사요. 폭풍우가 몰아치는 밤이면 내 빰을 당신의 어깨에 대고 침대에 누워 있던 장면을 가슴을 찌르는 아픔을 느끼며 떠올려요. 그런 순간이면 생각했었죠. 십 년의 세월이, 이십 년, 삼십 년의 세월이 흘러갈 수도 있지만 그래도 아무 상관없다고. 십육 년 전 당신과 철부지처럼 날뛰던 그때, 한 번도 존재한 적이 없던, 그러나 너무도 날 유혹하던 꿈에 사로잡혔었다는 것을 이제 난 인정해야만 해요. 이제부터 내 모든 존재를 당신에게 맡기리라던 꿈을. 오늘 나는 당신과 나 사이에 이 작렬하는 오후를 밀어넣을 수 있어서 기뻐요……

"방아벌레는 높이 뛰어올랐다가 다시 제자리로 떨어져요. 앞으로 간다고 해도 얼마 못 뛰죠."

그는 이렇게 말하며 방아벌레를 어깨 너머 풀숲으로 휙 집어던졌다.

우리는 마주 보았다. 나는 눈썹을 치켜올렸다.

"그럼 뭐 하려고 뛰지요?"

"도피반응이지요."

변화 없는 나날이었다. 저녁, 아침, 태양과 비, 바람이 가벼운 마음으로 교대를 했다. 미래를 생각하려 한다는 것이 우스꽝스러웠다. 몇 가지 사건이 일어나 잠깐 놀라움을 불러일으키고는 다시 사라졌다. 눈이 내렸다. 산 위에 은빛 줄무늬가 걸렸다. 어디를 가나 장작불 타는 냄새가 진동했다. 날씨가 추운 날엔 산비탈의 오두막으로 올라가기가 힘들었다.

전생에 그는 아마 곤충학자였을 것이다. 나는 틈틈이 빈대와 나비에 대해 몇 가지 지식을 얻어들었다. 알붐나비는 겨울이 되면 남쪽으로 이동하고 파르나시우스는 반사를 하는 아른거리는 안점이 있다는 것을.

그는 별 어려움 없이 돈을 벌었다. 그 지역에선 손재주 좋은 사람으로 평이 나 있었다. 전선을 묻고 전화선을 여러 곳으로 나누어주고, 수맥을 찾아주었다. 수맥을 찾을 때면 그는 팔을 약간 구부리고 막 풀베기가 끝난 목초지에다 작은 원을 그린다. 나는 그의 표정없는 무심한 얼굴을, 그의 양손을 살펴보았다. 그의 손가락이 돈을 세는 사람처럼 재빨리 움직였다. 그리고 나면 불가사의한 기적이 일어났다.

"물이야."

그는 팔을 툭 떨군다.

"대략 이삼 미터 아래군."

우리가 서로를 깊이 알게 되었다는 데에는 의심의 여지가 없다. 하지만 우리의 비밀은 뒤섞이지 않았다. 나는 따뜻한 벽난로 위에 옷을 걸쳐놓았다. 그는 석유풍로에 커피를 끓였다. 나는 암독수리의 울음소리에 귀를 기울였다. 그의 관심은 곧 내릴 것 같은 눈에가 있었다. 나는 그에게 아주 은밀한 일도 이야기할 수 있었고 그가 내 손을 잡고 사랑 가득한 눈으로 내 이야기에 귀를 기울이게 만들 수도 있었다. 그는 자신이 직접 연루되지 않은 일에는 관심을 보일 만한 처지가 아니었다.

당신한테 그 이야기를 해줘야겠어요. 어제 저녁 무렵 예전에 살던 집에 가보았다고 말이에요. 살을 에는 추위였어요. 출발하기 전 십오 분 동안 스노우체인과 씨름을 했죠. 하지만 난 포기하지 않았어요. 드디어 그 친절한 사람들을 찾아가보는 거야. 즐거운 저녁이 되겠지. 아직 나무와 재의 내음이 남아 있을지도 몰라. 그럼 정말 좋겠지. 그네에 올라 잠시 눈을 꼭 감아도 보고, 부엮 문 뒤쪽을 살펴도 보고, 다락방으로 통하는 계단도 올라가보고…….

가파른 길이 달빛을 받아 반짝였어요. 누군가 석탄재를 뿌려놓았어요. 나는 1단 기어로 올라가다가 차를 세우고, 추울 때면 늘 그랬듯 양손을 무릎에 대고 남은 길을 걸어올라갔어요. 그리고 숨을 죽였죠. 그곳이었어요. 그곳, 숲속 빈터의 가장자리, 헐벗은 뽕나무 옆에 그 집이 있었어요. 사방이 조용했어요. 눈바람을 뒤집어쓴 담, 하지만 창문 너머는 따뜻하고 환했어요. 그리고 나는 이내 깨달았죠. 발걸음을 멈춰야 해. 네가 왔다는 걸 저 사람들이 알면 안 돼. 저곳은 네 집이 아니야. 나는 몇 발짝 옆으로 걸어 소나무 뒤로 몸을 숨겼어요. 소나무 껍질이 동물의 털처럼 따뜻했어요. 그렇게 난 그곳에 서 있었어요. 온 신경을 집중한 채. 상상해봐요. 내 시선은 지붕과 창문에서 떨어질 줄 몰랐어요. 금방이라도 무슨 일이 터질 것처럼…… 그리고 문이 열렸어요.

눈 속에 만들어진 환한 사각형. 웃옷의 단추를 채운 블론드빛 머리의 남자.

"도미니크!"

그는 한 손에 램프를, 다른 손에는 우유통을 들고 있었다.

소녀가 달려왔다.

"아빠!"

내 눈은 담과 새로 지은 염소 우리를 지나 울타리 문 안으로 들어가는 두 사람을 따라갔다. 이곳은 완전히 변했구나. 낯선 곳에 온 것 같아. 눈부신 아크등이 켜지고 염소들이 밖으로 나왔다. 유령처럼 하얀 동물은 안개 속으로 입김을 뿜어내며 울타리를 기어오르다가 매에 하고 울었다. 우리 안에서는 젖을 짜고 있었다. 아버지와 딸이 웃으며 다정하게 소근거리는 소리가 들려왔다. 아빠! 도미니크! 아빠! 도미니크! 내 심장의 박동이 느려졌다. 내가 이 자리에 얼어붙어버린 건 아닐까? 이끼 낀 나무에 머리를 대고 나는 아득해지는 느낌에 사로잡혔다. 눈앞이 흐려지고 소리가 멀어지며 눈동자가 획 돌아갔다. 내가 침대에 누워 있었다. 몇 분 전 격자 침대가 서둘러 하얀 병실로 들어갔다. 누군가 부드럽게 내 뺨을 어루만졌다. 나는 눈을 떴다. 내 옆 나무의자에 로베르트가 앉아 있었다. 그는 놀라고 당황한 표정으로 아프냐고 물었다. 나는 그를 안심시켰다. 안 아파요, 하나도. 불편한 데도 없어요. 약간 실망했을 뿐이에요. 나는 팔을 뻗었고 억센 손이 내 손을 감싸쥐었다. 그 다음엔?

그 다음엔 내 머릿속의 구역질나는 더러운 악마. 그 다음엔 내 손 안에서 산산조각이 난 유리, 정원에 누워 있는 죽은 나이팅게일, 고양이 꿈. 그 다음엔 고통. 일 년 동안 무릎을 꿇고 그 앞에 앉아 작은 모닥불을 불듯 훅 하고 불면서 자욱한 연기를 뿜어내도록 그냥 내버려 두었던 고통.

어느 날 오후 로베르트가 내 앞을 가로막으며 "어디 가?" 하고 물을 때까지 계속되던 그 고통. 나는 밀짚모자를 쓰며 말했다.

"마을에 가요."

흘러간 여름. 작별을 고해야 할 시간이 온 건 아닐까? 나는 무언가를 찾기 위해 되돌아왔다. 몇 개의 개인적인 사소한 부분에서 내 기억을 약간 수정할 수 있으리라 생각했다. 하지만 다른 수수께끼

들이 내 시야를 가로막았다. 나는 그 수수께끼를 즐겼으며, 그것들에 몰두하며 나를 맡겼다. 그리고 완전히 그 수수께끼에 푹 빠져 잠이 들었다. 그렇게 푹 빠져보기는 아주 어린 시절말고는 처음이었다. 한번은 어머니의 꿈을 꾸었다.

어느 날 나는 어머니를 생각하기 시작했다. 일상적인 방식으로 생각한 게 아니었다. 길 잃은 한 조각의 지식을 킁킁거리며 냄새를 맡고 다녔다고 해야 옳을 것이다. 아니, 나는 어머니를 아주 정밀한 사진으로 상상하기 시작했다. 피어오르는 담배연기에 얼굴이 가려진 채 가스페의 우리집 창에 서 있는 그녀를 보았다. 고개를 숙이고 노트를 가방 안에 넣고 계시던 어머니를 보았다. 그녀는 검은 장화의 뒤꿈치에서 출랑대는 개와 함께 캅 데 로지에 해변을 달리다 멈춰 서서 내게 무언가를 가리켰다. 하지만 나는 대리석 같은 하늘을 배경으로 그녀의 팔꿈치와 손만 바라보았다…….

레스토랑 일이 끝나면 다락방으로 올라가 침대 위에 누워서 시계를 바라보는 일이 잦아졌다. 네시가 다 되었구나. 지금쯤이면 엄마와 내가 학교에서 돌아와 정원 문을 열고 빨강 하얀 줄무늬 야외용 의자에 누워 있을 시간이었다. 개가 바닥을 뒹굴다가 사지를 쭉 뻗었고 그 바람에 축 처진 입술이 옆으로 미끄러져 돌아갔다. 우리는 아무 말 없이 있었고, 말다툼을 했고, 이야기를 나누었다. 어머니가 나를 바라보며 웃는다. 그녀의 우울이 내 뒤편의 고요한 들판처럼 가라앉아 있다. 그녀는 자기의 우울한 모습을 될 수 있으면 보이려 하지 않는다. 파티와 친구들, 좋아하던 낚시도 내팽개치게 만들었던 나의 첫사랑, 어머니는 나를 막지 못했다. 가끔 집으로 돌아와보면 내 방에 우스꽝스러운 물건들이 놓여 있었다. 곰이 그려진 티셔츠, 폈다 접었다 할 수 있는 파충류의 사진이 붙은 책, 안 보이는 글씨를 쓸 수 있는 만년필. 내가 집에서 사는 동안 거실에는 항상 부모님의 사진이 놓여 있었다.

나는 옷을 반쯤 벗은 채 침대에 누워 있었다. 그리고 더듬더듬 담배를 찾았다. 담배연기에 휩싸여, 어머니가 처음으로 한 달 동안 세베넨에 다니러 왔던 때를 떠올렸다. 봄볕 아래 베이지색 옷소매를 걷고 그녀는 돌덩어리 헛간을 근사한 집으로 개조하겠다던 내 계획을 평온한 눈빛으로 듣고 있었다. 그건 어땠을까? 캐나다로 떠나려면 비자가 필요했을까?

우리의 뱃길은 나폴리에서 시작되었다.

1947년 여름 나폴리 부두에서 스웨덴 선적의 군선 고야가 출항했다. 갑판 위 이천 명의 망명자들 속에 어머니와 내가 있었다. 이른 아침이었다. 우리는 선수 갑판 위 난간에 붙어 서 있던 수많은 사람들 속에 끼여 있었다. 어머니는 굳은 듯 가만히 서서 말 한마디 안 했고 나는 양팔을 흔들어댔다. 난생 처음 배를 타보았기에, 승강 기중기와 배, 갈매기, 집들이 늘어선 환한 해변을 처음으로 보았기에 나는 손을 흔들어댔다. 그리고 확 트인 바다로 나간 고야가 마지막 인사를 뱉어냈을 때는 놀라 기절할 뻔했다. 당시 나는 아홉 살의 비쩍 마른 블론드빛 머리의 소녀였다.

우리는 작별을 고할 사람이 없었다. 한 달 동안 묵었던 바놀리의 임시 수용소에는 집을 떠난 사람들뿐이었다. 체코인, 폴란드인,

그리스인, 이탈리아인들이 몇 개의 폭격 맞은 강철공장 사이 뜨거운 공터 위에서 사이좋게 살았다. 나는 그곳이 좋았다. 바라크 앞에서 사람들은 밤이 깊도록 이야기를 나누고 노래를 불렀으며, 시도 때도 없이 밥을 지었다. 부엌에서 장작불 위에서, 그릴이나 작은 깡통에다. 정말 열광이라고밖에 달리 표현할 수 없었다. 끊임없이 사람들은 먹을 것에 몰두했다. 그리고 단 한 번도 편을 가르는 법이 없었던 아이들이 우글거렸다. 미처 편을 가르기 전에 다시 종적을 감추었기 때문이다. 그들은 배를 타고 오스트레일리아나 캐나다로 가버렸다.

  나는 한 번도 바다를 본 적이 없었다. 나폴리의 바욜리에서 나는 난생 처음으로 바다를 보았다. 어머니가 나를 해변으로 데려갔다. 무거운 가죽 신발과 옷을 벗기도 전에 나는 이야기와 그림엽서에 나오는 바다가 물이라는 것을 깨달았다. 하지만 짰다. 내 머리도 눈썹도 입술도 짰다. 무릎까지 흘러내렸던 내 팬티도 짰다. 나는 눈이 빠져라 바다를 쳐다보았다. 그리고 삼면이 육지로 둘러싸인 흐릿한 빛깔의 물을 발견했다. 몇 주일 후 만을 빠져나가던 순간 나는 내가 보았던 물 너머로 훨씬 더 많은 물이 있다는 사실을 깨달았다. 물과 해변들. 사르디니아, 북아프리카, 지브롤터의 거리, 유럽의 마지막 항구 포르투갈. 그리고 대서양, 드넓은 바다. 그 넓음에 대한 깨달음. 이 세찬 파도, 이 검푸른 물빛, 이 거품은 언제나 그대로일 것이다. 우리의 눈과 머리가 완전히 텅 빌 때까지 그대로일 것이다. 구시가지? 보드빌 극장? 편지와 콤팩트, 윤나는 가죽장갑이 진열되어 있던 비더마이어식 판매대? 유럽은 냄새가 되어버렸다. 그 냄새는 훗날 다시 유럽을 만나는 순간에야 비로소 우리의 기억 한 켠에서 모습을 드러낼 것이다. 당시 어머니는 그 바다 위에서 분명 영원히 작별을 고했을 것이다.

　어머니는 아버지를 찾아 사방을 헤매었다. 온갖 서류와 온갖 기관을 들쑤시고 다녔다. 처음엔 체코슬로바키아에서, 그 다음엔 베를린에서. 조그마한 흔적이라도 발견되는 곳이면 어디라도 달려갔다. 이런저런 수용소에 갇혀 있다더라, 정신이 나가 요양원에 있다더라. 어머니는 테레지엔 시 수용소의 관리부서를 찾아냈고, 어느 날 아침 제정신이 아닌 남자들의 여윈 얼굴들을 뚫어져라 바라보았다. 훗날 어머니가 내게 말했다. 그렇게 찾아헤매는 짓이 아무 소용없다는 것을 알고 있었노라고. 하지만 달리 방법이 없었노라고. 그렇게라도 하지 않으면 미칠 것 같았노라고. 마침내 어머니는 유럽을 떠나려는 사람들을 도와주는 유엔 기구인 운라(UNRRA, 국제연합 구제부흥사업국)에 대해 듣게 되었다.

　우리 선실에는 네 사람의 폴란드 여자가 함께 있었다. 어깨에 못 미치는 곱슬머리가 사방으로 뻗어 있던 여자들이었다. 그들의 여행가방은 마늘과 보드카로 꽉 차 있었다. 독서용 불빛 아래로 그들의 하얀 장딴지가 내 얼굴 앞에서 어른거렸다. 두번째 침대가 내 잠자리였다. 대부분 그들은 우리에게 무관심했고 마치 자기집에 있는 것처럼 하품을 하고 먹고 마셨다. 하지만 가끔 우리 쪽을 바라보며 보드카 병을 내밀었고, 어머니는 그럴 때마다 그 병을 받아 능숙한 솜씨로 입으로 가져갔다. 어느 날 나는 그들이 사과처럼 먹어대던 마늘 냄새와 더위, 선실의 칠흑 같은 어둠, 잠자는 여자들의 신음 소리와 이빨 가는 소리, 흔들리는 배 때문에 발작을 일으킬 것만 같았다.
　나는 어머니가 누워 있는 침대로 올라갔다.
　"엄마……."
　어머니는 금방 불을 켰다.
　"무슨 일이니?"
　"그물침대. 그물침대 어딨어? 그물침대 가져왔지?"
　어머니는 자리에서 일어나 나를 바라보았다. 그리고 내가 원하는 것이 무엇인지 금방 알아차렸다.
　"갑판에서 자고 싶니?"
　"응."
　"기다려……."
　눈 깜짝할 사이 어머니는 잠옷 차림에 맨발로 나를 데리고 복도를 지나 좁은 계단을 올라 가장 높은 갑판으로 달려갔다. 벌써 여러 명의 선객들이 그곳에서 잠을 청하고 있었다.
　"이쪽에 머리를 놓고 이쪽에 다리를 놔."
　어머니는 돛대의 받침대에 그물침대를 묶었다. 그리고 이불을 덮어주고는 잠깐 나를 쳐다보며 서 있었다.
　"잘 자라."
　키스.
　"잘 자……."
　그녀는 선실로 내려갔다. 별이 가득한 검은 하늘과 추위 속에 나를 남겨둔 채.

　가스페 시는 화강암 해변의 만에 자리잡고 있다. 퀘벡에서 가스페 시가 있는 가스페 반도의 북동쪽 지점으로 가려면 비행기를 이용하면 된다. 브루스터 에어라인의 DC-9이 눈 깜짝할 사이 그곳으로 데려다준다. 기차를 이용하는 방법도 있다. 비아 레일이 마타페디아라는 이름의 인디언 도시를 지나 구식으로 타르 칠을 한 차양이 달려 있는 가스페 역으로 데려다준다. 또 수로를 선택해도 좋다. 배에 올라타 예닐곱 시간 상류로 올라가며 뒤로 물러나는 강변을 바라보다 정신을 차리면 어느새 목적지가 눈앞에 있다. 프랑스어를 쓰는 가스페 주민들이 아직도 세인트로렌스라고 부르는 그 강. 물. 물에 사는 새들과 물새들. 함께 여행하는 사람들. 아, 나의 현실은 어떤 모습을 하고 있을까?

　나는 갑판 위에서 대화에 말려들었다. 담배에 불을 붙이려는 찰나 영리하고 쾌활해 보이는 밝은 갈색 눈을 안경 뒤에 숨긴 칠순 가량의 남자가 정중하게 불을 내밀었다. 그는 수염을 기르고 있었다. 프랑스어가 약간 서툴렀다. 어디서 왔을까? 그는 원래 네덜란드 사람이었다.

　"알펜에 살았다오. 호허 레인데이크 19번지. 일층엔 아버지가 사셨는데 몸이 많이 편찮으셨지. 십자가를 배에 얹고 그 위에 하얀 이불을 덮고서 누워 계셨다오. 이층엔 내 가족이 살았어. 아내와 여덟 명의 아이들. 그 위층이 내 회계 사무실이었고……"

　그는 즐거운 표정으로 나를 바라보다가 눈을 지그시 감았다 뜨고 수평선을 바라보았다.

　"아, 회계."

　내가 웅얼거렸다.

　"그래요, 그 나라를 떠나지 않았다면 그들이 나를 체포했을 거요."

 시간이 조금 흐르자 나 또한 내 인생의 한 부분이나마 털어놓지 않으면 안 되겠다는 생각이 들었다. 그래서 나는 아버지가 체코인이고 어머니와 함께 나폴리에서부터 배를 타고 왔었다고 털어놓는다. 이미 여러 차례 생각했던 것이지만 여행과 이야기는 잘 어울리는 한 쌍이다. 끊임없이 흔들리는 세계 속에서 발붙일 땅 한 조각 없는 우리는 서로에게 적응해간다. 중부 유럽이라는 배경을 강조하고 어머니와 배의 각 부분, 돛대와 밧줄을 언급하고, 누군가 나를 보고 있다는 느낌 때문에 두근거리는 가슴을 안고 탁 트인 하늘 아래에서 깨어나본 적이 있다는 것을 고백한다. 당시 나를 바라보던 남자는 해군 장교였다. 거무스름한 어깨, 모자를 푹 눌러쓴 해군 장교가 네게 풋내 나는 사과를 건넨다.

 "그 사과는 분명 그래니 스미스(사과의 한 품종—옮긴이)였을 거예요."

 사람들은 약간의 상상까지 가미하여 사소한 일들을 주절거린다. 하지만 이런 사소한 일들 한가운데에 네가 있다. 폴란드 여자들은 고개를 쭉 빼고 혀로 마늘 껍질을 멀리 뱉어낸다. 대서양을 항해하는 기선의 갑판 위에서 파리떼에 시달리다니, 있을 수 있는 일일까? 낮게 걸어놓은 파리끈끈이를 피하려고 넌 허리를 구부려야 했을 것이다. 이제 네 머리카락이 그 끈끈이에 달라붙는다. 부드럽게 흔들거리는 어머니의 배가 느껴진다. 어머니가 말한다. 가만히 있어. 뗄 수가 없잖니.

 나는 내 옆의 남자에게로 고개를 돌렸다.

 "갑자기 엄마와 내가 당시 어떤 언어로 대화를 나누었는지 궁금해졌어요."

"체코어였겠지."

아니, 그렇지 않았다. 독일어였다. 어머니는 두 번 다시 듣고 싶지 않았던 바로 그 언어로 나와 이야기를 했다. 아버지의 독일어가 유창했던 탓에 어머니가 체코어를 제대로 못 배웠기 때문만은 아니었다. 유럽을 떠나오기 전 우리가 베를린의 친척집에 살았기 때문이었다.

베를린, 나는 그 도시를, 무엇보다 그 집을 기억할 수 있다. 프랑스인들에게 점령당한 라이니켄도르프 시의 철길 옆에 있던 집. 그 집에는 모든 것이 진홍빛이었다. 나는 진홍빛 색깔에 둘러싸여 있었다. 양탄자, 커튼, 잘 닫히지 않던 문의 라카에서도 그 색깔은 나를 향해 다가왔다. 심지어 한낮의 햇살까지도 진홍빛이었다. 내 기억 속에서 햇살은 서쪽 거실의 청동 샹들리에 위로 떨어졌다. 그 아래에는 화가 난 할머니가, 항복을 받아들일 수 없었던 나치 할머니가 창을 등지고 앉아 계셨다. 할머니 집에는 엄마와 나말고도 이모 미미와 이모의 아들 발터가 함께 살았다. 당시 열 살이었던 발터, 나는 그 집의 진홍빛 색깔을 무시하기로 결심했다. 화창한 날이면 우리는 도시의 그을린 벽 사이를 뛰어다니며 놀았다. 버스 정류장, 남자 화장실, 금방이라도 무너질 듯 회벽 부스러기와 유리 조각이 나뒹굴던 복도. 비가 오면 우리는 안락의자에 누워 있었다. 평화와 나른한 선잠, 조심스레 다가오던 손길. 우리 곁에 있던 세 여자 중 그 누구도 우리가 이런 짓을 하리라는 생각을 하지 못했다. 모두들 나름대로 바빴기 때문이다. 대부분 말이 없지만 가끔씩 갑자기 욕을 해대던 할머니, 신이시여, 신이시여, 아, 신이시여, 말도 안 돼. 저 프랑스 군복! 휘장! 라디오에서 뱉어대는 모욕! 이모 미미는 매일 아침 얇은 스타킹을 신고 짧은 치마를 입고 일하러 나갔다. 어머니, 어머니는 어디 있었을까? 어머니는 하루 종일 집을 비운 채 아버지의 흔적을 찾아 도시를 샅샅이 헤매고 다니거나 군용차가 짓밟고 지나간 융퍼른하이데를 돌아다녔다. 밤이 되면 어머니는 차가운 발로 내가 자고 있는 침대로 파고들었다.

나는 기분이 아주 좋았다. 조용히 강 아래쪽으로 흘러가는 배. 내 왼편에서 꿈을 꾸며 담배를 피우는 남자. 세인트로렌스는 강폭이 상당히 넓어져 저쪽 강변이 보이지 않았지만 나는 계속 앞만 쳐다보고 있었다. 1981년 9월 정오 무렵이었다. 소리없이 느릿느릿 흘러가는 작은 구름을 바라보고 있는 지금 이런 날짜가 무슨 의미가 있을까? 바람에 머리카락이 흩날렸다.

일주일 전 퀘벡 항에서 여권을 보여주고 줄줄이 늘어서 있는 가방 사이에서 내 커다란 노란 가방을 꺼내들었을 때 나는 시간이 너무 빨리 지나갔다는 사실을 깨달았다. 세베넨에서 보냈던 과거와 내 어린 시절의 무대인 퀘벡의 가스페에 와 있는 현재 사이의 경계가 너무 희미했다. 빨리 잠자리에 들고 싶었다. 택시! 나는 황혼을 향해 소리쳤다. 우연히 이름이 떠오른 여관에 도착하자 나는 불 켜진 거리와 광장을 보지 않으려고 눈을 감았다. 대학을 다녔던 도시, 그래서 호주머니 속처럼 샅샅이 알고 있는 이 도시의 낡은 집들과 성벽, 그랜드 극장. 저곳에서 밤늦도록 먹고 춤추고 데모를 했었다. 무슨 일이든 빠지지 않았다. 겨울의 카니

발, 얼음덩이가 떠다니던 강 위에서 열렸던 카누 경기…… 내일은, 이라고 생각하며 나는 프런트에 이름을 적고, 선탠을 한 아름다운 여자의 손에서 열쇠를 건네받아 왁스 칠을 해놓은 계단을 올라 하얀 침대보를 깔아놓은 방으로 들어갔다. 두 개의 창 덧문은 이미 반쯤 닫혀 있었다. 아! 나는 팔다리를 뻗고 침대 위로 엎어졌다.

다음날 나는 전화번호부를 뒤졌다. 옛 친구들이 어떻게 지내는지 알고 싶었다. 하지만 십칠 년의 세월이 지나는 동안 사람들의 이름도 주소도 변해버렸다. 알레트, 조나단, 리즈…… 그래, 리즈. 갑자기 나는 리즈가 미친 듯 보고 싶었다. 전화를 아무리 돌려도 다른 사람이 나왔다. 아무도 리즈를 몰랐다. 나는 오기가 생겼다. 리즈, 갈색 곱슬머리의 소녀, 낙타처럼 온순하던 소녀…… 잠시 후 나는 내 친구 트랑스의 옛날 전화번호를 돌렸다. 아무도 안 받았다. 한참 후 마침내 그의 어머니가 전화를 받았다. 마그다로구나. 한번 찾아가봐. 트랑스는 프랑스어 선생님이 되었단다. 며늘아기는 심리학자지. 아들만 둘인데, 내 보배들이란다. 더구나 오늘이 개 생일이잖니!

날씨는 화창했다. 나는 17세기에 생긴 도시의 좁고 구불구불한 골목을 거닐었고 점심으로 생선 요리에 백포도주 두서너 잔을 곁들였다. 그리고 다시 이리저리 걷다가 공원에서 아이들과 놀았다. 점잖게 차려 입은 여자들이 똑바로 앞만 쳐다보면서 직장으로 달려가고 있었다. 나는 작은 성으로 가는 계단을 올라 테라스 뒤프랭의 나무다리를 향해 아래로 내려갔다. 그곳에서 나는 강이 내다보이는 벤치에 잠시 조용히 앉아 이 도시에 살고 있는 한 여자의 성격을 추측해보았다. 좋은 직장을 잡은 여자, 프랑스어 선생님의 아내. 남편의 검푸른 눈동자, 전염성이 강한 입맛, 운전을 할 때 흥얼거리는 노래, 언젠가 그녀의 꽁꽁 언 손을 잡아 따뜻하게 녹여주었을 착한 마음씨 때문에 그를 아주 사랑하게 되었을 한 여자.

여관으로 돌아왔을 때 여주인이 말했다.

"어떤 남자분이 전화를 하셔서 이 번호로 전화를 해달라고 하셨어요."

저녁 아홉시 반. 생 장 거리에 있는 집 대문이 힘차게 열렸다. 트랑스! 포옹, 그리고 축제 분위기가 넘치는 거실. 콤비 신사복과 여자들의 파티복 사이로 알레트, 조나단, 리즈의 얼굴이 나타났다. 모두 여기 숨어 있었구나! 내 뺨이 리즈의 뺨에 닿고, 그녀의 갈색 손이 내 손을 부드럽게 어루만지며…… 리즈, 어쩜 하나도 안 변했다…… 조나단도 알레트도 모두들 세월을 그냥 흘려보낸 듯 똑같아 나는 놀랐다. 트랑스만 약간 몸이 불은 것 같았다. 하지만 보기 싫을 정도는 아니었다. 아니, 전혀 그렇지 않았다. 하늘빛 셔츠를 입은 그가 역시 통통하고 상냥해 보이는 아내를 소개했다. 나는 그 주일에 저녁식사를 하러 오라는 그들의 초대를 받아들였고, 그 즉시 남편과 아내는 진지한 표정으로 얼굴을 맞대고 메뉴를 결정했다. 아티초크(국화과에 속하는 엉겅퀴처럼 생긴 다년초. 꽃망울이 식용으로 쓰인다—옮긴이), 생크림을 바른 헬리버트(북양에서 잡히는 큰 넙치—옮긴이)와 마음을 담은 작은 케이크와 기도가 곁들여진 저녁.

"뭐 하는 분이세요?"

나는 바보처럼 우연히 옆에 앉게 된 남자에게 물었다.
"미셸 투생입니다."
그는 정중하게 고개를 숙이고 우주물리학 실험실에 근무하고 있다고 자신을 소개했다.
뭐라고요? 우주물리학? 천문학? 내 앞에 있는 이 남자가 하늘의 남자란 말인가. 별을 관찰하고, 우리 동공보다 몇억 배 큰 검푸른 심연을 연구하는…… 가브리엘!
"그럼 천문대에서 근무하시는지……."
천문학자의 얼굴을 뚫어지게 쳐다보는 동안 내 눈앞에는 다른 얼굴이 떠올랐다. 너무나, 너무나 또렷하게. 평평한 갈색 별을 떠올리게 만드는, 쫑긋 세워진 귀와 눈의 젊은이.
"대학에서는 옛날 천문대를 거의 사용하지 않고 있습니다."
투생이 말했다.
나는 그의 성장과정을 지켜보았다. 뒤뚱거리고 더듬거리고 양손으로 날갯짓을 하던 아이, 언제나 딴 곳을 보고 있던 아이, 날개 달린 몸을 누가 만지면 못 견뎌하던 밤새. 그는 어둠의 한쪽 끝에 달라붙어 망원경으로 다른쪽 끝을 살핀다. 그의 관심은 오직 하나였다. 영원 속에 있는 나의 좌표는 어떤 모습일까? 나는 그에게 멋진 잡지를 들이민다. 잠깐 그의 예측할 수 없는 눈길이 내 머리 위로 미끄러진다.
"왜 그렇죠?"
내가 물었다.
"한번 상상해보세요. 도시의 조명, 대기 오염, 늘 흐린 밤하늘."
그는 내게 캐나다인들이 프랑스인들과 공동으로 하와이에 천문대를 세웠다는 이야기를 들려주었다. 그도 그곳 마우나 케아의 수천 킬로 상공 희박한 공기 속에서 연구를 한 적이 있다고 했다. 끔찍한 경험이었다고 했다. 며칠 동안 인간의 눈으로는 도저히 경쟁이 안 되는 컴퓨터 망원경으로 연구를 하다가 중간 기지로 내려왔는데, 그곳도 사람이 살고 있는 마을과는 아주 멀리 떨어진 곳이었다고 했다. 하루 종일 한마디도 안 할 때가 많았단다. 이야기를 할 사람이 없어서.

"정말 화가 나서 미칠 지경이었죠."

그가 말했다. 그는 여전히 안절부절이었다. 마음이 따뜻한 마른 남자가 깊은 눈동자로 나를 바라보았다.

"아, 마실 것 좀 가져오겠습니다."

잠시 후 그는 다음날 그 옛날 천문대를 보여주겠다고 약속했다. 35센티미터의 반사 망원경이 아직 정상적으로 작동한다는 사실을 확인시켜주겠다는 것이었다.

반사망원경이 아직 정상적으로 작동한다고? 그는 나름대로 조심스럽게 감탄사를 그 말 앞에 붙였었다. 그것은 "세상에!"였다. 바퀴가 네 개 달린 가죽 시트 의자는 레버를 당기면 등받이가 돌아가 약 100도까지 회전이 가능했다. 나는 그 의자에 앉아 35센티미터 슈미트 망원경의 담록색 기통을 통해 북쪽 하늘을 올려다보았다. ……천체…… 수많은 점들이 찍혀 있는 짙은 보라빛 벽, 아주 친근한 느낌, 그래 수많은 점이었다. 거기에 안개와 장막, 강물과 흡사한 어두운 얼룩, 그리고 밝은 푸른색의 화염 여섯 개가 만들어내는 장관.

"플레이아데스 성단……."
 칠흑같이 어두웠다. 자정이 훨씬 넘은 시각, 투생은 나를 위해 천문대의 문을 열었다. 쥐죽은듯 고요한 홀. 천문대 전체를 꿰뚫고 있는 기둥. 몇 권의 책이 들어 있는 유리 진열장.
 "아!"
 나는 투생이 쓴 책을 발견했다.
 투생은 내게 『은하의 형성』 한 부를 선물로 주겠다고 했다. 나는 정말 고맙지만 한 가지 부탁이 있다고 말했다. 대학측에 얘기해서 이 책을 이 주소로 부쳐주시겠어요? 나는 네덜란드 해변의 집과 거리, 그리고 수신인의 이름을 불러주었다. 가브리엘. 그 이름의 음성학적 형태는 내 눈 속에 뿌리박혀 있다. 말할 수 없이 친근한 이름. 내가 세 개의 계단을 올라 가죽의자에 앉는 동안 내 뒤에 서 있던 투생이 바퀴가 두 개 달린 기구를 이용하여 천문대의 둥근 지붕을 열고 하늘을 볼 수 있게 만들어주었을 때까지 그 이름은 내 머릿속에서 계속 울리고 있었다. 가브리엘.

 우리가 대서양의 중간쯤에 이른 한 주 동안은 바람 한 점이 없었고, 두 사람이 죽었다. 한 사람은 나이 많은 여자, 할머니였다. 그녀는 이제 성인이 된 자식들에게 축복을 보내고 아주 조용히 눈을 감았다. 다른 한 사람은 아기였다. 어머니는 내일 아침 해가 뜰 무렵 그 바다에 던질 거라고 말했고 나는 나도 보고 싶다고 말했다.
 포근한 아침이었다. 이른 아침. 태양이 첫 햇살을 비추며 막 물 위로 떠오르던 참이었다. 나는 어머니의 손을 잡고 맨 아래쪽 갑판의 뱃머리를 향해 걸어갔다. 무도회장처럼 넓은 그곳엔 벌써 제법 많은 사람들이 모여 있었다. 승객들, 장교들, 몇몇 선원들이 줄지어 서 있고, 그들 앞에는 하얀 판자상자 속에 담긴 아기가 탁자 위에 놓여 있었다. 나는 가까이 다가가 자세히 살펴보았다. 평온한 표정, 약간 거만한 표정을 짓고 있는 튼튼하고 예쁜 아기였다. 속눈썹이 달린 눈꺼풀 아래로 아기는 자기가 죽었다는 사실을 완벽하게 숨길 줄 알았다. 아기의 몸을 둘러싸고 있는 장미꽃을 발견하자 내 마음은 흐뭇했다.

그 꽃은 생리대로 만든 것이었다. 어제 정오 무렵 나는 여자들이 꽃을 만들고 있는 광경을 목격했다. 그들은 생리대의 하얀 층과 장밋빛 층을 조심스레 뜯어내어 장밋빛 층만 골라낸 후, 그것으로 아름다운 장미꽃 조화를 접어서 뒤집어 고정시켰다. 말해줘. 나는 나지막한 목소리로 아기에게 부탁했다. 사람들이 그러는데, 사람이 죽으면 처음에는 모든 게 온통 회색빛이 되었다가 하얗게 변하고 다시 파랗게 된 다음 별을 향해 날아간다면서? 그 말이 맞니? 저 장미꽃 마음에 들어? 나는 내가 본 것 중에 제일 예쁜 것 같아.

한 남자가 기도문을 읊었다. 울음소리가 들렸다. 두 사람의 선원이 상자의 뚜껑을 닫아 널빤지 위에 올려놓았다. 밝은 갈색의 매끈한 널빤지였다. 그리고 갑판에서 바다 쪽으로 상자를 밀었다. 자세히 살펴보기도 전에 아기는 사라지고 말았다.

안전상의 이유로 동력장치에 대한 특별 점검이 필요하므

로 비행기가 잠시 탑승 게이트에서 대기하겠노라는 조종실의 방송이 나오자마자 기내에 있던 대여섯 사람이 일어섰다. 그들은 손가방을 들고 앞으로 걸어나가 두 명의 스튜어디스에게 인사를 건네고는 별 소동 없이 밖으로 나갔다. 하지만 대부분의 승객들은 태연한 얼굴로 죽음의 공포와 싸우고 있었다. 자리에 앉아 낮은 목소리로 하던 이야기를 계속하거나 동물처럼 앞만 뚫어져라 바라보며 자신의 인생을 생각하고 있었다.

가스페에 눌러앉을 수도 있었다. 그래, 정말 그랬다. 문제없이 내젊은 시절의 냄새와 맛을 간직한 채 천진난만하게 나를 기다려온 것 같은 삶으로 다시 들어갈 수 있었을 것이다.

첫째, 어머니의 친구분이 일자리를 알아봐주었다. 나는 가스페 도서관의 책 사이를 어슬렁거리고 컴퓨터 모니터에 눈을 고정시킨 채 마이크로 필름 카드를 더듬었다. 깨끗한 유리창을 통해 가을 햇살을 받은 시장 광장을 내려다볼 수도 있었다. 불이 붙은 듯 빨간 단풍나무, 유모차, 벽에 기대놓은 사다리, 빵이나 신문을 사러 집을 나선 행인들. 그때 나는 생각했다. 저건 소풍이 아니야. 생계를 이어갈 수 있을 공간을 마련해주는 삶이야.

둘째, 나는 청혼을 받았다. 일월, 떼를 지어 로렝타이드로 스키를 타러 갔던 어느 추운 오후 투생은 내 손을 잡았다. 나는 놀라 그를 바라보았다. 우리는 노란 형광등이 켜진 오두막에 앉아 있었다. 스웨터에다 솜을 댄 웃옷까지 입었지만 아마 너무 오랫동안 선과 면으로 만들어진 회백색의 추상 속에서 미적거렸나 보았다. 추위 때문에 나는 정신이 나가 있었다. 나는 새카만 눈썹 아래 자리잡은 그의 눈동자를 바라보았다. 이미 몇 달 전부터 그 천문학자와는 바깥 세상처럼 가볍고 편안한 관계였다. 그가 예의 그 선량한 몸짓을 보였다. 나는 깜짝 놀라 벌떡 일어났다. 이 순간과 똑같은 순간을 이미 경험한 적이 있었던 것이다. 추위와 스웨터, 마음을 움직이는 충동의 이런 결합, 이것은 십칠 년 혹은 십팔 년 전 내 과거의 한 조각이다. 트랑스, 어머니, 내 하얀 스키화, 아직 로베르트의 흔적이 없던 시절…… 나는 꿈을 꾼다. 나는 죽었다!

"전 결혼했어요."

나는 소리를 질렀다. 하지만 그건 그도 이미 알고 있는 사실이었다. 그는 먼 하늘을 바라보며 뜨거운 차를 주문했고, 그런 사소한 일은 문제없이 해결될 수 있다고 말했다.

"부모님 사진이에요?"

몇시간 전 그는 그렇게 물었다. 탁자 위 벽 바로 앞, 재떨이와 사전 사이에 놓여 있는 사진을 그는 흥미로운 표정으로 들여다보았다. 나는 가스페 항 근처 회색 페인트 칠을 한 집에 세를 살고 있었다.

나는 대답하지 않았다. 맨발로, 방금 목욕을 마쳐 축축한 머리카락으로 그 자리에 서서 스웨터를 가방에 쑤셔넣느라 정신이 없었다. 시간이 없었다. 미셸이 나를 데리러 왔던 참이었다. 내일 그린빌의 전파망원경을 보러 갈 예정이었다. 놀라 눈을 휘둥그레 뜨고 쭉 늘어서 있는 거대한 접시 모양의 안테나를 쳐다보며 직경이 어림잡아 이십오 미터는 되겠다고 추측하면서 몇 개나 되나 세어볼 예정이었던 것이다. 열 개. 열개의 우아한 기구가 레일을 통해 모래사장을 가로지르고 있다. 관측 장소는 삼 킬로미터의 구간에 걸쳐 있다. 나는 하늘을 쳐다보며 작은 별들을 관측한다. 그리고 아래를 내려다보고 꽉 조여진 몇 개의 볼트를 확인하고서야 마음을 놓는다. 옆 건물에 가서는 전자카드를 이용하여 영사막을 본다. 당신은 뭘 연구하죠? 항상계를 연구해요. 뭐가 알고 싶은 거죠? 별들이 불규칙하게 온 우주에 흩어져 있는 이유를 알고 싶어요. 별들이 사억 광년마다 한 번씩 벽을 사이에 두고 이야기하듯 서로 가까이 다가간다고 하던데, 그 말이 맞아요? 벽이라! 그렇죠. 길이가 육십억 광년에 이르는 벽이죠. 에…… 우리 뭐 좀 먹죠, 좋아요?

나는 여행가방을 발로 차 옆으로 밀어놓는다.

"침대로 가요. 창문을 한 뼘 정도 열어놨어요. 어서 와서 이불을 머리끝까지 뒤집어써요. 그래요. 그분들이 우리 부모님이에요. 십 년 동안 서로를 신처럼 떠받들었는데, 갑자기 모든 게 끝장나버렸어요. 십 년만, 더도 말고 덜도 말고 꼭 십 년의 시간이 남아 있다고 한다면, 지금보다 더 정신을 차리고 살게 될까요? 어떻게 생각해요?"

그는 일어나 내 곁을 지나치면서 내 머리카락을 잠깐 쥐었다가 다시 놓았다. 그리고 나지막하게 휘파람을 불면서 목욕탕으로 들어갔다.

왜 그곳에 눌러앉지 않았을까? 투생과 함께 살면 지루하지 않았을 텐데. 블랙 마운트의 밀림을 헤매던 때도 그는 내 곁에 있었다. 한 조각 천막포로 몸을 가리고 내가 갈아입었던 옷도 그의 마른 옷이었다. 굴 한 접시를 다 먹고 손가락을 핥으며 가벼운 취기에 빠져 수다를 떨었던 그랜드의 르블랑 카페에서 정열을 담은 가름

한 얼굴로 나와 마주 앉아 있던 사람도 그였다.

나지막한 그의 질문.

"뭘 생각하고 있어요?"

나는 고개를 젓다가 당황하여 미소를 짓고 내 어린 시절의 이야기를 시작했다. 왜 자신의 인생이 그래야 하는지 이해하지 못하는 어머니 곁에서 성장한다는 것이 어떤 느낌인지 아세요? 태양과 아름다운 블론드빛 머리, 뽕나무, 카자흐 족처럼 사냥을 하고 말을 잘 타던 남편 곁에서 너무나 행복했던 절반의 인생, 나머지 인생은 프랑스어를 쓰는 캐나다의 해안 도시를 배경으로 돌아가는 흑백 무성영화. 집 한 채, 등가구, 눈 내린 정원, 두 번 자동차에 치인 것을 빼고는 사랑스럽고 말 잘 듣는 딸.

내 목소리가 가라앉았다. 나는 잔을 내려놓았다.

"어머니는 나의 죄책감을 잘 알고 있었어요. 로베르트가 유럽에서 우리의 미래를 시작했을 때 어머니가 할 수 있었던 일은 그저 태연하게 재미있다는 표정을 짓는 것뿐이었어요."

그는 내 빈 잔에 술을 따르고 빵을 건네주고는 담뱃불을 붙여주었다. 그리고 가끔씩 질문을 던졌다. 왜 당신 어머니는 다시 사랑에 빠지지 않았을까요? 그에게 솔직하게 대답을 하는 동안 나는 어머니가 계속 어머니의 모든 과거와 함께 나에게 구속되어 있었다는 사실을 깨달았다. 어머니가 담임을 맡았던 교실에 걸려 있던 유럽 지도, 매년 구월이 되면 어김없이 찾아오던 어머니의 우울증, 아무것도 변하지 않았고, 아무것도 사라지지 않았다. 언젠가 한 번 나는 그 우울증을 로베르트에게 털어놓았다. 로베르트는 내 걱정을 덜어주려고 정확한 사실을 알고 싶어했다. 그리고 곁눈질로 나를 살피며 똑같은 질문을 던졌었다. 나는 대답했다.

"그런 일은 있을 수 없어요. 엄마는 연약하고 몽상적인 사람 같아 보였지만 사실은 황소처럼 고집불통이거든요."

어머니의 모습이 눈앞에 떠올랐다. 여느 때처럼 또렷하게. 암홍색 숄과 거친 손, 따뜻한 숨결. 그 누구도 아닌 오로지 내 영혼들의 영혼.

"어머니를 닮았어요?"

"네, 많이 닮았죠."

나는 어깨를 으쓱하고 익살맞은 표정을 지어 보였다. 나는 알고 있었다. 내가 이야기한 모든 일들을 이 남자는 절대로 흘려듣지 않으리라는 것을. 세세한 부분까지 놓치지 않고 붙들었다가 내 등뒤에 숨은 그림자에게 슬며시 건네주리라는 것을. 사랑의 시에 등장하는 2인칭, 너에게. 나는 짝꿍과 함께 하는 시간처럼 그와 함께 먹고 마셨다. 잠시 후 거리에서 나는 상쾌한 척하는 저녁 공기를 마시며 그의 팔짱을 끼고 쭉 늘어선 초록 빨강 조명을 따라 그의 집 나뭇바닥 방으로 비틀거리며 걸어갔다. 그곳에서 나는 취기를 느끼며 연극배우처럼, 비극의 여주인공처럼, 여왕처럼 침대 끝에 앉아 스타킹을 벗고 목을 젖히고 다리를 쳐들었다. 갑자기 과거의 내음이 나를 기습했다. 과거의 약속, 벌써 오래 전에 지나간 감동이…… 왜 그래요? 왜 그렇게 행복한 표정을 짓고 있어요?

……로베르트! 이건 정상적인 만남이 아니야. 이건 공중에서 추는 투 스텝이야!

캅 데 로지에. 나는 푸른 눈에 성격을 잘 파악할 수 없는 잘생긴 네덜란드 남자와 누워 있다. 그리고 꿈을 꾸면서 앞을 바라보고 있다. 하늘 색이 변한다. 구릿빛으로 침침해진다. 일곱시쯤 된 것 같다. 해변을 찾은 사람들이 서서히 집으로 돌아간다. 그이가 술 취한 사람처럼 여기 누워 있구나, 하고 생각하던 찰나 그가 팔꿈치를 괸다. 그의 얼굴에 웃음기가 하나도 남아 있지 않다. 눈가의 주름살이 하얗다.

……로베르트, 우리는 놀고 있는 고래들을 바라보았어요. 카브리올레트(지붕을 접고 펼 수 있는 차—옮긴이)를 타고 바람 속으로 달려갔어요. 같이 잠을 자고 둥근 달과 담벼락을 비추는 달빛을 바라보았죠. 그 시간들이 우리에게 모르고 있던 사실들을 가르쳐주었을까요? 우리는 황황히 옷을 입고 벗었고 머리를 빗고 발을 씻었어요. 목욕탕 바닥에 떨어져 있던 두 개의 젖은 수건이 이런 황홀한 분위기를 만들어주었던 걸까요? 기억나요? 포리용 공원으로 소풍 가던 날? 작은 통나무집과 빌라, 목초지 위에 서 있던 말과 돼지들. 우리는 속력을 줄이고 그 옆을 달리다가 갑자기 말과 돼지들 곁으로 다가갔었죠. 색연필로 우리 둘레에 선을 그려놓은 것처럼 되어버렸어요. 아이가 그린 그림처럼 우스꽝스러운 줄무늬가 만들어졌었죠. 우리는 캅 데 로지에에 누워 있었어요. 파도가 밀려왔죠. 백사장이 자꾸만 작아졌어요. "저 개 좀 봐!" 당신과 나는 잠깐 그 개를 쳐다보았어요. 검은 앞발로 구덩이를 파고 있었는데, 바닷물이 들어와서 구덩이가 자꾸만 무너졌지요. 당신은 내 팔목을 잡고 눈을 찡그렸어요. 내가 생각에 빠져 있어서 걱정이 되었던 거예요. 어부 같은 눈을 가진 커다란 소년이 나를 뚫어

겨라 쳐다보고 있었죠. 그의 시선이 내 몸을 꿰뚫고 지나 수평선에 떠 있는 배를 발견한 것처럼. "그건 정말 우연이었어……." 당신은 중얼거렸어요. 좋아. 그래, 난 당신을 사랑하게 되었어. 하지만 너무나 불안해, 라고. 엄마 집에서 보낸 방학이 금세 지나가버렸어요. 난 어머니에게 말했죠. 나가봐야 돼요. 난 젊어요. 자유롭게 살고 싶어요. 중요한 약속이 있어요. 그리고 허둥지둥 내 방으로 올라가 풍선처럼 부풀어오른 입술을 거울에 비춰보느라 커피에는 손도 대지 않았죠. 이런 방법으로 나는 세상을 정돈하였던 걸까요? 그럴 수 있다고 믿었던 것 같아요. 레 무에트 모텔 방에서 나는 침대에 납작 엎드려 누워 있었죠. 당신이 오징어와 레몬을 사러 간 사이 나는 생각에 잠겨 있었어요. 로베르트, 당신은 내 다리를 벌리고 내 옷의 단추를 풀고 내 가슴을 주무른 첫 남자가 아니야. 그리고 마지막 남자도 아닐 거야. 열병 같은 정열로 나는 당신의 옷을 헤치고 당신을 끌어안아 내 다리 사이로 집어넣고 사랑하지만, 당신이 처음은 아니야. 당신이 금방 돌아온다면 나는 놀라 당신을 바라볼 거야. 우리는 함께 있으면서 서로를 배반하고 떠날 수 있지만 여기 이곳은 영원히 내 가슴에 남아 있을 거야. 나는 고개를 들었어요. 여름 오후가 저물어가고 있었어요. 어느 방에선가 문 두드리는 소리가 들려왔어요. 여기저기서 샤워를 하는지 물소리도 요란했죠. 두 줄기 눈물이 내 입가를 타고 흘러내렸어요.

오렌지빛 비행기가 수리를 끝냈다. 전문가들이 이륙 허가를 내렸다. 날아봐, 기체는 정상이야. 보아하니 제명에 못 죽을 승객은 없을 것 같군. 스튜어디스들이 기내를 달렸다. 기체가 굴러갔다. 나는 시계를 들여다보았다. 18시 30분. 예정보다 한 시간 늦은 출발이었다.

내 눈길이 곁에 앉은 남자의 눈길과 얽혔다. 잿빛 머리의 작은 남자가 내 팔의 움직임을 느꼈던 것이다. 그가 말했다.

"대서양에 서풍이 불고 있습니다. 한 시간쯤은 문제가 안 될 겁니다. 정확하게 도착할 겁니다."

나는 그를 향해 웃었다. 사람을 안심시키는 유쾌한 익살. 이 연착은 연착이 아니다. 한 시간 동안 넌 생각을 할 수 있었다. 형식적인 절차 덕분에 넌 되돌아갈 수도 있다는 생각과 유희하면서 그 자리에 그대로 앉아 있을 수 있었다. 모든 것을 점검해볼 수 있었다. 탑승구 앞에는 이제 아무도 없을 것이다. 미셸과 나는 정겹게 작별을 고했다.

"삶은 우스운 겁니다."

미셸이 말했다.

"그래요."

나는 그의 말을 인정했다.

"당신 말이 맞아요. 우습고도 이해할 수 없는 거지요. 두려움과 기쁨이 뒤범벅되어 아무도 감히 시작할 엄두를 못 내는 거지요. 저기 구석에 가서 맥주 한잔하죠."

공항의 바에는 우리 같은 사람들이 몇 쌍 있었다. 두 사람 중 한 쪽은 가벼운 여행가방을 들고 계속 시계를 들여다보다가 결국 떠난다. 다시 올 거죠? 편지 해요. 전화할 거죠? 조심하겠다고 약속해요.

나는 위협하듯 머리를 앞으로 내밀었다.

"헤, 또 시작이군요."

우리는 모든 이야기를 마쳤다. 나는 아무 곳으로도 가지 않으며, 어떤 곳으로부터도 떠나지 않는다. 나는 조사를 하고 수집을 하고 작곡을 한다. 내 전기를 쓰고, 이따금 이런저런 경험을 한다. 앞으로도 그럴 것이다. 수정하고 첨가하면서.

"그 옷을 입으니까 정말 멋있는데요."

"정말이에요?"

"당신이 너무 보고 싶을 거예요."

"저도 그럴 거예요."

미셸은 여권 검색대까지 따라왔다. 줄이 길었다. 어서 가요, 내가 말했다.

문을 빠져나가기 직전 나는 고개를 돌렸다. 사람들 틈 속에서 금세 그의 눈동자를 발견했다. 우리는 다시 한번 손을 흔들었다. 그리고 그는 유리문을 지나 막 저물기 시작하는 오월의 저녁을 향해 걸어갔다. 그가 주차시켜놓은 자동차 사이로 걸어들어갔을 때 누군가 그의 팔짱을 꼈다. 여자였다. 부족한 것 하나 없는, 그러나 아무것도 기대할 것 없는 운명의 계보를 나눠 가진 의욕에 불타는 하찮은 나의 분신. 그들은 길을 건너 물을 뿜고 있는 분수 뒤편으로 사라졌다.

나는 작은 창 밖으로 눈을 돌렸다. 우리는 동캐나다 상공을 날아가고 있었다. 세인트로렌스 강과 로렌스 만이 보였다. 가스페의 길다란 형태가 보였다. 이제 두번째로 작별을 고하는 반도. 처음 작별을 고할 당시 나는 젊은 남자와 나란히 DC-10에 앉아 있었다. 그의 목소리와 몸짓은 한시도 나를 가만히 두지 않았었다. 하지만 지금, 나와 내 곁에 앉은 머리가 희끗희끗한 작은 체구의 남자는 안전벨트를 풀었다. 보잉 747은 승객을 가득 실었다. 서서히 정신이 들자 다시 어머니 생각이 떠올랐다. 어머니는 가스페 역에서 우리와 작별했었다. 고개를 비스듬히 숙인 어머니의 블론드빛 머리가 어깨를 덮고 있었다. 어머니의 얼굴에는 고통 섞인 놀라움이 담겨 있었다. 그 표정을 나는 꿈속에서 꼼꼼히 살펴볼 수 있었다. 이제 또렷한 정신으로 나는 내가 어머니에게서 무엇을 발견했었는지 혼자 물어보았다.

   나는 꽃을 들고 공동묘지를 헤매었다. 일렬로 늘어선 비석 한가운데서 어머니의 장밋빛 비석이 갑자기 눈앞에 나타났다. 나는 어머니의 친구와 이웃, 어머니가 예전에 다니던 학교의 교장과 이야기를 나누었다. 어머니는 쉰아홉 살이었다. 병석에 누울 때까지 교단을 떠나지 않았다. 어머니는 자기 직업에 만족했다. 그녀는 아침 일찍 출근하여 오랫동안 창문턱에 놓인 화분을 돌보고 칠판에 걸린 달력을 색칠하고 지도를 펼쳤다. 아이들이 올 때쯤이면 교실은 모든 준비가 끝난 상태였다. 그녀는 가스페를 좋아했다. 박물관을 자주 찾았던 것은 전시회를 보기 위해서만이 아니었다. 그곳에서 차를 마시며 창 밖으로 해변을 바라보기 위해서였다. 그녀는 책을 많이 읽었고 규칙적인 생활을 했다. 밤 열시면 목욕을 하고 예쁜 잠옷을 입고는 침대 머리맡에 위스키 한 잔을 놓아둔 채 침대에 누워 책을 읽으면서 담배를 피웠다. 잠을 잘 때는 재떨이를 치우고 창문을 열어두었다. 우리집 사냥개가 죽은 후로 어머니는 다시는 개를 키우려 하지 않았다. 그래도 해변을 산책할 때는 언제나 버릇없는 장난꾸러기 이웃집 개를 데리고 나갔다. 미키! 미키! 하지만 그 말썽꾸러기는 벌써 물가 모래밭에 앉아 가만히 자기 모습을 비춰보고 있는 갈매기를 향해 쏜살같이 달려갔다. 그녀의 딸은 유럽으로 돌아가버렸다. 그녀는 그 사실을 어쩔 수 없는 것으로 받아들였다. 그녀는 전화를 하고, 편지를 쓰고, 몇 장의 사진을 동봉한 편지를 받으면 아이처럼 기뻐했다. 하지만 왜 나는 어머니가 돌아가신 후 집에서 편지 한 장, 사진 한 장, 어린 시절의 앨범 하나도 발견하지 못했을까? 아무도 그 이유를 알지 못했다. 그들은 어머니가 불행했던 것은 아니라고 말했다. 다만 정신이 나간 것 같았다고 했다. 이야기를 하거나 들을 때는 집중하여 자기 내면을 들여다보는 사람처럼 양미간을 찌푸렸다고, 마치 기억을 잊어버리지 않으려고 훈련을 거듭하는 장님 같았다고 했다.

양미간을 찌푸렸다. 그래, 내 앞에 떠오른 어머니의 모습도 그렇다. 이월의 추운 날이었다. 열여섯 살 소녀가 눈보라를 뚫고 학교에서 집으로 돌아오던 그날처럼 추운 날이었다. 내 얼굴은 울어 퉁퉁 부어 있다. 어머니와 나는 싸우고 나서 다시 화해했다. 나는 난로에 불을 지피는 어머니를 지켜본다. 어머니는 몸을 반쯤 내게 돌리고 난로 앞에 쪼그리고 앉아 있다. 두꺼운 모직 치마가 외투처럼 그녀의 다리를 휘감고 있다. 갑자기 더워지기 시작한다. 나는 어머니의 얼굴을 지켜본다. 불꽃의 리듬에 맞춰 피부가 흔들린다. 순간 나는 내 얼굴을 만지고 있는 듯한 착각에 사로잡힌다. 어머니의 코와 이마, 뺨…… 나는 당황하여 그 순간이 지나갈 때까지 가만히 있다. 이 독일 여자, 망명 온 여자, 작은 도시에 살고 있는 이 추방당한 여자와 나를 묶어주는 내 피의 근원을 느꼈던 그 순간이 지나갈 때까지.

"엄마……."

나는 생각에 잠겨 천천히 입을 연다.

"발터와 미미 이모는 잘 있을까? 왜 놀러가지 않는 거예요?"

어머니가 나를 바라볼 때, 그곳에 찌푸린 양미간이 있다. 나는 그녀가 무슨 생각을 하는지 알고 있다. 애야, 그 사람들이 나랑 무슨 상관이니? 하지만 그녀는 그 말을 하지 않는다. 갑자기 친척을 떠올린 딸에게 아주 다정하게 미소를 지으며 말한다.

"그래, 한번 가보자꾸나."

시속 950킬로, 순풍. 어둠은 두 배로 빨리 다가왔다. 해가 지자 식사가 제공되었다. 늦은 저녁을 먹기 위해 승객들은 담배를 눌러 끈다. 모두들 배가 고팠다. 나름의 템포로 교대로 찾아오는 배고픔과 목마름보다 더 효과 좋은 진정제는 없을 것이다. 나는 몸을 앞으로 구부리고 스튜어디스에게 신호를 보냈다. 잠깐 옆좌석의 남자가 미소를 지었다. 뒤로 빗어넘긴 회색 곱슬머리 때문에 처음엔 나이가 많다고 생각했는데 자세히 보니 생각보다 훨씬 젊다. 우리는 서로 인사를 나누었다. 그는 혈관이식수술 전문의였고 이스탄불에서 열리는 회의에 참석하러 가는 길이라고 했다. 나는 전기작가이자 번역가이고 베를린에 살고 있는 친척을 찾아가는 길이라고 내 소개를 했다. 우리는 부담없이 이야기를 나누었다.

나는 주절거렸다. 내 생애에서 제일 행복했던 순간…… 내 삶의 종말…… 방황의 즐거움…… 또다른 자유로운 나…….

나는 양념이 강하지 않은 양고기와 밥을 먹었다.

그리고 비행기 한가운데에 펼쳐진 스크린 위로 돌아가는 영상들을 보았다. 황무지. 서로 바라보며 웃는 두 여자. 작은 당나귀.

나는 내 곁에 있는 작은 창문 너머로 휘몰아치는 허리케인과 내 아래쪽에 있는 더럽고 거대한 물 웅덩이를 생각했다. 바깥 어딘가에서 시간 속에 갇혀 펼쳐지고 있을 전혀 비현실적인 세계, 아우어 제이스트라트의 우리집, 남편과 세 마리의 개를 생각했다.

온몸의 땀구멍에서 땀이 삐져나왔다.

"숨을 쉴 수가 없어요."

나는 옆자리의 남자에게 더듬거리며 말했다.

"왜 이러는 거지……."

그는 다정한 표정으로 나를 바라보았다.

"잠깐만 기다리십시오, 마담. 제가 해결해드리죠."

그는 팔을 위로 뻗어 내 머리 위에 있는 통풍창을 조절했다. 그러자 미풍이 내 얼굴로 불어왔다. 공기, 바깥 공기였다. 아, 소녀의 꿈, 백마를 탄 기사. 구원의 눈동자와 손길. 마음이 진정되었다. 나는 마음을 가라앉히고 머리를 그의 어깨에 기댔다. 내 머리가 스르르 흘러내려 그의 무릎, 부드러운 플란넬 바지 위로 떨어졌다. 내 관자놀이의 머리카락을 쓰다듬는 의사의 손길. 가끔씩 배처럼 출렁이며 신음 소리를 내뱉는 비행기.

"몇시쯤 됐어요……?"

잠에 취해 나는 중얼거렸다.

그렇게 나는 유럽으로 돌아왔다. 생전 처음 보는 낯선 남자의 품에 머리를 묻고서. 아마 삼십 분 전까지만 해도 인생을 결정하여 곧바로 전보를 쳐야 한다고 생각했었을 것이다. 지금 나는 몽롱한 정신으로 모든 인간은 푸른 지중해라는 것을 깨닫는다. 뻣뻣한 다리로 어슬렁거리다가 서로에게 아무런 상처도 주지 않고 먹이를 쪼아먹고 두리번두리번 주변을 살피는 닭들처럼 인생의 사건들이 이리저리 돌아다니는 곳. 나는 엉덩이를 흔들었다. 머리와 블라우스의 단추를 풀어헤친 채 밤의 리듬에 나를 맡겼다.

선잠. 추상. 유리처럼 또렷하고 짤막한 논리.

거의 이 년 동안이나 지상을 헤매다닌 후에도 나는 여정만 알고 있을 뿐, 내 머물 곳은 알지 못했다. 그리고 아직도 호기심을 잠재우지 못했다. 과거란 이야기할 수 있는 것인가? 그래, 그럴 수 있다. 자신의 이미지로부터 빠져나온다는 것은 가능할까? 나는 여러 도시들을 보았고 산을 올랐으며 같은 강물에 여러 번 몸을 담그었다. 그래서 더이상 과거의 내가 아닐 수 있었다. 과거의 누구?

너무나 뜨겁던 어느 여름 로베르트의 품으로 달려가기 전에도 나는 여러 차례 남자를 만났고 몇 번씩 똑같은 절차를 밟았다. 하지만 이번에는 달랐다. 나의 아름다움은 타의 추종을 불허했고, 나의 말은 황금처럼 무거웠다. 나는 정신을 잃고 위대한 사랑의 뻔뻔스러운 계약에 서명을 했다. 그래도 성에 차지 않으면 나는 완전히 내 모든 것을 바쳤다. 현 상태의 느낌을 가슴에 담은 채 나는 내가 좋아하는 것과 싫어하는 것, 휴가 때의 일과 어린 시절 앓았던 병, 아무에게도 말하지 않은 소녀 시절의 소망을 이야기했다. 진짜 기분이 좋을 때는 젊은 시절의 친구들과 과거의 사랑, 개와 어머니와 아버지 이야기도 털어놓았다.

하지만 어떠했던가? 모든 것은 빛이 바랬고 사라져버렸다. 더 커지거나 더 작아진 것들도 있었다. 몇 가지는 완전히 자취를 감추었다. 악몽이 그랬다. 어린 시절부터 복도와 계단, 조명이 거의 비치지 않는 방과 함께 나를 쫓아다니던 악몽이 내 의식으로부터 깨끗이 사라졌다. 이 세상의 모든 감옥과 마당과 콘크리트 벽의 작은 방들을 뒤지면서 아버지를 찾아다녔다는 이야기를 로베르트에게 털어놓고 난 후 나는 며칠 동안 밤마다 이런 꿈을 꾸었다.

  나는 한 남자의 손을 잡고 바위 틈을 지나간다. 나는 아이다. 내 손은 남자의 손에 폭 파묻혀 있다. 내 꿈은 그 남자의 손, 하얀 면 셔츠 소매에 가린 팔의 한 부분만을 보여준다. 그럼에도 나는 그 사람이 누구인지 알고 있다. 그는 아버지다. 동시에 로베르트이기도 하다. 우리가 바위 틈 사이로 산을 올라가고 있는 동안 나는 왜 우리가 이 길을 걸어가고 있는지 깨닫기 시작한다. 이제 그만 찾아다니라는 뜻이다. 울타리 틈 사이로 살펴보아서도 안 되고 복도를 헤매다녀서도 안 되며 문지방에 서서 기다려서도 안 된다는 뜻이다. 네 미래는 네 앞에 있는 것이지 네 뒤에 있는 게 아니다. 그걸 알아야 한다. 그런 다음 우리는 멈춰 선다. 갑자기 파노라마 같은 풍경이 펼쳐진다. 그 손이 내 손을 뿌리치고는 무언가를 가리킨다. 그게 뭔지 나는 금방 알아차린다. 저 멀리 암벽의 불쑥 튀어나온 바위 위에 칼 하나가 놓여 있다. 극적인 긴장감 같은 건 없다. 우리는 말없이 그 칼을 살펴본다. 그 우아한 형태와 금속성 광택을 꼼꼼히 살펴본다. 칼은 바람에 실려와 햇살을 받고 있는 이국 식물의 길고 날렵한 잎사귀를 닮았다.

  나는 눈을 떴다. 주변이 조용하면서도 빠르게 진동을 한다. 어리둥절했다. 하지만 잠시 후 그것이 웅웅거리는 비행기 소리라는 것을 깨달았다. 뿐만 아니라 막 동이 트기 시작한 시간의 전형적인 회색빛 속에서 누군가 나를 바라보며 미소를 짓고 있다는 사실을 깨달았다.

나는 무릎에서 고개를 들었다. 그리고 약간 민망해하면서 몸을 일으켰다.

"제가 폐를 끼쳤군요."

그는 어젯밤처럼 여전히 조용히 앉아 있었다.

"폐라니요. 저는 아주 좋았습니다."

그는 한순간 머뭇거리다가 입을 열었다.

"여자를 품속에 안아본 지가 얼마 만인지 모르겠습니다."

우리는 웃었고 곧바로 애무하기 시작했다. 뺨과 코, 윗입술과 아랫입술이 맞닿는 키스, 낮은 숨결. 마침내 나는 자세를 바로잡고 주위를 살폈다. 하품하는 푸석푸석한 얼굴들. 지금 화장실에 가면 아무도 없을 것이다. 나는 핸드백을 들고—"죄송해요!"—그의 곁을 지나갔다.

거울 앞에서 나는 얼굴을 살펴보았다. 뺨을 찰싹 한 대 때리고 이마를 문질렀다. 네가 아직 그때의 그 아이일까? 그때 넌 여덟 살 아니면 아홉 살짜리 소녀였고 투명한 초록빛 눈동자와 밝은 블론드빛 머리를 가지고 있었지. 그들이 너를 본다면, 지금 거울 앞에 서서 입술을 매만지고 있는 이 여자를 본다면 가슴 아파할까? 발터는 사십이 다 되었을 거야. 전쟁 마지막 해부터 비쩍 마르기 시작한 검은 머리의 꼬마, 내게 얼굴을 찌푸리며 구석에 밀어놓은 암홍색 소파 위로 올라오라고 손짓하던 그 꼬마를 등뒤에 숨기고

서 완전히 상상의 인물이 되어 있을 거야. 나는 혀를 내밀었다. 이모는 나를 보면 분명히 엄마와 똑같다고 할 거야. 하는 수 없지. 이제 향수를 조금 뿌리고 자리로 돌아가자.

아침을 먹는 동안 그가 말했다.

"저랑 같이 이스탄불로 갑시다."

우리는 너무나 진지한 표정으로 서로 바라보았다. 하지만 내가 웃음을 터뜨리고는 죄송하다고 사과를 하며 머리를 흔들었을 때, 나는 그 역시 이 오월의 아침 커피잔과 설탕통, 남은 빵조각과 경고등 사이에서 우리 만남의 결과에 승복했다는 사실을 알게 되었다. 처음에는 힘들었지만 아주 편안했던 이 여행의 끝 무렵, 조금씩 높이를 잃어가는 기체의 경고등은 붉은 글자로 빛나고 있었을 것이다. 'No smoking, fasten your seatbelts.'

"이건 1이야."

미미 이모가 말했다.

이모는 뒷좌석에 나와 나란히 앉아 아직 열려 있는 자동차 문을 향해 손을 뻗었다.

"이건 2야."

발터가 억수같이 퍼붓는 빗속에서 그녀 쪽의 문을 닫았을 때 그녀가 말했다.

"그리고……"

그녀는 머리의 두건을 벗고 웃옷을 벗었다.

"……이건……"

그녀는 혈관이 도드라진 쭈글쭈글한 손으로 웃옷 앞쪽을 쓸어 반듯하게 다듬었다.
"······이건······."
그녀는 발을 나란히 모으고 등을 폈다.
"······3!"
그녀는 만족스러운 표정으로 나를 바라보았다.

운전석에 앉아 있던 비르기트는 할머니가 자리를 잡고 가만히 앉을 때까지, 그리고 그 사이 차에 올라탄 아버지가 카메라가 든 가방을 시트와 발 사이에 집어넣을 때까지 기다렸다. 비 때문에 한참 전에 시동을 켜놓았지만 송풍기가 여전히 차가운 공기를 뿜어대고 있어 우리 네 사람은 잠시 서리 낀 유리창을 닦느라 부산을 떨었다.

"됐어요."

비르기트가 말했다. 거울 속으로 나는 그녀의 눈을 바라볼 수 있었다. 침착한 열아홉 소녀의 눈. 머리카락 색깔과 똑같이 방금 껍질을 벗긴 밤 빛깔과 강렬한 광택을 가진 눈. 운전면허증을 따고부터 틈만 나면 아버지 차로 연습을 하던 비르기트가 나를 초역으로 데려다주겠다고 나섰던 것이다. 프라하로 가는 기차는 오후 늦게 출발할 예정이었다.

"첫번째."

미미 이모가 중얼거렸다.

"깜박이등을 켜, 어머 놀래라, 이제 출발이다. 두번째······."

우리는 볼프 가를 떠났다. 이젠 정말 헤어진다는 느낌으로 나는 작은 창문이 붙어 있는 회백색 집들을 다시 한번 돌아보았다. 저

세 개의 창문 뒤에서 나는 몇 주를 묵었다. 친척이라는 이유로 나는 전화가 어디 있는지 알았고 순간온수기의 변덕도 알았고, 집주인과 빨간 목욕 가운을 입은 그의 딸과 함께 식탁에 앉아 맥주를 마셨다. 삼 주 전 이곳에 왔을 때, 이층에 사는 이모는 내 얼굴을 붙잡고 한참을 쳐다본 후에 더듬거리며 이렇게 말했었다.

"커피를 끓이고 꼬냑을 꺼내와야겠다. 실컷 얘기 한번 해보자꾸나."

믿을 수 없는 일이었다. 빅토리아 공원 옆 도로로 접어들자 눈앞이 노래졌다. 한낮인데도 건물엔 불이 켜져 있었고 인도 위의 사람들은 종종걸음을 치고 있었다.

"금방이라도 퍼붓겠는데."

발터가 말했다. 그는 딸의 운전솜씨를 놓고 이러쿵저러쿵 간섭하지 않기로 한 약속을 잘 지켰다. 반쯤 앞좌석 쪽으로 몸을 숙이고 그는 즐거운 표정으로 자신의 어머니와 나를 번갈아보았다. 요르크 가로 접어들던 바로 그 순간 그의 말이 맞아떨어졌다. 번개가 하늘을 가로질렀고 심장이 멎을 것 같은 천둥소리가 바로 뒤를 이었다. 헬리콥터가 도시 상공에 떠서 사람과 개를 인도에서 몰아내고 신문을 차도로 날리고 있는 듯한 느낌이었다. 가로수가 사방으로 흔들거렸다. 우리는 바짝 긴장하여 이 난리통을 지나갔다. 차가 약간 흔들거렸지만 큰 문제는 없었다.

미미 이모는 나를 툭 치더니 눈썹을 치켜올리고 머리를 옆으로 돌렸다.

"조심해, 마그다. 금방 다리가 나타날 거야. 다리라! 겨우 전철이나 지나다니는 녹슨 고철덩어리지."

그녀는 손가락 세 개를 펴서 세어나갔다.

"크고 보기 싫은 녹슨 고철덩어리."

발터와 나는 서로 쳐다보았다. 어머닌 정상이 아니야. 그는 눈으로 그렇게 말했다. 나는 고개를 끄덕였다. 그래, 나도 알아. 내가 가서 섭섭하신 거야. 그가 대답했다. 그래, 나도 섭섭해.

"어머닌 험한 일을 너무 많이 겪었어."

며칠 전 그는 반은 내게, 반은 자신에게 중얼거렸다. 우리는 그의 암실에서 방금 인화하여 말리려고 줄에 걸어놓은 사진을 살펴보고 있었다. 나는 넋을 잃고 늙은 이모의 얼굴을 보려고 고개를 숙였다. 그래, 많이 보던 얼굴이다. 미소를 지으며 너를 바라보면서 조용히 네 말에 귀를 기울이다가 네 질문에 솔직하게 대답을 하던 얼굴. 그녀의 어린 시절은 평화로웠다. 인형이 가득한 방과 여름 저녁. 이모는 무슨 옷을 입거나 잘 어울렸다. 러시아 군대가 베를린으로 진입했을 때 여자들은 공포에 떨었다. 내가 알고 있던 이모는 카드놀이광이었고 요리를 하고 시장으로 채소를 사러 가곤 했으며, 때로 평정을 잃은 눈길로 계산을 하고 무게를 달고 리스트를 작성하면서 불합리한 일이나 어두운 분위기를 바로잡으려 했다.

"그래, 그게 이모의 전형적인 모습이지."

내가 말했다.

철교를 지나갈 때 비가 본격적으로 퍼붓기 시작했다.

"정말 비가 오네."

비르기트가 투덜거리며 와이퍼를 최고 속력으로 올렸다. 몇 초 안에 도로는 빛이 흔들거리며 뿜어져나오는 호수로 변했다. 우리는 뷜로우 가로 접어들어 가다 서다를 반복하며 신호등 있는 사거리를 느릿느릿 달려가다가 마침내 자가용과 베이지색 택시, 버스들이 뒤엉킨 실타래에 꼼짝없이 걸려들고 말았다. 자동차 사고가 발생했다. 뷜로우 가는 꽉 막혀 있었다.

  비르기트는 아주 침착했다. 택시 뒤를 좇아 사거리를 성공적으로 빠져나와 막힘없이 포츠다머 거리로 접어들었다. 끔찍한 지역이었다. 핍쇼 광고판, 술집, 쓰레기 콘테이너, 소우블라키-조니라는 간판을 달고 있는, 문 닫은 레스토랑.

  그녀는 거울을 통해 나를 바라보았다.

  "걱정하지 마세요. 기차 시간에 늦지는 않을 거예요."

  아니, 걱정 안 해. 우리는 미미 이모의 기력을 염려하여 한 시간 일찍 출발했다. 성벽까지 계속 달렸다 해도 나는 전혀 걱정하지 않았을 것이다. 시간이 갈수록 마음이 태평스러워졌다. 기차가 초역을 출발했다 한들, 그리고 그 기차가 나를 태우지 않고 가버린들 무슨 대수란 말인가? 기차는 또 있다. 나처럼 아무 말도 하지 않는 이모와 사촌, 그리고 우리들 중 유일하게 초롱초롱한 조카의 따스한 체온에 둘러싸여 나는 한참 전부터 아주 기분이 좋았다.

  나는 운전석에 앉아 있는 소녀를 바라보았다. 그녀의 목덜미. 틀어올린 머리 아래로 비어져나와 있는 작고 하얀 귀. 비르기트는 생물학을 전공하는 대학생이고 지난주 아픈 가슴을 부여안고 애인과 작별을 고했다. 그 사랑 이야기를 그녀는 내게 들려주었다. 비단 같은 눈썹, 비스듬한 눈. 그 어떤 은밀한 대화보다도 그녀의 외모와 태도에서 나는 그녀의 비밀을 알 수 있을 것만 같았다. 이제 그녀는 핸들을 잡고 있던 한 손을 들어 잠깐 뺨을 쓸었고 세 손가락으로 깜박이등을 확인하고는 왼쪽 어깨 너머로 시선을 던진다. 나는 이 아이가 매력적이라 느낀다.

우리는 왼쪽으로 꺾었다. 그리고 다시 오른쪽으로. 작은 광장. 울타리에 싸여 있는 나무 한 그루. 비는 단조로운 소리로 자동차 지붕을 통통 때린다. 눈꺼풀이 무거워졌다. 계속 가슴으로 기울어지는 머리를 받치기 위해 나는 팔꿈치를 창틀에 대고 머리를 괴었다. 앰뷸런스가 요란한 소리를 내며 우리를 앞질렀다. 우리는 잠시 멈춰 섰다. 나는 버스 정류장을 바라보았다. 몇 사람과 개들이 구석에 모여 유령처럼 어둡고 흐릿한 모습으로 서 있었다. 일 미터쯤 전진했을 때 형광색 구호가 적힌 벽이 나타났다. 양키 물러가라! 중국인들 물러가라! 터키인들 물러가라! 아무런 느낌도 없이 내 눈은 그 구호 위를 스쳐 지나갔다. 이 도시도 여느 도시와 다를 바가 없구나. 고약한 악취를 견뎌야 하는 카타콤베, 시궁창. 나랑은 아무 상관없었다. 이 세상에서 유일하게 중요한 것은 자동차 엔진의 소음과 내 친척들의 깊은 숨소리…… 긴장이 풀렸다.

"놀렌도르프 광장에 다 와가요."

갑자기 비르기트의 목소리가 들렸다.

나는 고개를 들었다. 또랑또랑한 목소리에 정신이 번쩍 들었다. 어디를 얼마나 달려왔건 지금 나는 힘차게 일어나 앉아 오후의 희미한 햇살이 자동차 속으로 비쳐들고 있다는 사실을 깨달을 뿐이었다. 창 밖을 내다보았다. 극장이 있고 지하철역이 있고 광장이 있고, 강철 발코니로 장식된 집들의 앞벽이 보였다. 아, 나는 여기 있구나. 소나기는 멎었다. 다른 세 사람도 생기를 되찾은 것 같았다. 미미 이모가 담배 끝으로 자기 엄지손가락 손톱을 두드리자 발터가 담뱃불을 붙여주었다. 비르기트가 말했다.

"저것 좀 봐요······."

발목까지 물이 차오른 보도 위에 한 무리의 교회 사람들이 서서 노래를 부르고 있었다. 치마가 장딴지에 달라붙은 여자 하나가 핸드백을 뒤져 뭔가를 꺼내고 있었다. 가죽 액세서리였다. 빨간 페인트 칠을 한 노점에서 남자들이 맥주를 마시며 케첩 바른 소시지를 먹고 있었다. 흠뻑 젖은 개떼들이 그 소시지에서 눈을 떼지 못하고 있었다. 택시 한 대가 인도 옆에 멈춰 서더니, 신비로운 분위기의 어두운 보랏빛 봉지를 꼭 안은 젊은이가 차에서 내렸다.

말없이 우리 네 사람은, 꾸벅꾸벅 졸거나 꿈을 꾸고 있는 우리들과는 달리 너무나 생기 있게 움직이고 있는 사람들의 일상적인 모습을 지켜보았다. 우리는 항상 의견이 같았다. 완전히 백 퍼센트 일치했다. 철학을 논하거나 화를 내거나 욕을 퍼부어대거나 웃음을 터뜨려야 할 상황이면 사이좋게 함께 했고, 그렇지 못할 상황이면 함께 입을 다물었다. 몇시나 되었을까? 시계포 옆을 지나치던 참이라 가게 안으로 눈길을 돌린다. 네시 오십오분이었다.

클라이스트 가. 카페 피안(彼岸). 네온 등이 켜진 실내에서 발터와 나는 여러 잔을 마셨었다. 술집이 밤새 영업을 했기 때문에 그곳에는 온갖 종류의 사람들이 우글거렸다. 기자, 알코올 중독자, 극장 안내원, 미용사, 주인, 차장. 엊그제에는 시인 하나가 우리 자리에 합석을 했다. 그는 고맙다는 인사와 함께 브랜디를 탄 커피를 마신 후 자기 시 한 구절을 낭송했다.

"멋진 놈인데."

발터가 말했다. 내 생각을 읽고 있었던 것이다.

저녁 늦게 음악가 두 명이 사람들 틈에서 일어났다. 아무도 그들이 들어오는 것을 보지 못했다. 어느 결에 그곳에 들어와 있었던 것이다. 주크박스를 끄고 잠시 불편한 침묵이 감돈 후 음악이 시작되었다. 아코디언과 벤조였다. 사람들은 자리에서 일어나 흥겨운 기분으로 서로 부여안고 술집 안을 돌아다니다 과거를 뒤적여 찾은 유행가의 질질 끄는 센티멘탈한 멜로디에 맞추어 왈츠를 추었고…… 발터는 발을 질질 끌며 춤을 추는 사십줄의 남자다. 직업 사진사의 흐릿한 눈빛을 가진 남자. 수염과 가죽 재킷도 그의 장비다.

"마그다……"

미미 이모가 나를 뚫어져라 쳐다보며 입술을 깨물었다. 이모는 왼쪽 손가락을 가리키며 무슨 숫자부터 세어야 할지 결심하지 못한 듯 망설였다. 나는 바깥을 가리켰다.

"저거 봐요. 유럽 센터예요. 이제 다 왔어요."

한순간 우리 두 사람은 콘크리트 탑 위에서 돌아가고 있는 환한 푸른색 메르세데스 별을 쳐다보았다.

차가 멈췄다. 우리는 차에서 내렸다. 역 구내와 계단. 미미 이모는 계단의 숫자를 세었다. 여덟 개였다. 나를 동쪽으로 실어갈 기차는 1번 승강장에 대기하고 있었다. 나는 눈물을 흘리며 작별인사를 했다. 출발 신호가 울리자 사람들이 천천히 미끄러져갔다. 블론드빛 머리의 자그마한 미미 이모는 웃옷 단추를 잘못 채워 입은 채 잠시 기차를 따라오며 무어라 외쳤다. 그 순간 갑자기 그녀가 어머니와 너무나 닮았다는 생각이 머리를 훑고 지나갔다.

무슨 일이 터진 게 분명했다. 다시 기차가 멈춰 섰다. 나는 망설였다. 슬리핑 백에서 기어나오기가 싫어서였다.
　기차는 몇시간째 국경에 서 있었다. 여권 검사도 벌써 몇 번씩이나 당했다. 유니폼 재킷 단추를 채우지 않은 여자가 일말의 감정도 실리지 않은 표정으로 내 침대와 나의 맨발, 불쾌감과 피곤이 덕지덕지 묻어 있는 내 얼굴을 살펴보았다. 그 여자가 내리고 기차가 다시 출발하자 나는 객실 문을 잠가버렸다. 벌써 네덜란드에 도착하고도 남을 시간이다. 운이 좋으면 뉘른베르크까지는 잘 수 있을 것이다. 나는 옷을 벗고 다시 잠을 청했다. 새벽 두시였다. 프라하에서 서독 국경까지는 검색을 하지 않는 구간 같았다.
　무슨 소리가 들려 잠에서 깨었다. 멀리서 들려오는 느릿하고 나지막한, 하지만 너무나 위협적인 소리. 누구라도 금방 알아들을 수 있는 소리였다. 창문 하나 없는 벽과 손잡이 없는 문의 비밀언어를 들어본 적 없는 사람일지라도 불안에 떨게 만들 소리였다. 구둣발 소리. 감시견의 헐떡거리는 소리. 나는 창문으로 달려가 블라인드를 올렸다.
　안개가 자욱했다. 기차는 부드럽게 곡선을 그리고 있는 선로 위에 서 있었다. 처음과 끝이 보이지 않을 정도로 기차의 차량이 길었다. 하지만 나는 백 미터쯤 되는 거리에 국경초소라는 이름으로 서치 라이트 조명을 받고 있는 건물을 또렷이 보았다. 포메치였다. 유니폼을 입은 한 떼의 남녀가 끈을 짧게 잡고 개들을 끌고 안개 속에서 기차를 향해 행진해오고 있는 광경도 보였다. 나는 신발을 신고 옷을 입고 웃옷을 걸쳤다.

집에 가고 싶어, 라고 나는 생각했다. 발소리가 가까워졌다. 그 어떤 것에게도, 그 누구에게도 붙잡히고 싶지 않았다. 옆 객실에서 잘 알아들을 수 없는 나의 모국어가 들렸다. 집으로 돌아가겠다고 결심하고 나자 마음이 조급했다. 객실 문이 열렸다.

알고 보니 별일 아니었다. 그들은 범인을 찾고 있었다. 반역죄를 저지른 사람을. 정말 범인이 나무 판자때기 뒤로 기어들어올 수 있다고 믿었던 것일까? 그들은 개머리판으로 지붕을 툭툭 치고 내 침대의 빈자리를 두드려보고는 무릎을 꿇고 바닥을 수색했다. 그들이 가고 나자 나는 그들 중에 그 여자가 있었다는 사실을 깨달았다. 그녀는 텅 빈 눈길을 내게 던졌다. 유니폼 재킷 단추는 채워져 있었다.

나는 잠이 확 달아나 창가에 서 있었다. 무인도가 눈앞을 스쳐갔다. 나는 감시탑과 눈부신 아크등, 철조망으로 옆을 막아놓은 다리를 바라보았다. 작은 숲이 끝나는 자리에 역이 하나 나타났다. 읽어보았다. 쉬른딩. 독일이었다. 승강장에 외로이 서 있는 철도 공무원에게 나는 어떤 모습으로 보일까! 입을 앙다문 끔찍한 유령의 모습. 며칠 전 갑자기 무슨 변덕인지 집으로 돌아가고 싶어져서 기차를 탔는데, 우연히 이런 사건을 겪게 되자 계획을 방해받은 사람처럼 집으로 가야 한다는 그 한 가지 생각만 집요하게 물고 늘어지고 있는 한 여자.

네 눈은 침엽수와 활엽수, 햇빛을 받은 골짜기, 담으로 둘러싸인 농가 위로 미끄러져갔다. 아름다운 유월이지만 밖에서 뛰노는 가축은 별로 없었다. 너는 고향으로 가는 중이다. 프라하에서 기차를 갈아타고, 다시 버스를 갈아타고 모라비아에 도착했다. 고향이 가까워질수록 고향 마을의 색깔과 햇빛이 더욱 선명하게 기억난다. 특히 태양이 언덕 뒤편으로 떠오르는 이른 새벽의 첫 햇살이 아직 어렴풋이 기억에 남아 있다. 대여섯 살 때였을 것이다. 길이 가파르다. 오는 길에 소사나무와 옥수수밭, 거대한 쓰레기 더미를 눈여겨보지 않았다는 생각이 든다. 아마 보고 싶지 않았기 때문일 것이다. 우선 그 식당으로 가보자. 마을 제일 꼭대기에 있어 세 갈랫길이 모여들던 곳, 여름이면 앞뜰에 장작불을 피워놓고 축제를 열던 곳. 축제 때면 너는 장밋빛 하늘을 등에 업고 백파이프 소리가 울리는 가운데 가슴을 부풀리고 리본으로 장식된 식탁 주변을 우쭐대며 돌아다니던 수탉에게서 눈을 떼지 못하고…….

　버스가 종점에 도착했다. 나는 버스의 계단 끝에 서서 앞을 바라보았다. 그래, 저기가 그 식당이다. 호스티네크 나 비홀레데크. 제대로 읽지도 못하는 그 단어조차 내게 가슴 뭉클한 감동을 주었다. 나는 주위를 살펴보다 그만 웃음을 터뜨리고 말았다. 전망 좋은 식당…… 전망 좋은 식당…… 전망이 좋다고? 앞은 쓰레기로 둘러싸인 콘크리트 사일로에 옆은 주유소인데도? 닫혀 있는 문을 열려던 순간 나는 손으로 쓴 글씨를 발견했다. 16시에서 18시까지 영업. 그랬었다. 사람들은 일을 끝낸 후 이곳에 들러 가볍게 한잔 걸쳤다. 식사는 하지 않았다. 물론 숙박도 불가능했다. 할 수 없지. 저 아스팔트 길을 걸어내려가야 한단 말인가? 저쪽 언덕 너머에 내가 어릴 때 살던 집이 있을 것이다. 그네와 높이가 십 미터는 될 뽕나무와 함께. 왜 그래? 왜 금방이라도 웃음을 터뜨릴 것 같은 표정을 짓고 있는 거야?

　그런데 이곳은 왜 이리도 조용할까?

그래, 정말 조용했다. 나는 꽃이 만발한 좁고 긴 풀밭을 지나 길을 내려왔다. 자동차들이 최고 속력으로 아슬아슬하게 내 곁을 스쳐갔다. 언덕 옆으로 들판이 펼쳐져 있었다. 경작을 한 곳도 몇 군데 있었다. 옥수수, 귀리. 저 멀리서 트랙터 소리가 들렸다. 산들바람이 불었고 쓰레기 더미 위로 비둘기가 날았다. 비둘기들은 파란 하늘을 배경으로 반짝거렸다. 이곳 사람들은 어떻게 이 높은 곳에다 곡물 창고를 지어놓았을까? 왜 들판에 일하는 사람이 하나도 없을까? 저기 저 길고 좁다란 굴뚝이 있는 곳은 이 지방 특산품인 도수 높은 자두주를 만들던 양조장 주인 세벡 남작의 영지가 아닐까? 나는 마당으로 들어가보았다. 짖어대는 개도 없었다. 나는 당황하여 이 황량한 집을 바라보았다. 담은 허물어지고 옆건물은 내려앉아 있었다. 보아하니 저택의 한 층에만 사람이 살고 있는 것 같았다. 냄새가 나는 곳으로 쫓아가보니 우리가 있었다. 흰 말이 빼꼼히 열린 문으로 나를 바라보았다. 콧구멍을 쓰다듬으려고 하자 나를 물려고 했다. 따스하고 너그러운 눈을 가진 소들도 있었다. 너희들은 왜 풀밭으로 나가지 않니? 땅도 충분하고 풀도 넉넉한데. 너희들 엉덩이엔 왜 이렇게 두꺼운 딱지가 덕지덕지 앉아 있는 거니?

마을 거리에 몇 사람이 걸어가고 있었다. 륙색을 멘 한 아이가 나를 향해 상냥하게 인사를 건넸다. 우리집은 바로 이 근처였다. 눈앞에 보이는 듯하다. 제법 크고 아름다운 집. 우리집은 유복한 편이다. 거실에는 멋있는 테이블보가 있고 여기저기 꽃이 놓여 있다. 어머니는 피아노 앞에 앉아 입술을 깨물며 한 손으로 피아노 건반을 두드린다. 귀여운 털북숭이 강아지와 너무나 닮은 손이다. 그녀는 고개를 들고 얼굴을 찌푸리며 말한다.

"이걸 배워야 하나? 이리 와, 정원으로 나가보자꾸나."

강아지는 그녀의 말을 알아듣고 금방 자리에서 일어난다. 정원은 아름답다. 이곳은 자그마한 포도밭, 저곳은 뽕나무, 줄지어 선 사과나무 옆에는 닭장과 돼지우리가 있다. 헛간 뒤는 격정과 생명이 넘치는 장소다. 왼쪽으로는 아라비아 산 경주마의 마굿간이, 오른쪽 차고 안에는 사이드카가 달린 짙푸른 오토바이가 있다. 오슬라바니 설탕 공장의 공장장인 아버지는 일하러 갈 때 오토바이를 타거나 말을 타고 강변을 따라 달려간다. 멀지 않은 거리다. 대략 오 킬로미터쯤 될 거라고 나는 생각한다. 아직도 나는 또렷이 기억할 수 있다……

집에 도착했다. 정말 내가 우리집 앞에 서 있었다. 가슴이 뭉클했다. 눈물이 솟구쳤다. 담도 지붕도 내 기억과 똑같았다. 다만 일층이 가게로 변해 있어 이상했다. 나는 쇼 윈도로 다가가 잠시 가만히, 침착하게 안을 들여다본다. 설탕, 콩, 잼, 과자, 휴지. 그리고 창문에 쓰인 하얀 글씨를 읽어본다. 스미셰네 츠보쥐. 아마 필요한 건 전부 다 있다는 뜻일 것이다. 그런 다음 나는 정원을 돌아본다. 분명 예전보다 작아졌다. 옛날의 뽕나무는 어디 갔는지 없고 사과나무도 사라져버렸다. 하지만 쭉 찢어진 물빛 눈을 뜨고 나를 향해 달려오는 염소는 사랑스럽다. 나는 그 딱딱한 머리를 주먹으로 눌러본다. 염소도 머리로 내 주먹을 밀친다. 아가야, 싸우고 싶니?

갑자기 소리가 들려왔다.

"아회!"

나는 돌아보았다.

몇 걸음 떨어진 곳에 블론드빛 머리의 한 여자가 서 있었다.
그녀는 나를 보고 웃었다.
"아회!"
그녀는 다시 똑같은 소리를 내더니 고개를 약간 숙인다. 한 손은 네 살쯤 되어 보이는 여자아이의 손을 잡고, 다른 손은 감자가 들어 있는 큰 황마 자루를 실은 손수레의 손잡이를 쥐고 있다.
그녀는 무언가 설명을 하기 시작했다. 내게 무언가를 물었다. 그리고 집을 가리켰다. 나는 그녀의 넓고 아름다운 얼굴을 찬찬히 살펴보았다. 내 또래쯤 되어 보였다. 무슨 말을 하고 있는 걸까?
"전 여기 살았어요."
마침내 내가 입을 열었다. 나도 모르게 영어가 튀어나왔다.
"47년 여름에 엄마와 함께 이곳을 떠났어요."
그러자 믿을 수 없는 일이 일어났다. 회색빛 눈이 둥그레지더니 그녀가 나를 알아보았다.
"마그다!"
그녀는 아이의 손과 손수레 손잡이를 내려놓고, 양손을 벌리고 달려와 나를 끌어안더니 내 등을 톡톡 두들기고는 내 어깨를 부여잡고 다시 한번 나를 바라보았다. 그리고 나를 놓지 않았다.
"마그다…… 마그다 레츠코바!"

밀레나 체포바는 나처럼 이 마을에서 태어났다. 우리는 어린 시절 함께 놀던 친구였고, 어머니끼리도 친했었다. 내가 그녀의 영어에 익숙해지기까지는 한참 걸렸다.
"같이 가자."

그녀는 기쁨에 겨워 이렇게 제안했다.

"우리집은 여기서 백 미터쯤 떨어진 모퉁이에 있어. 우리집에 가서 며칠 있다 가."

그녀는 허리를 굽혀 다시 아이의 손을 쥐었다.

우리는 손수레를 끌고 마을 거리를 지나갔다. 열두시 십오분이었다. 그리고 박공 지붕이 얹혀 있고 아름다운 헛간이 외따로 서 있는 집에 도착했다. 바람에 정원의 버찌와 뽕나무 내음이 실려왔다. 베란다 아래쪽에 소파가 하나 놓여 있었다.

밀레나는 집과 헛간을 가리켰다.

"대장간. 이 집은 대장간이었어."

그녀가 환한 얼굴로 말했다.

우리는 비탈진 작은 풀밭을 내려가 부엌으로 감자를 끌고 갔다. 네 살배기 엘리는 수줍은 듯 나를 쳐다보았다. 밀레나는 문을 열고 나를 거실로 데려갔다. 창문이 열려 있었고 햇살이 실내로 비쳐들었다. 거실에는 남자아이 둘이 있었다. 하나는 둥근 머리에 속눈썹이 길고 뺨이 부드러워 요정 같아 보이는 일곱 살 난 쿠바였다. 또하나는 아홉살 난 마체인데, 그 녀석은 미카도 놀이막대를 손에 쥐고 있다가 탁자 위에 내려놓고 내가 보는 앞에서 흩뜨리고는 검은 눈을 반짝이며 나를 바라보았다. 나는 손을 뻗어 흔들어대다가 숨을 죽이고 정확하게 제일 위쪽의 막대를 집어들었다.

밀레나가 밥 먹으러 오라고 불렀다. 흰 치즈와 양파를 얹은 빵에 차와 따뜻한 자두 크뇌델(서양자두 한 개가 든 경단—옮긴이)이 차려져 있었다.

"먹어봐, 마그다."

밀레나가 김이 피어오르는 하얀 경단이 담긴 접시를 내 앞으로 밀었다.

"슈베스트코베 크네들리키야. 맛있을 거야."

밀레나와 남편은 나를 생각해 영어로 대화를 나누었다. 그날 오후 상냥한 유대인 법률가인, 밀레나의 남편 이르지와 인사를 나누었을 때 나는 그들이 영어를 할 줄 아는 이유를 알게 되었다. 이르지는 암스테르담과 런던에서 살았다. 시민 사회의 삶이 그를 유혹했던 것이다. 비싼 자가용, 자유, 신문을 소유하는 것이 원칙적으로 범죄가 될 순 없을 테니 말이다.

"아, 이 나라는 비극입니다!"

이것이 이르지가 나를 데리고 들판과 강을 따라 내 고향 마을의 인근 지역을 돌아다니며 집과 마당을 안내해주고 마을 사람들과 인사를 시켜주면서 계속 내뱉던 말이었다.

"누구야?"

사람들은 그에게 물어보곤 했다.

한 과부 아낙은 돼지 먹이를 주러 가면서 나를 데리고 갔다. 그녀는 걸쭉한 먹이에서 불그스름한 주둥이를 쳐드는 돼지에게 말을 붙였다. 그러면 돼지는 그녀의 말을 가만히 듣고 있다가 대답하듯 꿀꿀거렸다. 한 선생은 그가 키우고 있는 비둘기들을 보여주었다. 비둘기들은 헛간 벽에다 각자 예쁜 집을 지어놓고 살고 있었다. 원래 자기 가족의 소유였던 전원적인 건물에 페인트 칠을 하느라 정신이 없던 물방앗간 관리인은 일을 중단하고 샴페인 병마개를 땄다. 이르지는 내가 누구인지 설명했다. 이렇게 몇 번 더 문이 열렸고 술병의 코르크 마개가 열렸다. 사람들은 환하게 웃었다.

울음을 터뜨린 사람들도 있었다. 모두들 내 아버지와 어머니, 그리고 블론드빛 머리의 어린 딸을 아직도 생생하게 기억하고 있었다.
"정말 비극입니다."
인적 드문 숲을 지나 집으로 돌아오던 길에 이르지는 또한번 그렇게 말했다. 돌아다니면서 너무 먹은 탓에 저녁 생각이 전혀 없었다.
밀레나는 이 마을 순회공연에 한 번도 따라나서지 않았다. 결혼한 지 십 년 만에 엄마가 된 이 아름다운 여자는 자신의 선택에 열과 성을 다했다. 이른 아침, 돌난로 앞 침대에 누워 있자면 부엌에서 아이들을 보살피고 있는 그녀의 소리가 들렸다. 집안일을 하는 그녀를 방해하지 않기 위해 나는 라디오 소리가 나지막히 들려오고, 이슬에 젖은 채소가 조리대에 놓이고, 그녀가 커피 메이커의 양쪽을 돌려 조립하며 환한 햇살 속에서 나를 향해 돌아볼 때쯤 모습을 나타냈다. 나도 그게 편했다. 비스킷. 빨랫줄에 걸린 내 옷가지. 나의 안전과 행복을 걱정하는 한 여자. 밀레나는 내 친구이자 어머니요, 무엇보다 내 자매이다. 우리가 집 앞 따뜻한 외벽에 등을 기대고 앉아 이야기를 나누었던 첫날 밤, 나는 우리가 1945년 봄 같은 지하실에 숨어 있었다는 사실을 알게 되었다.

우리는 닭들을 놓아주었다. 폭격이 임박했다. 러시아군이 브르노로 진군해오고 있다는 소문이 나돌았다. 우리 마을은 비행장으로 가는 길에 있었다. 명중탄이 떨어질 경우를 대비해 제 가고 싶은 대로 날아가도록 닭들을 풀어주는 편이 훨씬 나았다.
어머니와 나는 이웃집 포도밭 주인의 지하실에 숨었다. 그의 이름은 흐루베크였다. 우리 셰퍼드도 데리고 갔다. 서너 가족과 함께 우리는 큰 나무통 사이에 매트리스를 깔고 누워, 머리 위에서 결판이 나게 될 전쟁에 귀를 기울였다. 휘파람 소리, 폭발음, 기관총 소리를 들으며 다들 누가 이길 것인가를 짐작해보려고 애를 썼다. 사람들은 우리가 이 농가에 도착하던 순간 짐을 꾸리고 있던 독일 무전 통신사의 말이 무슨 의미인지 곰곰이 생각해보았다. 기다리는 수밖에 없지. 러시아군이 들이닥치면 너희들도 별 재미 없을 거야.

닷새째 되던 날, 날이 저물어갈 무렵 사방이 쥐죽은듯 고요했다. 카바이드 등불 아래 궁금해하는 눈빛들. 가만히 앉아 있는 것이 최선이었다. 아기의 입술에는 꿀 한 방울을 떨어뜨려놓았다. 아기를 울리지 않기 위해서였다. 그때 구둣발 소리가 들렸다. 그 소리는 길 위에서 쿵쿵거렸다. 낯선 말소리가 더욱더 또렷해지고 커졌다. 계단을 내려오는 발소리, 우리는 모두 문만 쳐다보고 있었다. 문 두드리는 소리. 우리 중 누군가 서둘러 문을 열었다.

내 생애 단 한 번도 그렇게 생긴 사람들을 본 적이 없었다. 두 사람의 군인은 얼굴이 넓었고 코가 납작했으며 양끝이 올라간 눈에 눈동자가 까맸다. 몽고인들이었다. 그들은 지하실로 들어와 웃지도 인사를 건네지도 않은 채 우리를 쳐다보았다. 둘 중 하나가 블론드빛 머리의 아름다운 우리 어머니에게 관심이 있는 것 같았다. 그가 어머니에게 다가갔다. 하지만 그의 동료가 자동권총으로 우리에게 계단으로 올라가라는 신호를 보냈다. 우리는 아무 탈 없이 그곳을 빠져나올 수 있었다.

밖으로 나오자 저녁 황혼이 눈부셨다. 쇳가루 맛이 나는, 목구멍에 걸려 넘어가지 않는 공기였다. 나는 군용 트럭과 오토바이, 말 탄 몽고 군인들과 여자들을 보았다. 군복으로 감싼 가슴 위에 탄띠를 대각선으로 메고, 싸우는 개처럼 흔들림 없는 시선으로 주변을 돌아보며 명령을 내리던 여자들.

우리는 어둠을 헤치고 집으로 걸어갔다. 어머니와 개, 무슨 이유에서인지 어머니가 맡게 된 두 어린 남자아이, 그리고 나. 집까지의 거리가 1.5킬로미터도 채 되지 않았지만 우리는 족히 한 시간을 걸어서 집에 도착했다. 나는 폐허가 된 길가에서 몇 번씩이나 회색빛의 둘둘 말린 형체를 보았다고 생각했다. 그곳에 우리집이 있었다. 그곳에 우리 정원이 있었다. 정원 잔디밭에는 활활 타고 있는 장작 불빛을 받으며 장갑차가 서 있었다. 우리는 말없이 마당으로 걸어갔다. 가는 곳마다 러시아 군인들이 누워 있었다. 여덟 명이었다. 집 안에서 장교 하나가 나와 우리 쪽으로 다가왔다. 그는 어머니에게 프랑스어로 인사를 건네고 곤드레만드레 취한 자기 병사들을 대신해 사과를 하고는, 위층으로 올라가면 털끝 하나 건드리지 않겠다고 말했다.

그의 시선은 어머니를 지나 우리 아이들을 훑고 지나갔다. 나는 그가 미소를 지으며 머리를 흔드는 모습을 보았다. 그의 얼굴에는 나쁜 일을 꾸미고 있는 아저씨의 표정이 서려 있었다. 그는 부엌으로 들어가 회중전등을 들고 돌아와 우리에게 따라오라는 손짓을 했다. 헛간 구석 부드러운 건초 더미 속에 달걀 몇 꾸러미가 들어 있었다.

과거로 사라지지 않는 사건들이 있다. 그런 사건들은 한 번만 일어나는 것이 아니라 계속 반복된다. 그리고 세월이 아무리 흘러도 살아남는 엄청난 힘이 있다. 움직임뿐 아니라 마비까지도. 흘러가는 시간뿐 아니라 정지상태의 순간까지도. 구월의 어느 날 아침 현관 문을 열었을 당시 나는 아직 어린아이였다. 여섯 살을 몇 달 앞두고 있었다. 나는 한 손으로 빗장을 옆으로 밀고, 다른 손으로 자물쇠의 고리를 눌렀다. 문이 뻑뻑했기 때문이다. 신경질이 났다. 바깥에서 들려오는 비명소리와 개머리판이 덜거덕거리는 소리, 머리를 풀어헤친 채 난간 너머로 몸을 구부리고 속삭이는 어머니의 명령 때문에 나는 불안했다. 문이 열리고 사건이 시작되었다.

아버지는 1944년 9월에 밀고되었다. 그때까지 독일인들은 그를 건드리지 않았다. 아마 아리안 여자와의 결혼이 그 이유였을 것이다. 아침마다 출근을 하기 전에 아버지는 간밤에 몰래 들었던 BBC 방송 내용을 타자로 치기 시작했다. 그 내용을 그는 언덕에 숨어 있는 파르티잔에게 보냈다. 호칭으로 보아 공장장은 아니었지만 그는 여전히 공장 일을 책임지고 있었다. 그날 아침도 여느 때와 다를 바가 없어 보였다. 나는 엄마 아빠의 침대로 기어올라가 따스한 새털 쿠션을 베고, 면도를 하고 있던 아버지를 바라보았다. 거품이 귀까지 묻어 있었고 아버지의 입술이 유달리 붉었다. 아버지는 거울 속에서 내게 윙크를 하며 이따금씩 동물 오케스트라에 관한 재미있는 노래인 〈타취 카펠라〉를 흥얼거렸다. 트럭이 우리 집 앞에 멈추었을 때 아래층에는 나밖에 없었다. 나는 부드러운 목욕 가운을 입고 부엌에 앉아 코코아가 담긴 그릇을 감싸쥐고 있었다. 나는 귀를 기울였다. 밖에서 비명소리가 들렸다. 트럭은 시동을 켠 채 그 자리에 서 있었다. 나는 계단 쪽으로 달려갔다. 어머니가 난간 너머로 몸을 굽히고 있었다.

　나는 현관에 서 있다. 꼼짝 않고, 눈썹 하나 까딱하지 않고 게슈타포 남자들을 바라본다. 그들은 집으로 들어오려고 한다. 나는 아무 느낌이 없다. 장화와 가죽 허리띠, 총이 보인다. 내가 그들 앞을 가로막고 있다는 생각도 하지 못한다. 그러자 손 하나가 나를 옆으로 밀친다. 행동이 격해 나는 옷걸이에 걸린 재킷 사이로 넘어진다. 풀과 비의 내음을 맡으며 나는 아버지의 체포와 관련된 엄청난 소음을 듣고 있다. 오래 걸리지 않는다. 남자들이 서둘러 계단을 내려온다. 아버지가 한가운데에 있다. 머리는 산발이고 낡은 재킷을 입고 있다. 나는 아버지의 얼굴 표정을 정확히 알아보지 못한다. 손수건으로 입이 틀어막혀 있었기 때문이다. 고개를 들지도, 옆을 돌아보지도 못한 채 아버지는 곧장 내 곁을 지나 집 밖으로 끌려나간다.

　영원히 정지된 유월의 나날들이었다. 책임도 의무도 없는 시간이었다. 풀밭을 내다본다. 하늘을 가리고 있던 버찌나무를 바라본다. 시간을 초월한 듯한 밀레나의 조용한 일상은 세상으로 향한 나의 시야를 차단해주었다. 그곳에는 젖은 머리에 깨끗한 티셔츠로 갈아입고서 차례차례 밖으로 나오는 마체와 쿠바와 그들의 아버지가 있었다. 고양이와 토마토와 잔디밭 살수기가 있었다. 벌써 다 컸지만 아직도 가끔씩 엄마한테 설탕 탄 우윳병을 얻어내는 네 살배기 엘리를 볼 때마다 나는 생각했다. 나는 저 아이와 똑같아, 라고. 어린 시절 믿었던 잘못된 생각들을 다시 한번 믿어보고 싶어졌다. 사물은 영원한 거라고. 사필귀정이라고. 담배를 집으려고 몸을 옆으로 돌렸다.

가끔은 나도 집안일을 도왔다. 설거지를 하고 빵을 사러 제과점에 갔다. 빵을 안고 내가 살던 집을 지나치는 횟수가 많아질수록 그 집이 진심으로 나를 환영하고 있다는 생각이 들었다. 때로 이층 창문이 열려 있고 창턱 위로 이리저리 커튼이 날리기도 했다. 그리고 저 바보 같은 상점이나 볼품 없는 정원이 그 집의 책임도 내 책임도 아니라는 사실을 깨닫기 시작했다. 의미 있는 것은 하나도 없다. 의미 있는 것은 그저 창을 통해 그 집 안으로 흘러드는 여름 공기뿐이었다. 조금도 변하지 않은 여름 공기, 단 한 번도 내 곁을 떠나본 적이 없고, 붉은 개양귀비를 담고 거울 앞에 놓여 있던 푸른 꽃병이나 한겨울 언덕 위에 떠 있던 커다랗고 하얀 달처럼 항상 그 자리에 있어온 여름 공기. 나는 길 한가운데에 멈춰 섰다. 이제 나는 텅 비었다고, 과거로부터 자유로워졌다고 생각하던 순간, 아버지를 따라 공장으로 가던 시간의 설레임이 꿈처럼 선명하게 떠올랐다. 여름날 아침 가끔 우리는 오슬라바 강을 따라 오리나무 숲이 늘어선 길을 말을 타고 달렸다. 그 모든 것들이 떠올랐다 사라졌다. 수풀과 강, 수풀과 강. 다만 아버지와 암말, 그리고 내 모습만은 사라지지 않았다. 우리는 금세 설탕 공장에 도착했다. 암말은 마구를 벗겨 목초지에 풀어놓았다. 아버지와 나는 긴 창문이 달린 방에 앉았다. 아버지는 가무잡잡하고 긴 얼굴에 밝은 표정을 띤 채 전화를 하고 뭔가를 썼으며, 나는 커다란 책에 검은 선으로 그려진 곰과 기린을 빨간색과 초록색으로 색칠했으며…….

내 옆 풀밭에 누운 밀레나에게 내가 말했다.

"슬슬 집으로 돌아갈까 생각중이야."

다음날 아침 떠날 예정이었기에 나는 작별인사를 하러 집을 나섰다. 마을을 한 바퀴 돌아야 했다. 나는 밀레나의 자전거를 얻어 타고 아주 스포티한 차림으로 서둘러 아스팔트 길을 내려갔다. 귓가를 스치는 바람, 내 품으로 달려드는 나비. 내가 떠난다는 사실이, 이 포도밭으로 뒤덮인 언덕이 아무리 보아도 싫증이 나지 않는다는 사실이 우스웠다.

교차로에서 누군가 부르는 소리가 들렸다.

"테토!"

나는 두리번거리다가 자전거를 타고 황급히 나를 쫓아오는 비쩍 마른 꼬마를 발견했다.

"테토!"

나를 따라잡자 그는 다시 한번 불렀다.

"아줌마!"

마체가 나를 따라왔던 것이다. 우리는 이야기를 나누기 시작했다. 체코의 꼬마 아이와 나. 한동안 말없이 나란히 달리다가 마체는 우리 사이를 가로막는 언어 문제의 해결책을 발견했다. 그 아이의 부모와 내가 도저히 알아들을 수 없는 말로도 서로 의사소통을 하는 것과 뭐가 다르겠는가! 나는 미친 여자가 아니라 상냥한 아줌마였다. 아이는 자전거의 속도를 늦추더니 나를 힐긋 쳐다보다 먼 곳을 가리키고는 오해의 소지가 없는 방법으로 무언가 설명하기 시작했다. 마구 지껄이다가 말의 속도를 늦추고, 다시 말을 빨리 하다가 이마를 찌푸리며 생각에 잠겼다. 그리고는 더듬더듬 결론을 내리고 미소를 지었다. 끝. 아이는 나를 쳐다보았다.

나는 전적으로 동감이라는 뜻으로 짧은 웃음을 보였다. 그리고 생각했다. 체코어는 발음이 명확한 언어로구나. '아' 음이 참 많구나.

　오르막으로 접어든데다 갈수록 길의 상태도 나빠졌다. 아스팔트가 부서져나간 곳도 몇 군데 있었다. 자전거가 뒤로 미끄러지는 창피를 당하지 않기 위해 둘다 사력을 다했다. 꼭대기가 눈앞에 보였다. 잠시 휴식, 과장되게 내몰아쉬는 숨, 웃음. 아이는 다시 말하기 시작했다. 나는 귀기울여 들었다. 이번 주제는 단호하고 설득력 있는 억양을 요했다. 아이는 가끔 고개를 옆으로 돌려 내가 고개를 끄덕이고 있는 것을 확인하고서 다시 말을 이어나갔다. 말. 말은 알고 있는 것을 털어놓는 것이 아니다. 전하고 싶은 것을 털어놓는 것이다.

　마지막 문장은 이랬다.

　"……스타라브라나콜라취!"

　뭔가 대꾸를 해야 할 것 같아서 나는 그냥 마지막 말을 따라했다.

　"콜라취!"

　아이는 진지한 표정으로 고개를 젓더니 내 발음을 교정했다.

　"콜라취!"

　엘을 더 많이 굴려야 했다.

　"콜라취!"

　맞았다. 아이는 만족한 표정으로 고개를 끄덕였고, 이 단어는 그렇게 넘어갈 수 있었다. 그건 그렇고 마체가 속도를 약간 늦출 수는 없는 걸까? 우리는 꽃밭 한가운데로 나 있는 길을 달렸다. 피부에 와 닿는 공기의 느낌이 장미꽃잎 같았고 장미꽃 향기를 풍겼다. 이 아이에게 어떤 언어로 말하면 좋을까? 이국적인 네덜란드어가 그의 체코어와 대적할 수 있을 것 같다. 나는 잠깐 생각에 잠겼다가 헛기침을 하고는 그가 나를 가만히 쳐다보고 있을 때 내 남편과 개, 네덜란드 서쪽 해안에 있는 우리집을 설명하기 시작했다. 마음속에 있던 말을 전부 후련하게 털어놓았었는지는 잘 모르겠다. 하지만 이야기를 하는 것이 즐거웠던 것 같다. 공범자끼리만 지을 수 있는 즐거운 표정으로, 내게 웃음을 보내는 마체의 얼굴을 자꾸만 쳐다보았으니까.

"튤립 철이 되면 정말 아름다워. 온 마을이 비누를 넣어놓은 옷장처럼 향기로 가득하단다."

나는 그렇게 결론을 맺었다.

모라비아의 언덕. 오슬라바 강. 작별과 귀향. 나는 푸른색 운동복을 입은 아홉 살 소년 마체를 생각한다. 나를 약간 앞지르고 싶을 때면 그는 일어서서 페달을 밟았다. 자전거의 왼쪽으로 기울었다 오른쪽으로 기울었다 하던 그의 작고 마른 몸뚱이를 생각한다. 자전거를 생각에서 지우면 그는 허공에서 즐겁고 신비한 춤을 추고 있다.

집으로 돌아와 나는 밀레나에게 "콜라취"가 무슨 뜻이냐고 물어보았다.

"콜라크!"

그녀는 그 말을 따라하며 웃었다.

"케이크라는 뜻이야."

그 말이 떨어지자마자 마체는 당장 일을 시작했다. 나를 위해 버찌 케이크를 구워주려고 했던 것이다. 내일 기차 안에서 내가 굶어죽지 않도록 말이다. 그는 밀가루 무게를 달고 난로에 불을 지피는 일만 어머니의 힘을 빌렸을 뿐 나머지는 손도 못 대게 했다.

한동안 그들은 케이크를 굽느라 부산했다.

날이 밝자마자 기차는 뉘른베르크에 닿았다. 기차에 시달린 승객들이 매점과 신문 가판대로 달려갔다. 다른 가게는 아직 문이 닫혀 있었다. 나는 승객들의 물결에 휩쓸려 승강장 위를 흐느적거리다가 아직 텅 비어 있는 선로를 쳐다보고는 커피 자판기 앞에 줄을 선 사람들 뒤에 가서 섰다. 기차가 들어오자 모두들 서로 먼저 타려고 아우성을 쳤다. 슬로바키아 여자 셋과 아기를 안은 두 집시 여자와 함께 나는 간밤 이 기차가 지나온 구간의 유황 냄새가 희미하게 남아 있는 차량 안에서 빈 객실을 찾아다녔다. 어렵게 객실을 발견한 우리는 발 사이에 가방을 내려놓고 팔짱을 낀 채 차가 출발하기를 기다렸다.

뷔르츠부르크 지방까지는 모든 것이 순조로웠다. 기차가 한 시외 역에 정차하였고, 블론드빛 머리에 목이 붉고 두꺼운 나무처럼 뻣뻣한 철도 공무원이 우리 객실의 문을 열었다. 그 남자는 화가 난 것 같았다. 그는 손톱으로 유리창 바깥쪽에 붙어 있던 종이 테이프를 툭툭 치며 글을 읽을 줄 모르냐고 물었다. 아무도 대답하지 않았다. 그러자 그는 가슴을 쑥 내밀고 우리에게 그의 근무 지침을 늘어놓았다. 이곳은 아이가 있는 엄마들만 타는 객실이라는 것이었다.

"나가요!"

그는 그 한마디로 상황을 요약하였다.
"모두 나가요!"
우리가 짐을 챙기고 있는 동안 벌써 아이를 데리고 온 엄마 하나가 문 앞에 나타났다. 그 젊고 아름다운 여자는 무심한 표정으로 아이를 끌어안고 우리 곁을 헤집고 들어왔다. 그리고 여행의 고단함도 잊은 채 엄마 노릇에 여념이 없었다. 철도 공무원이 객실 문을 닫았다.
나는 복도에 서 있었다. 슬로바키아 여자 하나가 가늘고 시커먼 담배 한 개비를 주었다. 연기 때문에 눈이 맵고 가슴이 찌르는 듯 아팠지만 소리라도 지르고 싶을 만큼 기분이 좋았다. 나는 풍경을 등진 채 창에 기대어 피곤과 몰려오는 잠, 두려움과 불쾌감, 그 모든 것을 무시하고 지붕처럼 내 어깨 주위에 드리워 있는 완전한 고독에만 몰두했다. 잠든 아기를 품에 안은 집시 여자는 내 옆 접는 의자에 앉아 있었다. 그녀의 얼굴은 무감각하고 수줍어 보였다. 그래서 발치까지 오는 긴 치마와 찌그러진 가방에도 불구하고 있는 듯 없는 듯했다. 기차가 덜컹 하며 출발했다. 건널목에서 벨 소리가 울렸다 이내 사라졌다. 내 바로 맞은편 유리문 뒤에서 아기 엄마가 아이에게 키스를 하고 보온병에서 우유 한 잔을 따랐다. 스낵카가 지나갈 때마다 우리는 길을 내주기 위해 발끝을 세워야 했다. 가죽 재킷을 입은 판매원은 객실 문을 차례차례 열고 가벼운 몸짓으로 물건을 팔았다. 우리 앞의 아기 엄마도 커피와 빵을 샀다. 우리들만 물건을 사지 않았다. 우리만 다른 인간이었다. 슬로바키아 여자들은 검은 빵을 꺼냈다. 집시 여자는 가슴에 두르고 있던 붉은 숄을 풀어 아기를 덮어주었다. 나는 사각으로 잘라 하얀 종이 손수건으로 말아놓은 버찌 케이크를 풀었다.

집으로 가는 길. 내 눈길은 유리창 너머의 작은 오아시스, 신기루에 가 멎어 있었다. 그리고 생각했다. 집과 주소, 거주지, 이런 것들이 무슨 의미가 있을까? 이젠 정확히 기억할 수도 없다. 그곳, 복도에 서서 제 갈 길을 가고 있는 사악한 인간들 틈에 끼여 나는—아주 아득한 옛날이었을 것이다—마을 주민들과 보잘것없는 그들의 집을 쳐다보던 유목민들의 경멸에 찬 눈빛을 떠올렸다. 기차가 덜컹거리며 다리 위를 지나갔다. 나는 몸무게를 다른 발로 옮겨 실었다. 피곤하지는 않았다. 나는 해마처럼 눈앞으로 달려오다 햇빛 속으로 흩어지는 가느다란 담배연기를 즐거운 마음으로 쫓아갔다.

긴 여행이었다. 함께 어우러졌다가 이제 차례차례 논리적이고도 수수께끼 같은 이야기가 되어버린 사건과 기호, 지시들의 혼돈. 물론 확실해진 건 하나도 없었다. 아무것도 생각하지 말고 그냥 행동하자. 말하지 말고 바라보자. 이제 곧 넌 다시 출발점으로 되돌아갈 것이다. 모래언덕의 버스 정류장으로. 머릿속에선 이미 소금기를 머금은 바람을 헤치며 달려가 편지를 쓰고 전화를 걸고 일을 하고 누군가를 찾아간다. 다시 너는 과거의 그 여자이다. 나 여기 있어요, 로베르트! 그리고 침대 시트를 매만진다. 정원으로 난 창문은 열려 있다. 내가 변했을까? 더 늙었을까? 아, 그렇지 않다. 모두 나를 알아볼 것이다. 내 몸뚱어리와 내 옷과 내 억양을…… 그 누구도 내 태도에서 내 눈이 더 밝아졌다는 사실을 알아차릴 수 없을 것이다. 거리를 잴 수 있고 어둠 속에서도 볼 수 있다는 사실을 말이다. 다시 그곳에 앉아 신문을 읽거나 친구들을 찾아가서,

나말고는 누구도 알지 못하는 풍경을 바라보며 틈틈이 즐거운 일들을 떠올린다고 해서 무슨 문제가 될까? 그 누구와도 나눌 수 없는 자랑스럽고 야만적이며 은밀한 일들을 떠올린다고 해서…….

 나는 창 쪽으로 돌아선다. 기차는 언덕을 지나가고 있었다. 내일이면 집에 도착할 것이다.

4 맙소사, 어쩌자고 그렇게 그녀를 미워했을까?

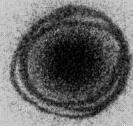
　　　　　　　　이제야, 내 분노가 사라져 허무 속으로,

　　　　　　　　청명한 날 극장에 있을 때면 찾아오는 그런 이해할 수 없는

허무 속으로 가라앉아버린 지금에서야 나는 고백할 수 있다.

　　　　　　　　그녀를 참을 수가 없었다고.

1

　금요일 아침이다. 넬리는 침대에 누워 생각하고 있다. 오늘은 무슨 옷을 입을까? 푸른색 옷? 회색 옷? 모자를 쓸까? 얼굴 위로 약한 바람이 느껴진다. 커튼이 바람에 날리고 있다. 비가 오면 망토를 둘러야지. 지나가는 소형 오토바이 소리가 귓전을 두드린다. 대문이 열렸다 다시 닫힌다. 보통 때였다면 이렇게 침대에 누워 뒹굴고 있으면 머리가 아팠을 것이다. 넬리는 침대에서 아침을 먹는 타입이 아니다. 평소 같으면 무슨 옷을 입을 것인지 아주 정확히 알고 있었을 것이다. 바지와 블라우스, 그리고 오후에 가게에 나갈 때는 재킷이 엉덩이까지 내려오는 검은 아마 정장 한 벌.
　사정상 그녀의 가게는 오늘 영업을 하지 않는다. 다른 상점들도 마찬가지다. 마을은 평정을 유지하고 있다. 이번 주 초 그런 끔찍한 사건이 일어나고, 쌓였던 분노와 원망, 질식할 것 같던 여름 공기가 잿빛 구름에게 자리를 내주고 나서부터 사람들은 서로 문을 열어두고 카운터에 앉아서 개나 아이들을 앞세우게 되었다. 다들 성인(聖人)이 되어버린 것 같다. 성인이 되었거나 공범자가 되었거나. 사람들은 서로를 따뜻한 마음으로 바라본다. 끝까지 말하지 못한 단어들이 허공에 걸려 있다…… 가엾은 마그다…… 넬리는 옆으로 돌아눕는다. 습관대로 한쪽 팔을 쭉 편다.

남편은 집에 없다. 물론 에릭도 오늘 출근을 안 한다. 안과 환자들은 참고 기다려야 한다. 하지만 에릭은 출근을 안 한다고 해서 한번 결심한 리듬을 깨뜨릴 사람이 아니다. 여름이건 겨울이건, 사건이 있건 없건, 여섯시 반이면 밤은 낮에게 자리를 물려주고 떠나야 한다. 아침 일찍 그녀는 목욕탕 문 앞에 서 있던 그를 보았다. 하얀 셔츠에 잿빛 양복을 입고 목을 쭉 뺀 채 넥타이 매듭의 위치를 바로잡고 있었다. 유쾌한 남자. 슬슬 보기 싫지 않을 만큼 머리가 벗겨지고 얼굴에 평온의 빛이 반짝이는 남자. 그가 한 번이라도 목소리를 높였던 적이 있었던가? 나름대로 자신의 세계를 꾸몄고, 그 세계는 변함이 없다. 그러니 균형을 잃을 이유가 어디 있겠는가? 나는 그의 아내다. 그는 내게 마지막 날까지 충실할 것이다. 행복한 결혼. 넬리는 자신이 성공한 여자라고 생각한다. 인정받는 안과 전문의인 남편. 금붙이와 도자기를 파는 가게에 투자한 재산. 황홀감을 주기에 충분한 분위기와 고상한 말들이 난무하는 성생활. 그녀의 아들.

그녀의 아들. 가끔씩 그녀는 이제 열아홉이 된 아들의 존재를 깨닫는다. 말을 더듬고 걸을 때면 헐떡대지만 뇌 손상에도 불구하고 책을 잘 읽는 아이. 하지만 알버트 헤인 네 집에서만 자기 차례가 될 때까지 기다려야 하는 것이 아니라—그래, 그는 납득을 하고 그러겠다고 기분좋게 고개를 끄덕인다—우체국에서도, 버스 정류장에서도, 극장에서도 그래야 한다는 사실을 납득하기가 힘든 아이. 가끔 그녀는 그 아이가 그녀의 피와 살갗 속에 들어 있는 작은 존재처럼 느껴진다. 그의 체온은 그녀의 체온보다 높다. 가끔은 좀처럼 갈증을 해소하지 못할 때도 있다. 그녀는 채소를 사러 갈 때마다 그가 포크를 입에 넣기 전에 당근이나 감자를 전부 혀로 핥아본다는 사실을 떠올린다. 보통 그녀가 기억도 나지 않는 꿈속을 헤매다 깨어나 제일 먼저 떠올리는 사람은 바로 그녀의 아들이다. 하지만 오늘 아침은 다르다. 위층에서 발소리가 들린다. 한순간 그녀의 머릿속에서 모든 것이 정지된다. 그런 다음 생각한다. 오늘 마그다를 땅에 묻을 것이다.

무슨 옷을 입어야 할까? 요즘은 장례식에 반드시 검은 옷을 입고 가야 한다고 생각하지 않는다. 온통 검은색이면 죽은 사람도 짜증이 날 것이다. 차라리 친구들이 평소처럼 모자도 쓰지 않고 알록달록한 옷을 입고 아코디언을 연주하는 것이 더 좋을 것 같다. 나는 너무나 슬픈 장례식장에 고무장화를 신고 나타났던 어떤 과부를 본 적이 있다.

나는 이 마을에서 그녀와 제일 친하게 지냈던 친구였다. 처음에는 그녀가 프랑스에 살아서 가끔씩밖에는 만나지 못했다. 그래도 그녀가 몇 번에 걸쳐 유산을 거듭했다는 사실을 알고 있었다. 또 그녀의 농가에서 보냈던 휴가 동안 내 머릿속도 그녀 못지않게 복잡했지만 그녀가 저녁마다 내 사랑하는 아이와 그네를 타는 것이 그녀에게 얼마나 위안이 되었는지 잘 알고 있었다. 나중에 그녀와 로베르트가 이곳으로 이사를 오면서 우리의 관계는 더 친밀해졌다. 나는 어느 여름날 오후 그녀를 도와 그녀의 서재 소파에 씌울 빙정석 색깔의 비로드를 뒤져 찾기도 했다. 그러고 나서 우리는 술을 마시고 열려 있는 창문을 통해 잔디 위로 떨어지는 햇살을 바라보았다. 이리 와, 홀딱 벗고 나가 선탠하자. 마그다가 말했다. 하지만 나는 고개를 저었다. 다섯시야, 가브리엘이 집으로 올 시간이야. 그럼에도 나는 잠시 광대수염 울타리 뒤 그녀 곁에 누워 있었다. 그리고 불편하고 배긴다고 느끼면서도 옷을 벗을 엄두를 내지 못했다.

맙소사, 어쩌자고 그렇게 그녀를 미워했을까? 이제야, 내 분노가 사라져 허무 속으로, 청명한 날 극장에 있을 때면 찾아오는 그런 이해할 수 없는 허무 속으로 가라앉아버린 지금에서야 나는 고백할 수 있다. 그녀를 참을 수가 없었다고. 처음에는 그녀의 침묵을 친절로 해석했다. 잘난 체한다고 생각해서 대부분의 사람들이 그녀에게 화를 낼 때도 나는 내심 기뻐했다. 마그다는 우리 둘이서 조용히 이야기할 수 있을 때까지 기다리고 있구나. 한번은 갈매기 떼에 둘러싸여 함께 해변을 걷고 있었다. 둘 다 말이 없었다. 나는 그녀를 힐긋 쳐다보고는 헛기침을 했다. 그리고는 같이 여행을 가자고 말했다. 그녀는 그러겠노라고 말하지 않았다. 예전에 우리에게 벨기에의 별장을 소개해주었던 중개업자에 대해서 캐물으며 슬그머니 말을 돌렸다.

그후에도 기회는 여러 번 있었다. 가브리엘 때문에 그녀는 자주 우리집에 들른다. 차 한잔 마시고 가. 나는 그녀를 붙든다. 우리는 잠깐 마주 보며 이것저것 물건을 빌려주고 수다를 떤다. 나는 문설주에 기대어 탐욕 어린 시선으로 그녀를 바라본다. 그녀가 이렇게 말했던 것이다. 네 충고가 필요해, 넬리. 그러고 나서 그녀가 우리 가게에서 보았던 황금 커프스 단추 얘기를 꺼냈을 때 나는 눈꺼풀을 내리깔고 그녀의 배에 주먹을 한 대 먹이고 싶은 충동에 휩싸인다. 구월, 마그다가 돌아온 지 삼 개월이 다 되어가던 어느 날 나는 그녀와 로베르트를 식사에 초대했다.

창과 문을 다 열어둔 더운 저녁이었다. 시간이 꽤 늦었다. 담배 연기가 자욱한 가운데 잠시 숨을 돌린 후 에릭과 로베르트는 다시 힘겹게 대화를 나누고 있었다. 갑자기 내 기분도 가라앉았다. 맞은 편에는 마그다가 앉아 집게손가락으로 조용히 탁자 위에 그림을 그리고 있었다. 마름모꼴의 항상 똑같은 무늬였다. 그녀의 표정에는 전혀 감정이 실려 있지 않았다. 금방이라도 상반신을 이리저리 흔들기 시작할 것만 같았다. 내 마음속에서 분노를 담은 초조가 일었다. 이제 곧 그녀가 고개를 들고 시계를 쳐다보며, 로베르트 너무 늦었어요, 집에 가요! 라고 말할 것이다.

시간이 갈수록 그녀가 가브리엘과 어울리는 것이 언짢아졌다. 왜 그런지 그 이유는 몰랐다.

2

그녀는 위층에서 왔다갔다하는 그의 발소리를 듣는다. 그는 옷을 다 입었다. 구두 소리가 들린다. 머리에서 발끝까지 까맣게 입은 젊은이가 다락방 위를 리드미컬한 걸음걸이로 오가면서 불안을 달래고 있다. 안으로 굽은 어깨와 팔 때문에 그는 앞으로 걸어가기가 힘들다. 그는 발꿈치를 들고 걷는다. 무릎이 튀어나와 있어 눈에 보이지 않는 무언가가 그의 무릎 안쪽을 미는 것 같다. 금방이라도 넘어질 것 같지만 계속 한 발을 다른 발 앞으로 내디뎌서 겨우 균형을 잡는 것 같은 걸음걸이다. 그가 북쪽 창문 쪽으로 흐느적거리며 걸어가면 발소리가 약해진다. 그곳에는 양탄자가 깔려 있고 68밀리미터 망원경이 삼각대 위에 놓여 있다. 넬리는 그가 그 기구를 잠깐 만지리라는 것을 알고 있다. 그는 손가락 끝으로 금속 기구를 툭 건드리거나 나사나 손잡이 같은 것을 약간 밀 것이다. 하지만 허리를 굽혀 접안 렌즈에 눈을 갖다대지는 않을 것이다. 지금 그는 어쩔 줄 몰라 한다. 오늘 그가 치러야 할 의식 때문에 신경이 날카로워져 있는 것이다.

"아줌마가 땅에 묻히나요?"

화요일에 그녀가 조심스럽게 사실을 털어놓았을 때 그가 처음으로 내뱉은 말이었다.

그의 서툰 말솜씨도 그의 단조로운 음성도 그녀의 마음을 아프게 하지 않았다. 그것이 그의 말하는 방식이었다.

"그래."

그녀는 우유를 섞은 차 한 잔을 그의 앞에 놓았다. 여섯시였다.

막 그가 집으로 돌아온 시간이었다. 그는 그녀의 말을 귀기울여 들으면서 양손으로 탁자를 짚은 채 몸을 굽히고 있었다. 퇴근하고 올 때는 언제나 그렇듯 피곤해 보였다. 그는 식탁보를 뚫어져라 쳐다보며 말했다.

"아줌마는 이제 살아 있지 않아요."

"그렇지 않아."

"아줌마는 이제 목소리가 없어요."

"그렇지 않단다."

"이제 『뉴 사이언티스트』에 실린 논문은 어떻게 해요?"

"아빠가 번역해주실 거야."

"아줌마는 이제 글씨를 못 써요. 아줌마 글씨도 어둠 속으로 사라졌어요."

그는 천천히 몸을 흔들기 시작했다. 손을 여전히 식탁에 대고서 머리를 앞으로 밀었다 뒤로 젖혔다 했다. 넬리는 그를 가만히 내버려두었다. 그의 움직임이 더 격렬해지고 심해지자 그녀는 그의 손을 붙잡았다. 그만하라는 신호였다. 그는 다시 얌전해졌고 몇 걸음 방향 없이 걷다가 소파에 털썩 주저앉았다. 창 쪽으로 난 등받이와 함께 몇 년 전부터 언제라도 그를 받아들일 준비가 되어 있는 소파였다.

그녀는 그를 향해, 사방으로 뻗쳐 있는 더부룩한 머리를 향해 미소를 지었다. 그가 슬퍼하면 그녀가 위로할 것이다. 하지만 그의 슬픔과 그녀의 위로는 자꾸만 어긋났다. 무엇이 문제인가 하는 질문이 어머니와 아들, 양측에서 동시에 튀어나왔던 것이다. 그녀는 그 앞으로 찻잔을 밀어주었다. 그는 찻숟가락을 만지작거리다 재빨리 가볍게 차를 젓기 시작했다. 찻잔 속에 소용돌이가 일었다. 여느 때처럼 그의 온 관심이 그 소용돌이를 따라 맴돌고 있었다. 그런 다음 그는 넬리가 기다리고 있던 질문을 던졌다. 계속하여 도망가는 낯선 세계를 외면할 때마다 피할 수 없는 일상적인 질문들.

"언제예요?"

"금요일."

"몇시?"

"열시 반."

"어디서?"

"위령미사는 여룬스 성당이고 장례식은 자위트플리트야."

그는 얼른 혀를 차에 담갔다가 한 잔을 단숨에 마셨다. 숨을 헐떡이면서 그가 말했다.

"그럼 난 검은 옷을 입어야겠네요."

그녀는 모른다. 그의 마음속에 어떤 일이 일어나고 있는지. 그녀는 그의 태도를 살펴보고 그녀에게 전혀 낯설지 않은 그의 감정표현을 바라본다. 눈물, 뚫어지게 쳐다보는 눈길, 더듬거리는 말, 침묵. 하지만 그는 그녀와는 다른 연관관계를 만들어낸다. 갑자기 그가 입을 다문다. 갑자기 그의 동공이 커진다. 더운 여름 한낮에 부들부들 떨며 팔과 다리에 소름이 송송 돋아난다.

그는 검은 옷을 좋아했다. 마을 옷가게에는 아직 해수욕 시즌에 어울리는 옷들뿐이어서 그녀는 그를 데리고 레이든으로 나갔다. 젊은이 취향의 옷가게에는 들를 필요도 없었다. 진은 애초부터 고려 대상이 아니었다. 그의 피부가 거친 소재를 견디지 못할 뿐 아니라 진의 검은 색상은 완전한 검은색이 아니기 때문이었다. 더 팜이라는 이름의 옷가게에서 그들은 원하던 것을 발견했다. 점원은 그에게 새카맣고 부드러운 플란넬 바지를 입히고는 허리띠를 살짝 조여주었다. 가브리엘은 눈을 감고 얌전히 서 있었다. 점원이 살짝 미소를 보냈고 그녀는 희미한 미소로 답을 했다. 아이는 그 자리에 서서 귀를 기울이고 있는 것 같았다. 그녀의 건강한 오성보다 더 예민한 감각기관으로 검은색과 모직물, 깊은 평화, 죽어 금요일이면 땅에 묻히게 될 마그다의 희미하고도 매혹적인 음향에 귀를 기울이고 있는 것 같았다. 저 아이는 마그다의 장례식을 기대하고 있구나, 라고 그녀는 생각했다. 이런 생각은 오늘이 처음이 아니었다.

가브리엘이 눈을 뜨고 말했다.

"이걸로 하겠어요······."

넬리는 점원을 상냥한 눈길로 바라보았다. 아직은 젊은, 아니 이미 흰머리가 얼핏얼핏 보이는 그 남자는 그녀의 아들을 알고 있었다. 그러니 결코 아이에게 돌아서서 거울을 한번 보라고 권하지 않을 것이다.

"재킷도 필요한데요. 재킷에 양말, 셔츠까지 모두 검은색으로 보여주세요."

그녀가 말했다.

점심때가 다 되어서야 넬리와 가브리엘은 집을 향해 출발했다. 그들은 가죽 시트에 앉아 멍하니 입을 다물고 있었다. 넬리가 담배에 불을 붙이자 놀랍게도 가브리엘이 재떨이를 꺼냈다. 그녀는 미소를 지어 보였다. 분명 그는 일종의 만족감을 느끼고 있었다. 이번에는 완전히 그녀와 보조를 맞춘 만족을. 그래, 성과가 좋았다. 그녀는 레인스부르크로 가는 갈림길로 접어들었다. 도로는 한적했다. 그녀의 시선은 들판과 회백색 하늘 아래 몸을 굽힌 채 꽃 속에 서 있던 사람들을 스쳐 지나갔다. 불합리하지만, 소박하게, 그러나 유리처럼 투명하게 그녀의 마음속에서 무언가가 울려 퍼졌다. 그것은 행복이었다. 그녀는 담뱃재를 털며, 이 순간 그녀의 아이가 따스한 마음으로 옆자리에 앉아 수다를 떨고 있다고 상상했다.

가끔 난 참을 수가 없다. 사물들의 부피가 위협적일 만큼 크다. 귀를 막아야 할까? 코와 입을 틀어막아야 할까? 언제나 선글라스를 끼고 싶지만 주변 사람들이 좋아하지 않는다. 그래서 나는 멀리 있는 사물들을 보고 듣는다. 냄새를 맡는다. 무엇이든 아주 가까이 있으면 손가락을 뻗고 혓바닥을 내밀어 만지고 맛을 보며 그것들과 사귄다. 가끔 나는 혐오감을 느낀다. 가끔 나는 발작적인 웃음을 그칠 수가 없다. 음식은 남김없이 먹어치운다. 구역질. 특히 걸음마를 시작한 이후 나는 아침부터 저녁까지 괴롭다. 차갑고 먼 사물들이 커졌다 작아지고 작아졌다 커지며, 그림자의 모습이 변하고 몇 배씩 커진다. 관계를 받아들이려는 노력, 그걸 난 할 수가 없다. 나의 뇌세포들이 싫다고 한다. 나는 몸을 흔들거리며 이리저리 흐느적거리다가 머리를 침대 모서리에 찧는다. 나는 쭞 먹던 힘을 다해 울음을 터뜨린다. 성공이다. 끈적끈적한 액체가 주루루 흘러내린다.

처음에 나는 걷고 싶지 않았다. 누워 있거나 앉아 있거나 서 있어도 조금도 지루하지 않았다. 어느 날 파란 공 하나가 내 발치로 굴러왔다. 내 뒤편에서 와서 내 발치를 스쳐 앞으로 굴러갔다. 나는 그것이 데굴데굴 구르는 거인의 파란 눈동자라고 생각했다. 공이 내 발 앞으로 굴러왔던 그날부터 나는 걷는다. 걷게 된 날부터 나는 내가 날 수 없다는 것을 알게 된다. 그리고 그 사실을 알고부터 나는 날갯짓을 그리워하지 않게 되었다. 오히려 무중력을 그리워하게 되었다. 넌 날고 있다. 넌 육체가 없다. 넌 가차없이 어둠 속으로 떨어진다. 그곳엔 아무것도 없다. 아무것도 너를 만지지 않는다. 그런 공간, 그 부드러운 느낌.

온갖 대상들 중 제일 먼저 인간들이 여기저기 널려 있다. 그들의 얼굴이 말을 하고 웃는다. 그들은 손을 내밀어 너를 만진다. 네가 싫다고 생각하는데도, 피부를 만지는 건 내가 하고 싶은 일이야, 라고 생각하는데도 말이다. 그리고는 이해하지 못할 것들을 묻는다. 나는 그들을 피한다. 나는 그들의 말을 따라서 이름이 뭐냐고 묻는다. 그걸로 충분하다. 처음에 나는 말을 하고 싶지 않았다. 나는 쇠재떨이를 들고 그것을 세로로 세워놓고는 엄지와 나머지 손가락으로 툭 건드린다. 재떨이는 빙그르르 돌면서 자기의 비밀을 털어놓는다. 말이 왜 필요할까? 말의 체계가 왜 필요할까?

처음에 나는 엄마의 말을 이용했다. 내가 말을 했다. 그녀가 웃으면서 손을 내밀었다. 나는 그녀의 말을 따라 했다. 내 목소리가 거기 있었다. 이제는 다른 말들이 내 관심을 일깨운다. 271페이지, 오른쪽 난, 나는 읽으며 기억한다. 형광색소, 형광성, 형광성을 지닌, 형광을 발산하다, 불소 화합물, 불소를 가하다, 불소를 가하기, 불소, 잔털…… 나는 웃음을 터뜨린다.

나는 밤이 좋다. 모든 대상이 왜곡되고 이상해지는 밤이면 나는 꿈을 꾸거나 침대에서 내려온다. 그리고 양탄자 위에서 발을 바꾸며 68밀리미터 굴절망원경에 눈을 갖다댄다. 구름 없는 어두운 밤하늘에서 둥글게 뭉친 하얀 점들을 바라본다. 너무 가까이 있어 조금만 있으면 손과 혓바닥을 내밀어 잡을 수 있을 것만 같다. 하지만 나는 눈을 떼지 못하고 계속 보고 있을 뿐이다. 어둠과 고요 속에서 웃음이 터질 것만 같다. 내 몸과 눈이 있음에도 내가 아직 태어나지 않았을지도 모른다는 생각이 너무도 강렬해진다.

3

임신과 출산은 어느 모로 보나 정상적이었다. 유월에 그녀는 두 달째 생리가 없다는 걸 깨달았다. 그녀는 해변에서 돌아와 침실로 들어가서 조용히 거울에 몸을 비추어 보았다. 팔과 다리, 어깨의 색깔이 목욕 가운으로 가려진 부분과 대조를 이루었다. 여름 오후의 햇살을 받아 빛나는 창백한 피부, 배꼽과 가슴. 아직은 아무 표시도 나지 않았다. 그녀는 양손을 배에 대고 그 안에서 규칙적인 속도로 분할을 거듭하고 있는 존재를 생각했다. 그리고 정확하지는 않았지만 머릿속으로 계산을 하기 시작했다.
"일월이야."
그녀는 나지막한 소리로 말했다.
"일월, 일월 말이야."
그런 다음 찾아온 모성애. 모성애는 많은 여자들의 경우처럼 임신을 했다고 생각하는 순간부터, 혹은 출산을 한 날부터 시작된 것이 아니었다. 넬리의 모성애는 생각 없이 빵을 베어물면서 몸 속에서 작은 뱀장어가 버둥거린다고 느낄 때 시작되었다. 그녀는 숨을 멈추고—또 움직이는구나!—요란한 웃음을 터뜨렸다. 정상적으로 임신 오개월째 일어났던 그 사건에 이어 일련의 미약한 신체적 변화가 있었다. 배가 불러오고 가슴이 커졌다. 무슨 이론의 여지가 있겠는가? 담배를 끊고 술도 거의 마시지 않았으며, 일주일에 두 번, 열 명의 다른 임산부들과 함께 몸에 착 달라붙는 검은 운동복을 입고 작은 홀에서 골반 근육훈련을 했다. 넬리는 일생에서 최고의 행복을 맛보았다. 작은 스웨터, 몰톤(옷의 안감 등으로 쓰이는 부드러운 모직물의 일종—옮긴이), 꽃무늬 천조각, 차츰 가을이 지나고 겨울이 다가왔다. 품 넓은 외투를 입고 빗속을 걷거나 무표정한 얼굴로 눈 속을 걸어갈 때면, 뱃속의 아기가 저 아래 깊은 곳 치골에서 흉곽에 이르기까지 확장된 자궁 속에 살아 있다는 생각이 들었다. 평소보다 빨라진 자신의 심장 박동이 피를 몸 속으로 있는 힘껏 펌프질하는 지금 가장 왕성하게 성장하고 있을 것이라고. 의사는 고개를 저으며 웃었다. 일부러 소금을 적게 먹을 필요는 없어요. 그는 엄마 지망생의 하늘하늘한 손목과 발목을 가리켰다.

일월의 어느 날 밤 넬리는 치켜들어 쭉 뻗고 있던 장딴지 안쪽을 양손으로 붙잡고 매달렸다. 저녁 내내 생크림과 포크를 들고 왔다갔다하면서 에릭과 로베르트가 이야기를 나누는 모습을 지켜보고, 네덜란드어를 한마디도 못하는 로베르트의 애인을 대접한 후라 침대에 누워 쉬고 있던 참이었다. 창 밖에선 눈보라가 일고 있었다. 하지만 작은 빌라 안에는 장작 타는 냄새가 떠돌고 있었다. 몇 시간 동안 고분고분 참고, 머리에 눈을 뒤집어쓰고 나타난 의사와 간호사에게 인사를 건네고 남편의 손을 잡아주고, 고통으로 몸을 비틀며 눈과 입을 앙다문 그녀는 몸을 젖히며 소리를 질렀다. 그리고 아이가 태어났다.

그녀는 놀라 작은 손을 바라본다.
"이 손은……."
그녀가 입을 열었다.
그들이 그녀의 품에 아기를 놓아주었다. 더럽고 작은 몸뚱어리를 씻기고 포대기에 싸서 그녀에게 데려다주었던 것이다. 아들, 힘차게 울음을 터뜨리는, 열 개의 손가락과 발가락이 달린 멋진 아기였다.
간호사는 대야를 양손에 들고 몸을 약간 돌렸다.
"처음 봤어요. 참 잘하셨어요."
그녀는 감동적인 표정을 지었다.
넬리는 남편을 찾았다.
"에릭……?"
에릭은 침대 옆 의자에 앉아 있었다. 남편의 멍한 눈길을 보며 그녀는 남편이 아직 지난 몇시간의 충격에서 깨어나지 못하고 있는 것이라고 생각했다. 그녀는 말짱했다. 의사가 다리 사이에서 탯줄을 처리하고 있었지만 아무 고통도 느끼지 않았고, 탈진 상태도 아니었다. 그래서 조용히 잠자고 있는 아기가 피가 돌지 않아 손가락이 시퍼렇게 될 정도로 양손을 꼭 맞잡고 있는 것을 발견하고는 깜짝 놀랐다.

"에릭?"

그녀는 다시 한번 남편을 불렀다.

그가 일어섰다. 막 꿈에서 깨어난 사람처럼 어찌할 바를 모르고 서서 그는 몸을 쭉 뻗고 잠시 숨을 몰아쉬었다. 생각을 가다듬을 때면 나타나는 그의 습관이었다. 그러더니 고개를 숙이고 아들의 작은 손가락을 하나하나 떼어놓기 시작했다. 그리고 아기의 손을 쥐어 손가락 색깔이 정상이 될 때까지 오랫동안 비비고 주물렀다.

"이젠 괜찮아졌어."

그는 아기의 손을 포대기 위에 내려놓았다.

"훨씬 좋아졌어. 너도 그렇게 생각하지, 아가?"

잠깐 동안 넬리와 그는 아들의 펴진 손가락을 바라보았다. 하지만 이내 아기는 다시 양손을 들어 다른쪽 손가락을 찾더니 자석으로 잡아당기듯이 맞잡았다.

"며칠 있으면 괜찮아질 겁니다."

일을 마치고, 이상한 아이를 잠시 바라보던 의사가 이렇게 말했다.

하지만 괜찮아지지 않았다. 검은 머리에, 튼튼하고, 목욕을 시킬 때도 쿨쿨 잠을 자는 천사처럼 귀여운 아기는 절대로 손가락을 풀지 않았다. 밤에도 낮에도, 요람에 누워 있을 때도, 심지어 젖을 먹을 때도. 옷을 갈아입히느라 잠시 손가락이 풀리면 아기는 고개를 젖히고 뻗대었다. 하루가 지나고 아이에게 젖을 먹이려 했을 때도 아기는 경련을 일으켰다. 젖을 먹으려고 하지 않았다. 땀을 비 오듯 흘리며 차츰 용기를 잃어가던 넬리는 아이를 가슴으로 끌어안았다. 젖이 흘러내렸다. 이틀이 지난 후 그들은 우윳병으로 먹여보기로 했다. 아기를 엄마한테서 약간 떼어 옆에 누인 다음 입술을 억지로 벌렸다. 아기는 고무냄새가 나는 커다랗고 뻣뻣한 젖꼭지를 물었지만 빨지를 않았다. 그녀는 젖꼭지 구멍을 더 크게 뚫었다. 그리고 안도의 한숨을 내쉬며 아기가 젖을 빨 수 있다는 것을, 저절로 입 속으로 흘러내려오는 살균된 우유를 삼킬 수 있다는 사실을 확인했다. 이제 다 잘될 거야. 그녀는 생각했다. 이제 아기는 자랄 것이고 살아갈 수 있을 거야. 그녀는 천으로 가슴을 꽉 묶었다. 그리고 정말 만사가 순조로웠다. 하루에 대여섯 번 먹이는 우유, 파란 목욕수건, 분 냄새, 겨울의 햇살, 유리 같은 검은 눈동자를 고정시킨 채 그녀의 머리 위 한 곳만 뚫어져라 쳐다보며 허덕허덕 젖을 삼키는 아기를 바라보는 행복한 순간.

"아기 눈이 안 보이는 건 아닐까요?"

어느 날 그녀가 남편에게 속삭였다.

에릭은 그렇게 생각하지 않았지만 아내의 재촉에 못 이겨 아기의 눈을 검사했다. 아기를 옷장 위에 올려놓고 살펴 보았다. 아무 이상이 없었다. 동공이 빛에 반응을 보이고 각막 혼탁도 전혀 없다고 그는 넬리에게 말했다. 넬리는 귀기울여 들었다. 그리고 호기심과 감사의 마음이 담긴 눈길로 침실 한가운데 서서, 빛을 흡수하는 망막의 놀라운 기능과 빛과 영상의 차이를 설명하는 것이 갑자기 즐거워진 듯한 남편을 바라보았다. 에릭이 말했다.

"빛은 눈으로 보지만 영상은 지능으로 보는 거야."

마침내 그는 직업적인 너그러운 미소를 띠며 아이에게서 시선을 거두고, 그녀를 쳐다보며 말했다.

"넬리, 저 아이가 지금 정확하게 무엇을 인식하고 있는지는 몰라. 눈은 안내 메커니즘이야. 필요하다 싶은 것은 전부 받아들여 의식에게 넘겨주는 거지."

숟가락. 구두 상자. 테니스 채. 세탁장 구석. 맨틀피스 구석. 천장의 빛. 가브리엘은 장님이 아니었다. 눈동자를 이리저리 굴렸다. 난생 처음으로 아기가 웃기 시작한 건 그녀가 항상 딴 곳을 쳐다보고 있는 아기를 살펴보기 위해 요람 위로 몸을 굽혔을 때였다. 삼개월이 지날 무렵이었다. 작은 입술과 얼굴 전체가 일그러졌다. 심지어 그릉그릉 소리도 냈다. 그녀는 믿을 수가 없었다. 놀란 가슴으로 아기가 무엇을 보고 있나 살펴보았다. 그녀가 왼손에 쥐고 있던 도금한 헤어 드라이어가 햇살을 받아 반짝이고 있었다.

어느 날 그녀는 장난감 가게 앞을 지나갔다. 어릿광대, 봉제 인형, 알록달록한 딸랑이. 그녀는 이미 모든 걸 시험해보았다. 하지만 다 소용이 없었다. 갑자기 그녀의 눈길이 작고 하얀 쌍둥이 곰인형에 가서 멎었다. 너무나 귀엽고 보드라워 보였다. 그녀는 자신도 모르는 사이 발길을 멈추었다.

"선물하실 건가요?"

젊은 여점원이 물었다.

넬리가 고개를 끄덕였다.

"여자아인가요, 남자아인가요?"

"남자예요."

곰인형은 포장되었다. 먼저 얇은 종이에 한 번 싸고 포장지로 다시 한번 싼 다음 푸른 리본으로 장식을 했다. 넬리는 집으로 돌아왔다. 그녀는 차를 끓여 식탁에 앉았다. 한참이 지난 후 그녀는 포장을 풀고 곰인형을 꺼내어 장미 같은 가브리엘이 낮잠에 빠져 있는 방으로 들어갔다. 그녀는 맞잡고 있는 아기의 손가락을 흔들어 풀었다. 응시, 거부, 휘어지는 등. 그녀는 아이의 손에 곰인형을 쥐어주고 그 손을 꼭 부여잡고 있었다. 드디어 낯선 것, 허무와 자유에 대한 그의 거부감이 점차 극복되기 시작했다. 그녀는 한 걸음 뒤로 물러나, 팔을 들어 휘저으며 한 손에 곰인형 한 마리씩을 붙들고 있는 작은 아이를 바라보았다.

아이는 곰인형을 절대로 놓지 않았다. 너무 기막힌 아이디어였다. 아이는 곰인형과 함께 성장했다. 순간순간 그의 피부가 하얀 인조모피와 친숙해졌고, 그 인조모피를 따뜻함과 부드러움, 사물로 받아들였으며 좋은 것으로 생각했다. 엄청난 발견이었다! 다섯 달 된 아기가 침대에 드러누워 이상한 환호성을 내지르며 곰인형을 바라보는 모습은 정말 감동적이었다. 길거리나 상점에서 유모차에서 반쯤 일어나 앉아 곰인형을 꼭 끌어안고 있는 아기, 꼭 끌어안고 있는 건지 아니면 무슨 대단한 생각에 잠겨 있는 건지 누가 배를 꼬집어도 뺨을 건드려도 사탕이나 과자를 줘도 전혀 관심 없는 예쁜 아기를 보고 사람들이 얼마나 감동을 느꼈겠는가!

의사도 웃었다. 아들이 이 년 반이 지나도록 기지도 걷지도 말하지도 않아서 상담을 하러 찾아갔더니 의사도 아이에게 따스한 미소를 지어 보였다. 어머니가 경험이 없어 지나치게 걱정을 하는 것이라고 진단을 내리고는 이렇게 말했다.

"더 늦는 아이들도 많습니다."

그녀는 아기를 품에 안고 고개를 끄덕이며 밖을 내다보았다. 상담실 창문이 열려 있었다. 자갈길과 쟈스민 나무, 꼬리를 반쯤 펼친 공작이 어슬렁거리는 햇살 받은 정원이 시야에 들어왔다.

집에서도, 방에서도, 그녀의 품속에서도 자신과 세상의 차이를 인식하지 못하는 작은 이방인. 그는 바닥에 앉아 놀다가 문을 열고 순식간에 집을 엉망진창으로 만들어놓고는 개처럼 낑낑거리기 시작한다. 그녀는 아이를 아래층으로 데려간다. 벽이 주저앉아 있고 아래층 복도가 곡선 모양이란 사실쯤은 그도 이미 알고 있다. 그는 바닥에 주저앉아 엄마를 붙잡고 있던 손을 놓는다. 엄마는 가버린다. 그는 공포에 떨며 물빛 옷을 입은 자신의 다리와 몸통이 시야에서 사라지는 광경을 본다. 예민한 더듬이로 탁자의 다리와 양탄자, 쓰레기통, 반짝이는 굴뚝 창살은 인식하면서도, 이런 혼란 속의 유일한 부동물인 자기 자신만은 인식하지 못한다니 무슨 감각이 그러할까?

어쨌든 좋다. 그녀는 이 집에서 아무것도, 꽃병 하나조차도 흐트러지지 않도록 열심히 정돈을 한다. 그가 스스로 적응해야만 하는 사태는 아직 너무나 크다. 빛의 움직임, 인간의 움직임, 바람소리, 청소기 소리, 가루우유와 우유에 적신 빵, 으깬 바나나가 나오는 식사시간. 머리를 자를 때면 그는 몇시간 동안 절망에 빠진다. 넬리는 그의 이름을 중얼거리고, 그는 침대에 누워 울부짖다가 잠이 든다. 잠을 자면서 신음 소리를 내고 이빨을 간다. 그럼에도 그는 성장한다. 세 살이 다 되어가자 똑바로 앉기도 한다. 가끔 극도의 노력 끝에 서기도 한다. 그녀는 그의 곁에 무릎을 꿇고 앉아 그에게 통나무 몇 개를 건네준다. 그러면 그는 손과 혀로 느낌을 살펴보고 곰인형을 손에서 놓아보기도 한다. 물론 손이 닿을 만치의 거리를 벗어나지는 않지만 말이다. 그녀는 그의 얼굴에서 반짝이는 빛을 바라본다. 그는 거울에 정신을 잃고 있다. 잡고 핥고 놓고 잡고…… 그는 영원히 그것만 할 생각이다. 시간이나 시간의 경과 따위에는 전혀 관심이 없다. 하나의 사건에 이어 또다른 사건이 뒤 따른다는 사실에 특별히 주목해본 적이 없었다. 배가 고프다고 해서 꼭 표시를 해야 할 이유가 있을까? 울거나 손을 내밀면서 말이다.

걸음마를 시작한 지 얼마 안 있어 그는 말을 시작했다. 알아듣지 못할 그의 소리들이 어느 날 갑자기 아주 또렷한 단어가 되었다.
"사사분기."
가브리엘이 말했다.
넬리는 식탁에 앉아 있었다. 신문에 괴고 있던 팔꿈치를 떼지 않은 채 고개를 들었다. 아이가 방 한가운데에 서 있었다. 새 구두를 신은 매혹적인 꼬마. 그는 다시 한번 조용히 "사사분기"라고 말한 후 털썩 주저앉아 앞뒤로 몸을 흔들다가 고개를 들고, 부모의 언어와는 전혀 상관없는 철자들을 더듬거렸다. 넬리는 잘못 들은 거라고 생각했다.
오후에 아이와 함께 놀고 있는데 아이가 말을 했다.
"하지 마."
그녀는 공을 손에 든 채 아이를 뚫어져라 쳐다보았다.
그녀한테는 신경도 쓰지 않고 아이는 방 구석을 향해 한 걸음 한 걸음 떼어놓았다.
"하지 마."

아이는 그렇게 말하고 크리스탈 꽃병을 향해 웃었다.

그날 이후 아이는 순식간에 말을 배웠다. 몇 주 지나지 않아 온갖 말을 할 수 있게 되었다. 안녕, 가브리엘, 고마워, 가브리엘, 가브리엘이 밖으로 나가고 싶을까? 그는 그녀의 말을 쉽게 흉내냈다. 하지 마, 이리 쳐다봐. 그녀는 그의 앵무새 같은 목소리에 익숙해졌다. 가끔 그는 무표정하게 앉아 앞을 쳐다보다가 갑자기 이런 말을 내뱉었다.

"각인된 글자" "정확히" "수술" "끈적끈적해……."

그녀는 생각했다. 저 아이는 재미있을까? 저런 말이 재미있는 걸까? 아니면 세상에 머무르고 있는 모든 것을, 형체나 형태들을 받아들이듯 저 말들도 그냥 받아들이는 걸까?

여름이 되었다. 그는 햇볕 속으로 나가려고 하지 않았다. 울며 눈을 감았다. 차양으로 가린 어두컴컴한 거실에서 그녀는 그가 벽 쪽으로 물러나는 모습을 보았다. 그의 힘든 걸음걸이를 쳐다보며 그녀는 생각했다. 아마 그럴지도 몰라. 그가 말을 시작했던 것은 걷기 시작했기 때문일 거야. 그게 틀림없어. 걸음걸이가 그의 뇌를 자극했던 거야. 그리고 금세 말을 배웠지. 누워 있기만 하다가 일어나 걷고 말하고. 결국 질서를 소리쳐 외치는 공간 때문에 그는 사물의 이름을 불러야만 했던 거야. 이제 곧 나는 그에게 옛날이야기를 해주고 그림을 보여주며 동화책을 읽어줄 거야. 나는 정말 부자야! 아이가 걷고 말을 하다니. 내 소원대로라면 아이는 하늘을 날게 될 거야. 말은 하늘을 가로지르고 바다를 건너며 과거와 현재를 오갈 수 있다는 내 믿음대로라면. 가끔 나는 말이 인간의 날개라고 생각하곤 하지.

다른 가족들처럼 그들도 매년 프랑스에서 휴가를 보냈다. 괜찮아요. 상담 의사는 그렇게 말했다. 비록 아이가 정신박약이었지만 그들은 가족의 추억을 만들었다. 세베넨의 옛 친구를 찾아갔다. 산 위의 농가, 뽕나무, 찬란한 하늘, 야생 마요라나와 회벽 냄새를 맡으며 잠에서 깨어나고 밤이 이슥하도록 술자리를 벌였다. 가브리엘은 얌전하고 착하게 마그다와 그네 위에 앉아 있었다.

"유치원에 한번 넣어봅시다."

구월 초 상담 의사가 말했다. 이 시험은 별 성과가 없었다. 가브리엘은, 그 잘생기고 뚱뚱하고 예쁜 옷을 입은 아이는 작은 공간에 들어가자마자 한 발짝도 움직이지 않았다. 한마디도 하지 않고 다른 아이가 다가오면 고양이처럼 쉭쉭 소리를 냈다. 끝까지 밀고 나가봅시다. 결국엔 가브리엘도 다른 사람의 존재를 받아들여야 하니까요. 이 년 동안 가브리엘은 매일 아침 구석에 앉아 아무리 기분을 달래려고 노력해도 한마디도 하지 않고 가만히 앉아 있기만 했다.

아이들의 놀림은 정신지체아 특수학교에 가서야 끝났다. 다운증후군을 앓는 아이들과 다 자란 정신박약아들은 항상 말없이 상체를 이리저리 흔들면서 그림을 그리거나 글씨를 쓸 때를 제외하고는 회백색 곰인형을 절대 손에서 놓지 않는 아이를 이해해주었다.

"7은 쓰려고 하지 않아요."

선생님이 말했다. 넬리는 종이를 받아들고 집으로 돌아와 가브리엘과 함께 숫자들을 살펴보았다. 그리고 숫자 7이 위협적이고 심술궂게 혀를 쑥 내밀고 있다는 사실을 발견했다.

주간 탁아소로 아이를 보낸 것은 정말 잘한 일 같았다. 가브리엘은 이런 규칙적인 생활을 좋아하기 시작했다. 택시가 그를 데리러 오는 시간, 여덟시 오분. 레소팔(씻기 쉽고 저항력이 강한 합성수지—옮긴이) 식탁에서 먹는 점심식사. 감자와 꽃상추, 저민 고기. 택시가 그를 데리고 오는 시간, 네시 삼십오분. 그는 쉭쉭 소리를 내거나 울며 버둥거리지 않게 되었다. 활엽수에 둘러싸인 집에서 어린 정신박약아들은 체조를 하고 나무를 깎고 멍하니 TV 앞에 앉아 있었다. 그들은 라디에이터를 두드리며 시간을 보내는 아이를 전혀 개의치 않았다. 그럼에도 그는 특수한 케이스였다. 그가 그림을 그리고 책을 읽고 글을 쓰고, 어느 날 점심을 먹으면서 집에 온 손님이 한 말을 한 자도 틀리지 않고 외워 따라하는 것을 보자 모두가 그에게 관심을 가지기 시작했다.

넬리는 상담을 하러 갔다. 그리고 의사의 진단을 들었다. 정신박약. 정신분열. 선천성 뇌간 손상. 이미 알고 있던 내용도 많았다. 아이는 주변 환경을 이해할 수 없을 것이다. 사람들은 그가 다른 혹성에서 왔다고, 우리의 공간과 시간, 우리의 변화하는 사물이 통용되지 않는 혹성에서 왔다고 상상할 것이다. 의자는 같은 자리에 있는 같은 의자일 뿐이다. 사건은 일정한 시점에만 다시 인식될 수 있다. 눈과 귀와 코, 입과 피부—뇌로 가는 입구—는 그에게 그가 이해할 수 없는 자극들을 줄 것이다.

여덟시였다. 가끔 그들은 그가 너무나 교활해 놀랄 때가 있다. 손님들이 찾아와 악수를 청하거나 키스하는 것을 너무 싫어하는 아이는 커피 물을 올려놓자마자 예의 바르게 과자를 권하고는 얼른 과자통을 들고 거실로 가버린다. 세월이 흐르면서 그의 시각적인 놀이도 바뀌었다. 퍼즐을 하고, 몇시간이고 지도나 형지(型紙)

를 들여다보던 아이가 일기예보와 기상도에 넋을 놓았다. 특히 달이나 별과 관계된 것에 관심을 보였다. '지금'과 '곧' '여기'와 '저기'의 차이를 몰랐고 절대로 배울 수 없을 것 같던 아이가 광년에 대해 이야기하기 시작했던 것이다.

4

작은 68밀리미터 굴절망원경으로 보면 하늘이 잘 보인다. 구름 한 점 없는 맑은 밤이면 가브리엘은 갈릴레이보다 더 또렷하게 목성의 위성을 찾아낼 수 있으며, 은하계의 수많은 별들과 플레이아데스 성단의 별무리를 볼 수 있다. 심지어 용자리와 쌍둥이좌의 연성*을 쉽게 구분할 수도 있다. 그가 관측하는 장소는 그리 나쁘지는 않았지만 최고의 장소는 아니었다. 그래도 가브리엘은 다락방 북쪽 창문 아래 양탄자 위말고 다른 곳으로는 기구를 옮기려 하지 않았다. 시월의 어느 날 저녁 마그다가 조르는 바람에 하는 수 없이 그는 말없이 계단을 올라 다락방으로 갔다. 당시는 아직 망원경이 없었다. 아래층에서는 포도주를 따고 체결된 사업 계약에 대해 대화가 오가는 동안 두 사람은 열려 있는 창가에 서서 하늘을 올려다보았다. 그날따라 하늘은 너무나 맑았고, 시간이 갈수록 더욱더 청명해졌다. 반짝이는 점, 반짝이는 성운 하나하나까

---

* 서로 접근한 두 개 이상의 항성이 만유인력의 작용으로 공통 중심의 둘레를 서로 공전하는 것.

지 다 보일 정도로. 아마 마그다는 어린아이라도 알고 있을 법한 별자리의 이름을 불렀을 것이다.

"큰곰자리, 작은곰자리."

그 순간 가브리엘은 분명 숨을 죽였을 것이다.

곧 집 안에 책과 잡지, 팜플렛이 나뒹굴었다. 넬리는 너무 좋아했다. 그녀의 가장 절친한 친구와 아들이 기상도에 머리를 숙이고 12궁을 처음부터 훑어가고 있는 모습이 너무 보기 좋았다. 마그다가 외국 논문을 번역하여 링 노트에 깨끗하게 쓰고 있으면 가브리엘은 그녀의 손을 바라보고 있었다. 철자의 행렬을 남기는 둥글고 하얀 여자의 손을. 그 순간 두 사람 사이에는 우정의 감정이 흘렀다. 넬리는 가브리엘이 얼굴이 하얗게 질려 턱에 침을 묻힌 채 부엌으로 달려와 "세계에서 가장 큰 광학망원경은 코카서스에 있는 600센티미터의 반사망원경 셀렌추크스카야래요"라고 말할 때면 행복하다는 느낌에 사로잡혔다.

에릭은 가브리엘에게 망원경을 사주었다. 가브리엘은 그 기구의 사용법이 알고 싶어 아버지 곁에 귀를 쫑긋 세우고 앉아 사용설명서의 내용이 렌즈와 회전 링, 손가락과 맞아떨어질 때까지 오랫동안 고개를 끄덕였다. 하지만 달 표면에 관해서는 마그다하고 이야기를 나누었다.

"남쪽에 있는 반구가 틀림없어."

마그다가 그렇게 말하고 다락방 창틀에 기대었다. 그리고 망원경을 가브리엘에게 넘겨주었다.

"분화구의 실루엣이 잡혀요."

잠시 후 가브리엘이 말했다.

"그래. 크기가 얼마나 될 것 같아?"

"제일 작은 분화구가 대략 7킬로미터는 될 것 같아요."

"검은 점이 보여?"

"비의 바다*예요."

일 년 후 가니메데스 사에 망원경을 주문했다. 그 아름다운 기구는 비가 내리는 2월 어느 날 오후에 배달되었다. 에릭은 속포장지를 벗겨내고 부속품들을 조립하여 시험해보았다. 그리고 함께 배달되어온 삼각대가 불안하여 주말 내내 25킬로그램이나 되는 그 무거운 삼각대를 조립하느라 낑낑댔다. 가브리엘은 아버지가 인내심을 가지고 꼼꼼하게 기구를 조립하여 다락창 앞에 세우고 나서 "이제 날씨가 개기를 기다리는 일만 남았구나, 가브리엘!" 하고 말하며 방을 떠날 때까지 얌전히 기다렸다. 그리고 상세한 내용은 아무에게도, 마그다에게도 알려주지 않은 채 연구 프로그램에 착수했다.

가브리엘의 얼굴이 푸석푸석해졌다. 피부에도 반점이 생겼다. 식탁에 앉으면 그는 별의 내부에 대해 이야기했다. 넬리는 밤을 꼬박 새운 아들을 보고도 걱정을 하지 않았다.

한 인간에 대해 낱낱이 알겠다는 생각은 잘못된 것인지도 몰라. 그녀는 그 시절 자주 그런 생각을 했다. 인간은 수수께끼야. 그냥 그대로 받아들이자. 어찌 됐건 가브리엘은 다른 사람들보다는 분

---

* 달을 보았을 때 토끼 모양처럼 얼룩 무늬로 보이는 지역을 '바다'라고 한다. 달에는 비의 바다, 안개의 바다, 고요의 바다, 구름의 바다, 습기의 바다 등이 있다.

명한 인간이니까. 그 앵무새 사건을 생각해봐. 알록달록한 그림책이 발단이었지. 온갖 종류의 앵무새가 그 책에 다 들어 있었어. 네가 그 책을 아이에게 주었잖아. 한 주가 지나자 아이는 끊임없이 앵무새에 대해 지껄여댔어. 아프리카 산 회색빛 새, 말에 천부적인 재능을 가진 새에 대해. 얼마 안 가 아이는 집 안 모든 물건을 보며 앵무새의 두개골과 날개 형태, 뒤로 젖혀진 발가락을 연상해냈어. 앵무새 깃털과 똑같은 색 옷만 입겠다고 고집을 부려댔지.

너도 가끔씩은 여름 저녁의 하늘을 올려다보며 생각했어. 오스트리아 산 카카두와 닮았나? 견디다 못한 에릭은 아이에게 회녹색 앵무새를 사주었지. 넋을 놓고 서서 새장 속의 앵무새를 바라보던 가브리엘이 생각나지 않니? 새를 쳐다보느라 저녁 무렵까지 말 한마디 하지 않았잖아. 앵무새는 사방으로 날아, 라고 아이가 말했어. 그 말이 무슨 뜻인지 넌 알고 있었지.

이제 가브리엘은 다른 코드를 사용하고 있어. 여름 밤, 열어놓은 창문, 200배 확대 렌즈 뒤에서 살피고 있을 그의 눈동자. 그 자체로는 전혀 비논리적이 아닌 요소들. 네가 그의 방에 들어가도 아이는 조금도 신경을 안 써. 알은체도 않고 정신없이 달만 쳐다보고 있지. 이해할 수 없는 것을 관찰하고 있는 거야. 넌 아이의 신발과 웃옷을 쳐다보며 진지하게 생각하지. 신발을 빨고 웃옷은 세탁소에 맡겨야겠구나.

당시 그녀는 아이의 독백에 혼자서 응답하는 것이 즐거웠다. 그가 초신성*의 폭발에 대해 이야기를 하고 입을 다문 뒤 차와 계피 비스킷, 시럽 와플을 기다리는 있으면—아이는 단것을 엄청나게 좋아했다—그녀는 느긋하게 혼자 이야기를 했다. 자신의 어린 시절이나 아이의 어린 시절 이야기들, 몽유병이건 좋아했던 아저씨 이야기건 상관없었다. 그러면서 한쪽 귀로는 높은 지대에 위치한 집 주변 어디선가 놀고 있을 바람소리에 귀를 기울였다. 일방적이고 은밀한 대화라고 해서 즐겁지 말란 법이라도 있단 말인가?

인공 조명. 가게 문에 매달린 종이 딸랑거리는 소리와 잊지 않고 신발을 터는 손님. 가로등이 늘어서 있고 바로 바다에 접한 둑 옆 그녀의 가게에 있으면 그녀는 세상 어떤 곳보다 마음이 편하다. 넓은 바닷길을 따라 해수욕객들이 산책을 한다. 여름이면 떼거리로 몰려와 소란을 피우며 살결을 태우고, 겨울이면 입을 꾹 다문 채 바람과 싸운다. 충동을 이기지 못하고 보도 가장자리에서 천천히 술집이나 양품점으로 어슬렁거리며 걸어오는 사람들이 늘 있게 마련이다. 가게 문이 열리면 넬리는 손님을 향해 달려가며 고개를 들고 쳐다본다. 그녀는 손님들의 가벼운 당혹감을 익히 알고 있다. 바다에서 채 백 미터도 안 되는 이곳에 들어서자마자 태양과 소금의 위력이 순식간에 사라지고 금과 은, 유리로 만들어진 고요하고 명료한 세계가 나타날 때의 놀라움.

아내한테 주려고요. 엄마한테 선물할 거예요. 남자한테 선물하려고 하는데 뭐가 적당할까요?

그녀는 잠깐 생각에 잠겼다가 알겠다는 듯 고개를 끄덕인다. 그녀는 늘 손님들이 원하는 것을 알고 있다. 진열대의 유리판 위에

---

* 초신성(超新星, Super Nova): 별 전체가 대폭발을 일으키는 것으로, 순간적으로 모든 에너지를 방출하고 어둡고 작은 백색 왜성이나 중성자성으로 변한다.

파란 비로드 케이스가 나타난다.

가브리엘이 일주일에 네 번 장애인 공장에 다니게 되자 넬리는 이 가게를 인수했다. 망설이지 않고 결단을 내렸다. 그녀는 비싼 정장 몇 벌을 마련하고 머리를 단장했다. 물론 가브리엘에게도 피해가 없도록 조정을 했다. 가브리엘이 여덟시 십오분에 집을 나서면—요즘 그는 혼자서도 버스를 잘 타고 다닌다—그녀는 차를 몰고 가게로 온다. 아홉시가 조금 지나면 그녀는 커피를 마신다. 셔터는 벌써 올라갔고 유리창도 에틸 알코올로 반질반질하게 닦아놓은 후다. 열시 전에는 거의 손님이 오지 않는다.

모두가 집을 비운 한가한 낮시간이 그립지 않은가 하고 그녀는 자신에게 물어본다. 그녀의 살림살이, 꽃들, 텅 빈 집에 혼자 있으면 가끔씩 불쑥불쑥 떠오르는 생각들…… 어제 아이는 늙은 장님 같아 보였다…… 아니, 달라진 건 없었다. 벽시계를 쇼 윈도에 진열하거나 고풍스러운 넥타이 핀이 들어 있는 케이스를 열 때, 망설이고 있는 여자 손님에게 정말 잘해드리고 싶다는 표정을 지을 때면, 불현듯 영원처럼 아득한 옛날부터 그녀에게 친숙한 얼굴이 눈앞에 떠오른다. 창백하고 초췌한 뺨, 밤을 꼬박 새운 탓에 평소보다 광택을 잃은 눈동자. 어젯밤엔 날씨가 좋았을 거야. 별도 달도 떴을 거야. 봐, 바깥이 저렇게 화창하잖아…… 아, 아이는 항상 그렇게 진지한 표정이다.

손님은 아직도 망설이고 있다. 넬리는 여자의 얼굴에 떠오른 긴장을 느낀다. 언제나 그렇다.

이곳에 들어오는 사람은 아름다운 물건을 사겠다는 생각에 사로잡혀 있다. 오랫동안 돈을 모으면서 기대했던 물건, 사랑하는 사람의 성향뿐 아니라 선물하는 사람의 안목과 뛰어난 품성까지도 담아낼 수 있는 물건. 그 물건들이 그녀의 상점을 떠날 때면 어떤 물건도 예전의 그 물건이 아니다.

여자는 넥타이 핀에 머물러 있던 눈을 들어 넬리를 바라보았다.

"둥근 게 좋을까요, 타원형이 좋을까요?"

넬리는 차례차례 핀을 케이스에서 꺼냈다. 그리고 손바닥에 올려놓고 두 개를 비교했다.

"저라면 타원형으로 하겠어요."

여자는 고개를 갸웃했다. 그런 다음 깊은 한숨을 내쉬었다.

"그걸로 주세요."

"네, 알겠습니다. 예쁘게 포장해드릴게요."

넬리는 진심에서 우러나온 이해심을 담고 활짝 웃었다.

5

더이상 누워 있어봤자 소용이 없다. 날은 새고, 흘러갈 것이며, 모든 날은 지나간 날들과 똑같이 불안할 것이다. 몇 분만 있으면 여덟시 반이다. 지금 일어나지 않으면 온종일 머리가 아플 거고, 눈앞에 검은 점이 어른거려 마그다를 생각하고 아름다운 블론드빛 머리의 그 얼굴을 기억해내기가 무척 힘이 들 것이다. 일주일 내내 나는 그 얼굴을 정확히 떠올릴 수 없었다. 마법에라도 걸린 것 같았다. 일주일 내내 마그다는 마그다가 아니라 믿을 수 없는 일이 발생한 낯모르는 사람이었다.

그녀는 자리에서 일어나 살랑살랑 나부끼는 커튼 쪽으로 다가가 커튼을 걷었다. 비가 올 것 같았다. 방 안으로 흘러들어오는 공기에서 한기가 느껴졌다. 그녀는 회색빛 시야에서 한 걸음 물러나 기지개를 켜며 하품을 하고, 어깨 위로 멜빵을 걸치고 잠옷을 발로 집는다. 거울을 들여다보자 얼굴이 푸석푸석하다. 쇠약해 보이는데다 무언가 피하는 것 같은 눈빛이다. 자신의 모습이 마음에 안 든다. 세면대에서 그녀는 양손으로 얼굴에 물을 끼얹는다. 내 암청색 옷, 순간 떠오르는 생각이 있다. 그녀는 옷장을 뒤져 몇 년 동안 입지 않았던 모슬린 옷을 찾아낸다. 옷소매가 손목에 닿고 치마는 약간 쥔다. 그녀는 잠시 젊은 시절의 일요일을 떠올린다. 약간은 수수하고 약간은 화려한, 무언가 자신과 어울리지 않던 그 일요일을. 아침을 먹고 에릭과 가브리엘이 어디 있나 찾아봐야겠다.

그녀는 고개를 든다. 밖에서 개 짖는 소리가 들린다. 마그다의 개 아나톨레다. 그 개의 절망적인 음성을 들을 때마다 그녀는 화가 치민다. 창 밖을 내다본다. 에릭이 개 세 마리와 테라스에 있다. 아마 모래언덕으로 산책을 갔다 왔나보다. 모두 산발이다. 아나톨레라면 잠시 맡아줄 용의가 있다. 어쩔 수 없다면 계속 키울 생각도 있다. 하지만 저 더러운 작은 개들은?

그녀는 모래투성이 테라스 위에 서 있는 남편과 개들에게서 눈길을 돌리지 못한다. 그 사인방은 의아스럽게도 화목한 분위기를 풍긴다. 그녀의 눈은 페키니즈들의 맹수 같은 앞발과 사자 같은 작은 주둥이를 지나—희망 없이—기다리는 부비에, 그리고 남편에게 가 멎는다. 에릭은 녹초가 되어 난간에 주저앉아 있다. 양복

바지를 장화 속에 쑤셔넣었다. 그녀는 놀란다. 남편이 그날의 충격에서 아직 벗어나지 못한 것 같다. 월요일부터 저랬다. 지금 그는 몸을 약간 앞으로 숙인 채 입술을 쭉 빼고 눈썹을 치켜올린다. 결혼한 이후 저런 모습은 처음 본다. 그가 눈을 치켜뜬다. 턱은 아래로 향하고 있다. 하늘에는 갈매기가 날아간다. 에릭은 완전히 넋이 나가 있다. 공교롭게도 월요일 아침 그 끔찍한 현장을 목격한 이후 계속 그렇다. 죽마고우 로베르트가 끔찍한 살인을 저질렀고, 그녀가 보기에는 별로 에릭의 관심을 끌지 못했던 마그다가 인간이 처할 수 있는 가장 부조리한 상황, 죽음의 상황에 처해 있었던 그날 이후.

  사건의 전말은 아직 밝혀지지 않았다. 수사가 진행중이다. 그 사이 몇 가지 사실이 밝혀졌다. 그 살인의 드라마는 더위가 아직 누그러지지 않았으며, 몇시간 전부터 마을에 퍼붓던 소나기가 무슨 이유에서인지 멈추었던 한밤중에 일어났다.

  에릭과 나는 그날 저녁 그들을 찾아갔었다. 우리는 열한시가 다 될 때까지 바깥 부엌 앞 작은 빈터에 앉아 이야기를 나누었다. 로베르트는 침울한 표정으로 멍하니 앉아 있었다. 최근에 늘 그랬듯이 무례할 정도였다. 그저 마시고 땀을 흘리며 아우어 제이스트라트의 꽃들을 멍하니 쳐다보거나 어두워서 더 검고 커 보이는 너도밤나무만 바라보고 있었다. 나도 후텁지근한 날씨 때문에 괴로웠다. 무럭무럭 피어오르는 밤이 천천히 하늘에서 산소를 짜내는 것 같았다.

  마그다만 평소처럼 침착하고 쾌활했고 잔이 비면 얼른 술을 따라주었다. 가브리엘은 어때? 그녀가 물었다. 더위 때문에 죽을 지경이지 뭐. 어제 우리 피츠버그 천문대에 편지를 썼어. 그래, 기대되는데. 그녀는 아주 짧은 치마를 입고 있었다. 선크림을 바른 다리가 반짝였다. 발톱에는 매니큐어가 칠해져 있었다. 그녀의 태도가 왠지 나를 불안하게 만들었다. 아마 내가 너무 피곤했거나 지쳤기 때문일지도 모른다. 어쨌든 나는 상냥하게 대하지 못했다. 에릭이 집에 가자며 일어났을 때 나는 정말 구원받은 기분이었다. 로베르트는 우리가 인사를 해도 무반응이었다. 하긴 눈을 감고 거의 다 타들어간 담배꽁초를 빨고 있던 참이라 그랬을 수도 있다. 마그다는 우리를 정원 문까지 배웅해주었다. 그녀가 허리를 굽히자 머리카락이 어깨 위로 흘러내렸다. 그녀는 빗장을 열고 우리를 내보냈다. 내가 마지막으로 본 것은 그녀의 팔이었다. 그 팔은 가로등 아래에서 손짓을 했다. 흔들리는 하얀 손이 뒤편의 나무 때문에 더욱 도드라져 보였다.

  그후에도 그녀는 한동안 그곳, 네온 등불 아래 앉아서 새 담뱃갑을 뜯었던 것이 분명하다. 그 담뱃갑은 다음날 아침 깨진 유리잔들과 함께 진흙투성이의 테라스에서 발견되었다. 그녀는 바깥문을 잠그지 않았다. 개가 흠뻑 젖은 채 정원을 가로질러 달렸다. 잠시 후 그녀는 이층으로 올라갔다. 복도와 침실에는 불이 켜져 있었다. 그런 다음 그 순간이 찾아왔을 것이다. 결정적인 순간, 순서대로 살펴보면 엉뚱하고 뒤죽박죽인데다 어떻게 보면 유치하기까지 하지만 총괄적으로 정리해보면 거역할 수 없는 운명적 사건이 일어났던 순간. 내 생각에 마그다는 마지막 순간까지 입을 열지 않았을 것이다.

  하지만 제일 이해할 수 없는 것이 살인 도구였다. 로베르트는 어느 순간 아래층으로 내려가 잡동사니가 가득한 장을 뒤져 그 물건을 꺼냈을 것이다. 그 물건은 티베트 산 단도였다. 축복을 받았을 수도 저주를 받았을 수도 있을 물건. 어쨌든 그는 그 칼을 아버지의 책상 위에 놓아두고 편지를 개봉할 때 사용했었다. 길고 가는 모양의 우아하고 너무나 잘 드는 그 단도를 로베르트도 마그다도 좋아했을 리 없다. 그들은 그것을 치워버렸고 잊어버렸다. 마그다는 칼에 찔린 즉시 사망하지 않았다. 그녀는 침대에서 기어나오려고 무진 애를 썼다. 가슴과 폐에 중상을 입고서 납빛 같은 얼굴로 바닥을 기었으며 속치마를 축축히 적시는 따뜻하고 끈적끈적한 액체를 보고 놀랐다. 돌아누우려고 애를 쓰며 그녀는 몸을 약간 폈다. 그리고 기침을 했다. 머릿속이 믿을 수 없으리만치 가볍고 텅 비었다고 느끼며 그녀는 눈을 감았다. 천천히, 그러나 분명하게 사방이 조용해졌다. 바깥 도로에서도 아무런 소리가 들려오지 않았다. 그런 다음 소나기가 퍼부었다. 그 자신도 믿을 수 없을 만큼 비장하게 로베르트는 자신의 팔목을 그었다.

그의 머리를 빗겨주고 집 안을 청소하는 기분좋은 수수께끼와 함께 사는 것. 그가 집으로 돌아오면 그녀는 이것저것 회사 일을 물어본다. 약간 늦은 시각 포도주를 앞에 놓고 식탁에 마주 앉으면 하루 일을 수다스럽게 들려준다. 구두를 샀고 항공역학에 관한 논문을 번역했고 신문의 해외소식란에서 기사를 읽고 마음이 혼란스러워 울었다고. 점차 이 상황이 견딜 수 없어진다. 그녀의 침묵은 서서히 그의 한계를 넘어선다. 그래서 그를 미치게 만들고 분노하게 만든다. 차츰 그는 확신하게 된다. 이 침묵을 부술 수 없다면, 잠적했던 이 년을 찾아내어 그 속으로 들어가 그것을 자신의 세계관에 끼워맞출 수 없다면 그의 삶은 삶이라 부를 가치가 없다는 것을.

이 거리감⋯⋯ 이 괴리감⋯⋯ 하늘 높은 줄 모르는 이 뻔뻔스러운 태도를 부수지 못한다면!

그녀가 그 치료법에 대해 처음으로 알게 되었던 때는 72년 크리스마스 무렵이었다. 당시 가브리엘은 아홉 살이었다. 결과에 대해서는 아직 누구도 자신할 수 없었다. 한 번도 엄마를 쳐다본 적이 없던 아이들이 엄마를 향해 웃으면서 입술을 만지고 엄마의 얼굴 표정을 흉내냈다.

얼마 후 그녀는 쉭쉭거리면서 양손을 허우적거리는 가브리엘을 데리고 상담실에 앉아 있었다. 밖에는 눈이 내리고 실내에는 열대식물이 자라고 있었다. 심장 고동이 자꾸만 느려진다고 생각하며 그녀는 심리학자의 말에 귀를 기울였다. 미국에서 치료법을 공부했다는 여자였다. 미국에서는 아이가 태어나자마자 어머니가 아이의 눈을 들여다보며—신생아가 못 본다는 생각은 틀렸습니다—사랑의 손길로 조용히 아기의 배와 가슴, 머리와 등을 쓰다듬어 줍니다. 그렇게 하지 않으면 아기는 인간 세계에서 배척을 받았다고 느낄 수 있으며, 그럴 경우 사물의 세계로 침잠합니다.

바로 그 주에 치료가 시작되었다. 넬리는 온 힘을 다해 아이를 끌어안는다. 어두컴컴한 실내의 매트리스 위에 누워 블라우스 단추를 열고 구두를 벗고 아이를 억지로 끌어당긴다. 아이는 싫어한다. 팬티까지 홀딱 벗은 아이는 몸을 젖히고 다리를 뻗대며 빠져나가려고 발버둥을 친다. 그녀는 물러서지 않는다. 어디서 그런 힘이 나오는지—그녀는 아이의 이빨 가는 소리를 들으며 아이의 표정을 살핀다. 아, 무서운가보다!—그녀는 폭력을 사용한다. 제법 힘이 붙은 아이의 몸을 끌어당기기 위해 그녀는 아이의 손목을 등뒤로 돌려 꽉 붙잡는다. 팔이 돌아가면 아이가 아프다. 마음이 아프다. 아이를 사랑하는 마음은 한치의 변함이 없다. 하지만 그녀의 내면에 숨어 있던 폭력이 매트리스와 사면의 벽, 공포의 냄새를 들이마시자 자기 세상을 만난 듯 날뛴다.

절대로 물러서면 안 됩니다. 아이가 항복하여 달라붙으면서 난생 처음으로 어머님의 눈을 맞출 때까지 계속하셔야 합니다. 절대로 굴복하시면 안 됩니다. 넬리는 그 말에 귀를 기울이며 알겠다는 뜻으로 고개를 끄덕였다. 애정 없는 어머니들은 실패한다는 이론이 그녀의 입을 틀어막았던 것이다. 아이들의 감정 세계는 너무나 연약합니다. 밥 먹을 때도 다른 사람과 이야기하지 마세요. 아이가 엄마의 한쪽 눈만 보면 놀랍니다. TV도 보지 마세요. 두 눈을 다 보아야만 아이들은 엄마가 늘 보고 있다고 느낍니다. 말없이 고개를 끄덕이며 아직 구원의 가능성이 있는 것을 구원하기 위해 노력하는 것 이외에 그녀가 할 수 있는 게 무엇이 있었을까?

"이 치료는 어머님의 아이를 달려오는 자동차 앞에서 끌어내는 것보다 훨씬 덜 잔인합니다."

넬리는 정원의 연못처럼 고요한 심리학자의 얼굴을 바라보았다. 그녀는 침을 삼키며 손가락의 반지를 잡아당겼다. 그리고 폭력을 사용해서라도 아들에게 그를 둘러싼 세계가 따뜻하고 부드러우며 어머니의 사랑이 넘치고 있음을 가르치라는 충고에 동의했다.

치료 시간은 보통 한 시간 정도였지만 두 시간 반이 걸릴 때도 있었다. 옷이 몸에 찰싹 달라붙었다. 가브리엘도 땀으로 흠뻑 젖었다. 아이가 항복을 했던가? 가끔은 한 손이 자유로워질 때가 있었다. 그때가 중요한 순간이었다. 그녀는 그 손으로 아이의 머리를 젖혀 쓰다듬으면서 그가 얼마나 사랑스러운 아이인지 속삭여주었다. 드잡이는 끝날 줄 몰랐다. 싸움은 무승부였다. 그녀는 사흘에 한 번씩 치료실을 찾았다. 어느 날, 어느 결에 몸에 밴 냉정함으로 그의 얼굴을 그녀의 목을 향해 잡아당긴 채 버티고 있었을 때 그녀는 그의 어깨 근육에 힘이 빠지는 것을 느꼈다. 그의 숨결이 새의 그것처럼 약했다. 아이를 놓아주자 아이는 고분고분 그녀의 몸 위로 쓰러졌다 옆으로 굴렀다. 그녀는 기대에 차서 그의 몸 위로 몸을 굽혔다. 하마터면 비명을 지를 뻔했다. 그의 얼굴이 굳어 있었다. 눈꺼풀을 내린 아이의 표정은 작은 이집트 미라였다. 아주 잠깐 동안이었다. 미처 정신을 차리기도 전에 아이는 다시 원래 자세로 되돌아갔다. 양손을 맞잡고 무릎을 당긴 채 입은 벌어져 있었다. 잠이 들었던 것이다.

6

그녀는 방을 나와 부엌으로 간다. 이런 시각 무언가를 고대하며 기다려야 한다니 정말 이상했다. 장례식은 열시 반이다. 냉정하게 보일지도 모를 그녀의 행동들은 모두 장례식을 준비하는 절차다. 커피를 끓이고 꽃에 물을 주고 조용히 우편물을 정리한다.

왜 그러면 안 되나, 아직 시간은 충분하다. 이런 시간은 항상 넘치는 법이다. 집 뒤 전나무를 살펴볼 수도 있을 것이다. 나무 등걸과 보기 싫은 아래쪽 가지들을 살펴보며 아이의 다리에 난 생채기를 떠올려볼 수도 있지 않을까? 진물이 흐르는 끈적끈적한 상처를. 그녀는 바라본다. 왼쪽에서 에릭이 개털을 빗겨주고 있다. 저 멀리 등의자가 보인다. 다 죽어가는 금잔화 속에서 신문지 한 장이 펄럭인다. 한 조각 푸른 하늘을 보자 막연하면서도 따스한 형이상학적인 생각이 떠오른다. 신은 있을까? 영생은 있을까? 있다면 어디에 있을까?

방 한가운데에 가브리엘이 검은 옷을 입고 앉아 있다. 커피 마실래? 그녀가 물었다. 네. 그가 말을 하고 싶어하지 않아도 그녀는 개의치 않는다. 그에게 잔을 건네자 그는 계속 탁자의 둥근 다리만 쳐다보며 장님처럼 손을 내민다. 오늘의 특별한 프로그램, 리듬과 논리의 침입을 견디기 위해 그는 기를 써서 정신을 집중해야 한다. 그녀는 잠시 그의 곁에 서 있다. 뭘 생각하니? 그는 이마를 찌푸리고 앉아 커피를 홀짝홀짝 마시고 있다. 평소라면 그는 이 시각에 일터에 있다. 넓은 공장, 받침대 위의 탁자, 네온등. 그는 타자기 앞에 앉아 정신이 온전치 못한 동료들에게 둘러싸여 유익한 일을 한다. 즐거움을 주는 일이기도 하다. 그의 눈이 기차 시간표나 관청용 팜플렛의 정보를 받아들이는 동안 약간 위로 휘어진 길고 하얀 손가락이 자판을 두드린다. 그는 오자 없이 빠른 속도로 타자를 친다. 기계에 입력되는 모든 내용이 점자로 옮겨진다는 사실은 그의 관심 밖이다. 그가 눈으로 본 내용은 모두 나중에 앞 못 보는 사람들이 손으로 더듬어 읽을 것이다. 타자 소리는 머릿속에서 경쾌하게 울린다. 그의 옆에는 아시아인 정신박약아가 앉아 있다. 열두시가 되자마자 빵과 수프를 실은 수레가 들어온다. 그는 만족스럽다. 숫자와 단어들, 기호가 그의 손에서 다른 손으로 넘어간다는 사실에는 별로 관심이 없다.

그가 앓고 있는 병은 정신병이 아니다. 그녀는 오래 전부터 그 사실을 알고 있다. 그는 끔찍한 분노에 시달리고 있는 것이 아니다. 지난 시간들! 엄마에게 쏟아졌던 온갖 정보의 소용돌이도 이젠 잠잠해졌다. 엄마의 가슴이 너무 커 신생아의 코를 덮으면 아이가 일생 동안 공포를 느낀다는 이야기는 이제 아무도 입 밖에 내지 않는다. 넬리는 아이를 바라본다. 아이는 자리에 앉아 기다리고 있다. 늘 그렇듯이 혼자, 늘 그렇듯이 망연자실하여. 최근의 학설은 몇 가지 사실을 밝혀냈다. 이 아이는 뇌손상을 입었다. 양손을 깨물고 귀를 때리고 눈부신 하늘을 향해 소리를 지른다. 그런 아이들은 오랜 세월 이어져온 본능의 규칙을 무시한다.

그녀가 생각한다. 그래, 하지만 이 아이는 모든 것을 배웠다. 말을 하고 먹고 옷을 입고 시계를 보고 책을 읽고 편지를 쓰고 버스 카드를 사고 악수를 하고 자기 이름을 말한다. 가끔 상황을 이해하지도 못한 채 내 일을 대신 해주기도 한다. 이 쪽지 마그다네 우편함에 넣고 와, 하고 부탁을 하면 아이는 달려간다. 하지만 어찌된 일일까? 아이는 한참이 지나서야 집으로 돌아온다. 쪽지를 그대로 손에 든 채. 그녀가 집에 없었던 것이다. 그러니 그녀는 그 쪽지를 읽어볼 수 없다. 그래서 아이는 오랫동안 그곳에 서서 창문 안을 바라보고 있다. 하지만 그녀는 집 안에 없다. 그의 눈길은 무관심하게 나를 스쳐 통조림 따개에 가서 멎는다. 그리고 그것을 집어 나사를 돌리기 시작한다. 나는 그를 내버려둔다. 말해 뭘 하겠는가? 그의 뇌세포망 안에는 측정할 수 없는, 그러니 고친다는 것은 생각조차 할 수 없는 일탈이 들어 있다. 말할 수 있는 것은 그저 내가 그에게 먹을 것을 주고 따뜻하게 해주고 비와 폭풍과 욕설을 막아줄 것이라는 사실, 그가 목숨을 부지할 수 있도록 보살펴줄 것이라는 사실뿐이다.

에릭은 예쁘게 빗질한 젖은 개 세 마리와 함께 들어왔다. 장화를 벗는 동안에도 그의 얼굴에는 여전히 경악의 표정이 실려 있다. 눈을 들자 그의 동공이 바늘구멍처럼 작다.
"서둘러!"
그가 말한다. 그녀는 고개를 끄덕이고 커피를 따르기 위해 탁자를 향해 돌아선다. 그리고 커피 두 잔을 들고 집 앞쪽 큰 창문으로 가려다가 입가로 밀어놓았던 담배에 불을 붙인다.
"당신도 갈 거예요?"
그녀가 묻는다. 그녀는 알 수 없는 동정심을, 희미한 우정을 느낀다. 그의 마음을 달래주고 싶다.
그들은 말없이 나란히 앉아 새떼가 가득한 찌푸린 하늘과 수풀이 무성한 모래언덕, 집과 급수탑과 '해안'이라는 도로표지판, 모래로 덮인 포장 상태가 좋지 않은 도로를 잠깐 바라본다. 에릭은 어깨를 치켜 올리고 커피를 마신다. 도로 위로 사람들과 자전거가 지나간다. 해수욕철이 지났는데도 평소보다 차가 많다. 해마다 관광객이 늘어나는데도 불구하고 아직 친절이 남아 있는 이 해변 마을의 지금 계절치고는 많은 편이다.

"차가 밀리겠어요."

넬리가 말한다.

그래, 금방 차가 밀릴 것이다. 우리는 모두 그녀의 뒤를 따라 성당으로 들어갈 것이다. 그러면서 그녀가 얼마나 따스한 사람이었는지, 얼마나 아름다웠는지 각자 슬픔과 충격에 빠질 것이다. 우리는 그저 약간 놀라워하며, 우스꽝스러우리만치 뻣뻣한 태도로 그녀에게 인사를 건넸던 지난날을, 가게에서 쌀쌀맞게 물건을 팔았던 날을, 그리고 기껏해야 한 번쯤 가던 길을 멈추고 그녀의 개를 쓰다듬어 주는 것조차 대단한 노력이 필요했던 날들을 머릿속에서 쓸어내 금세 잊어버릴 것이다. 그리고 우리도 이제 곧 그녀의 뒤를 따를 것이다. 누구나 자기 눈으로 직접 목격하게 될 테지만 꿈에도 생각지 않는 그 길을 한 걸음 한 걸음 따라갈 것이다. 그리고 바다 바로 옆 비스듬히 서쪽을 향해 누워 있는 포르스트라트의 작은 피셔 성당에 묻혀 그곳의 하얀 벽 사이에서 종소리를 듣게 될 것이다. 그러면 그 종소리를 들은 사람들은 죽은 자들이 소금과 해초, 떠돌아다니는 나뭇조각 때문에 하소연을 하고 있다고 생각할 것이다.

"자연사가 아니었나요?"

그날 가브리엘이 물었었다.

그래, 나는 그에게 살인이라고 설명했다. 어떻게요? 칼로 죽였나요? 어떤 칼이었는데요? 단도였어. 누구 것이었는데요? 글쎄, 원래는 로베르트 아버지 거였어. 어떻게 로베르트 아버지가 그 칼을 가지게 됐는데요? 나도 모르겠어. 티베트 단도였단다. 티베트? 하지만 나는 그에게 모든 것을 설명해줄 만큼 제정신이 아닌 건 아니었다. 물론 그에게 그 나라를 가르쳐주기 위해 세계지도를 폈다가 다시 백과사전을 들추기는 했지만 말이다. 그는 사전의 단락을 읽기 시작했다. 그후 그는 밤늦도록 지도를 들여다보며 앉아 있었다.

담배를 끈다. 에릭이 나를 보고 있다. 나는 고개를 끄덕인다. 몇 분 후 우리 세 사람은 모래언덕을 따라 아래로 내려갈 것이다. 사람들이 우리를 위해 비워놓은 첫째줄에 앉아서 가브리엘은 어떤 태도를 취할까? 그는 무슨 일이 있어도 적당한 표정을 지어내지 못할 것이다. 눈물로 이별을 하는 우리의 방식을 그는 알지 못한다. 무엇 때문에 그가 우리의 회한을 나누어야 한단 말인가? 그는 나와 에릭 사이에 앉아 눈앞에서 일어나는 연극을 열심히 지켜볼 것이다. 그는 격렬하게 앞뒤로 몸을 흔들 것이고 마그다의 움직이지 않는 몸을, 그곳 꽃으로 뒤덮인 어둠 속에서 더욱 강조될 그녀의 격리를 상상할 것이다. 그리고—그만의 방식으로—그녀의 가장 가까운 친지보다 더 솔직하게 그녀의 죽음을 애도할 것이다.

그녀는 토요일에 온다. 처음엔 침실에서, 그 다음엔 부엌에서 엄마와 이야기를 나눈 후 내게 인사를 한다. 가끔은 웃기도 하고 가끔은 진지한 표정이다. 내 마음이 부풀어오른다. 토요일은 새로운 뉴스가 도착하고 지식이 늘어나는 날이다. 나는 그녀에게 우편물을 건네준다. 그러면 그녀는 고개를 숙이고 주먹으로 얼굴을 괸다. 주름살과 속눈썹, 비누 냄새. 그녀는 잡지를 펼쳐 뒤적인다. 그녀의 옷소매, 그녀의 평평한 손, 펼쳐진 페이지. 우리는 탁자에 앉는다. 머리부터 발끝까지 고요와 기쁨이 넘친다. 나는 주의깊게 쳐다보지만 영어 단어에 대해서는 전혀 생각을 안 한다. 나는 손가락을 꼬며 그녀가 철자들을 뒤죽박죽 머릿속에 집어넣어 시스템을 돌릴 때까지 기다린다. 얼마 안 있어 그녀가 입을 연다. 그녀는 한 번도 쉬지 않고 장소와 시간을 이야기하고 세상에 하나밖에 없는 측정 가능한 광원들의 이름을 말한다. 네메시스는 3백만 년에 한 번씩 우리 태양계로 침투해 들어오는 약한 왜성(빛이 동일한 별 중에서 발광량이 적고 크기도 작은 별—옮긴이)이다. 나는 그네를 타듯 엉덩이를 흔들흔들한다. 내 혓바닥이 입술 사이로 모습을 드러낸다. 그녀는 내가 원하는 것을 받아적는다. 물리학에 관한 이런저런 잡동사니를, 나를 위해. 맥동성(규칙적으로 전파를 방출하는 천체의 한 종류—옮긴이)의 중력은…… 중성자별은…… 그녀는 받아적는다. 나는 즐겁다. 그녀의 손은 참 유익한 물건이다.

 아줌마가 내 친구예요? 나는 언젠가 엄마한테 그렇게 물었다. 그렇단다. 그럼 내가 어떻게 해야 하지요? 꽃을 사주렴. 나는 깜짝 놀란다. 언제 어디서? 토요일에 등대 앞에 가면 노점이 있을 거야. 나는 그렇게 한다. 나는 꽃 한 다발을 사서 그녀가 우리 집에 발을 들여놓자마자 그녀의 코앞에 꽃다발을 들이민다. 그녀의 신발은 까맣고 그녀의 발은 눈처럼 희다. 그녀는 허리를 굽혀 꽃다발을 받아들고 이가 보일 만큼 환하게 웃는다. 그리고 계속 그런 표정을 지어 보인다. 매주 똑같이. 꽃다발, 허리를 굽히고, 이를…… 엄마가 말한다. 나뭇가지 하나나 장미 한 송이면 충분해. 솔방울을 꺾어주어도 좋겠지. 그래서 나는 그렇게 한다. 그것도 성공이다. 웃음과 이. 그녀는 솔방울을 찻잔 옆에 놓는다. 그녀의 손은 담배를, 성냥을 찾는다. 그리고 우리는 천문학 도감에서 물병자리와 사냥

개자리를 뒤적인다. 오늘은 천문학적 박명(薄明)이 03시 13분에 시작해서 자정 무렵에 끝난다. 어둠과 흐릿한 실체, 아무도 널 건드리지 않는다.

자연사가 아니었다고, 단도로 죽은 거라고 엄마가 말했다. 무슨 단도? 티베트의 단도. 나는 생각한다. 티베트는 쿤룬 산맥과 히말라야 사이의 고지대에 있는 중앙아시아 지역이다. 주민 대부분의 생활방식은 유목이다. 운송 수단은 가축에 의존한다. 그리고 나는 지도를 떠올린다. 6,500미터가 넘는 아주 추운 정상, 희박한 공기, 구름 한 점 없는 하늘, 오염되지 않은—밤이면 칠흑같이 깜깜한—장소. 다만 몇 개의 작은 점들…… 달려가는 청백색의 불꽃…… 별자리가 총총한 남쪽 하늘, 고래와 황새치, 날아다니는 물고기, 극락조, 독수리, 불사조, 비둘기, 공작, 까마귀…… 웃음이 터질 것만 같다.

역자 후기
숨막히는 진실 게임

독자는 주인공들의 관점에 따라 네 조각으로 나뉜 사건의 파편을 수집해

퍼즐 조각을 끼워 맞추듯 맞춰보아야 한다. 툭툭 던지듯 느닷없이 떠오르는 과거의

기억은 사건이 이야기되는 현재와 뒤얽혀 숨막히는 게임을 만들어낸다.

마르그리트 더 모르는 우리에게 낯선 작가다. 아마도 그녀가 네덜란드인이라는 게 그 이유일지 모른다. 사실 우리가 접하는 문학 세계는 미국과 유럽의 극소수 대국에 편향되어 있다 해도 과언이 아니기 때문이다. 물론 그녀가 작가로 활동한 세월이 겨우 십 년 남짓하다는 사실도 이유가 될 수 있을 것이다. 마흔이 넘어 늦깎이로 시작한 탓에 그녀는 활발한 작품 활동에도 불구하고 작품 수가 그리 많지 않다. 특히 장편소설로는 여기 소개하는 『쥐색 흰색 푸른색』이―탄탄한 구성과 깊이 있는 내용 때문에 믿기지 않겠지만―첫 작품이다.

이 작품을 번역하고 있는 동안에 한 방송사에서 송지나 극본의 〈달팽이〉라는 드라마를 방영했다. 횟수가 거듭될수록 특별할 것 없는 줄거리의 드라마에서 눈을 떼지 못했던 것은 독특한 구성 때문이었다. 내용은 정확히 기억나지 않지만 아마도 한 주부의 방황, 약간 지능이 떨어지지만 마음씨는 비단결 같은 젊은이의 지순한 사랑, 남편의 직장생활과 그 나름의 애환, 부자가 되고 싶은 젊은 처녀의 몸부림 등이 담겨 있었던 것 같다. 문제는 우리네 사는 모습을 엮어나가는 '방식'이었다. 드라마는 전체 네 편으로 나뉜다. 그리고 각 편마다 주인공이 바뀐다. 주부와 남편, 젊은이, 남편의 애인이 몇 개의 사건을 각자의 시각에서 관찰하고 이해하고 해석하며 풀어나가는 것이다. 그러다 보니 똑같은 상황이 네 번 반복되지만 네 번이 모두 똑같은 것은 아니다. 사건을 바라보는 눈이, 다시 말해 주인공이 달라지기 때문이다. 결국 시청자는 네 편을 모두 보고 나서야 사건의 전모를 정확히 알게 되고, 동시에 우리가 얼마나 좁은 시야에 갇혀서 살고 있는지 문득 깨닫게 된다.

그 드라마가 그리도 흥미로웠던 것은 번역하고 있던 이번 작품과 여러 면에서 유사했기 때문이었다. 『쥐색 흰색 푸른색』 역시 네 편으로 나뉘어 있고 각 장마다 다른 주인공이 등장하며 그에 따라 서술 시점이 변한다. 에릭이라는 안과 의사와 그의 죽마고우 로베르트, 로베르트의 아내 마그다, 그리고 마지막으로 에릭의 아내 넬리와 그의 아들 가브리엘이 그 주인공들이다. 독자는 주인공들의 관점에 따라 네 조각으로 나뉜 사건의 파편을 수집해 퍼즐 조각을 끼워 맞추듯 맞춰보아야 한다. 툭툭 던지듯 느닷없이 떠오르는 과거의 기억은 사건이 이야기되는 현재와 뒤얽혀 숨막히는 게임을 만들어낸다.

사건의 발단은 마그다의 죽음이다. 에릭은 출근하는 길에 친구

로베르트의 집을 지나치다가 평소와 다른 느낌에 휩싸인다. 집 밖에서 자는 일이 없던 그 집 개가 비에 흠뻑 젖은 채 정원 울타리 옆에 나와 있었기 때문이다. 집 안으로 들어간 그는 로베르트가 마그다를 살해한 현장을 목격한다. 이 살인 사건을 시작으로 소설은 다섯 사람의 추억을 더듬으며 살인의 원인을 추적해가고 그 과정에서 다섯 사람의 인생 조각이 하나 둘 펼쳐진다.

첫 장은 에릭의 이야기이다. 사랑하는 아내, 자폐증을 앓고 있는 아들을 둔 평범한 가장 에릭의 일상사와 안과 의사라는 직업상의 경험이 도입부를 장식한다. 우연히 살인 현장을 목격하게 된 그는 친구 로베르트의 지난 시절을 회상하고 로베르트와 마그다의 결혼 생활을 되돌아보며 친구를 속이고 마그다와 저질렀던 불륜을 떠올린다.

두번째 장은 로베르트의 이야기이다. 어느 날 출장을 갔다 돌아와 보니 아내가 종적을 감추어버렸다. 쪽지 한 장, 전화 한 통 없이 감쪽같이 사라진 것이다. 그날부터 그는 아내의 자취를 더듬어가고, 그와 더불어 그들의 만남과 결혼 생활을 추억한다. 번개처럼 가슴을 강타했던 뜨거운 사랑, 결혼, 아내의 반복되는 유산, 그의 그림 세계와 비즈니스의 세계가 추억의 한 켠으로 불쑥불쑥 솟아오르면서 아내에 대해 분노하는 현재와 행복과 고통이 어우러진 과거가 하나로 뒤엉킨다. 이 년이라는 세월이 흐른 어느 날 아내는 다시 돌아온다. 떠날 때와 똑같이 갑작스럽게, 아무 일도 없었다는 듯 평온한 얼굴로. 그리고 하루가 가고 이틀이 가고 계절이 몇 번 바뀔 때까지 아내는 지난 이 년의 세월을 한마디도 털어놓지 않는다. 기다리고 기대하고 마침내 좌절한 그가 꼭 닫힌 아내의 입술에 분노하여 칼을 빼들 때까지.

세번째 장은 집을 나선 마그다의 이야기이다. 살아온 세월을 거슬러 더듬어가듯 마그다는 지나온 세월의 흔적을 따라 비행기를 타고 기차를 타고 버스를 탄다. 한 번도 따스한 정을 느껴보지 못했던 시누이와 시어머니, 남편과 함께 결혼 생활을 하며 유산의 아픔을 맛보았던 프랑스의 작은 마을, 어머니와 함께 살던 캐나다, 캐나다로 건너오기 전 잠시 머문 독일의 친척 집, 어린 시절을 보냈던 체코의 작은 마을을 거치는 동안 마그다라는 한 여인의 인생은 여행의 횟수만큼 다른 색깔을 띠게 된다.

네번째 장은 마그다의 장례식을 기다리는 넬리와 가브리엘의 이야기이다. 남편 친구의 아내로 알게 되었지만 많은 세월을 함께 하면서 진정한 친구가 될 수 있었을 마그다에게 넬리는 한 번도 마음을 열지 못했다. 더구나 갑작스럽게 종적을 감추었다 다시 나타난 마그다가 호기심 어린 그녀의 눈길을 피하며 굳게 입을 다물고 있다는 사실에 마음의 상처를 입기도 했다. 친구가 비참하게 목숨을 잃고 난 지금에서야 그녀는 마을에서 가장 친한 친구라는 허울 뒤에 질투와 경쟁심, 알지 못할 거리감이 자리하고 있었다는 사실을 깨닫게 된다. 그런 엄마와 달리 가브리엘은 장례식이라는 새로운 사건에 기대를 걸고 있다. 그에게 하늘을, 별을 가르쳐준 마음씨 좋은 아줌마를 자신만의 방식으로 떠나보내기 위해 그는 옷을 차려입고 시간을 기다린다.

이 소설의 주인공은 마그다이다. 나치에게 아버지를 빼앗긴 순간부터 행복을 잃어버린 어린 소녀가, 과거에 매달려 살아가는 어머니 곁에서 성장하여 사랑을 하고 고통을 겪고 새로운 인생을 찾아나서고 다시 돌아와 죽기까지, 마그다의 인생은 소설의 중심 축으로 주변 인물들을 끌어모으고 있다. 그녀의 곁에는 여러 인물의 인생이 포진해 있다. 남편에 대한 기억 속에서 살아가는 어머니, 화가를 꿈꾸다 사업가가 되어버린 남편, 남편의 친구이자 애인인 안과 의사와 그의 아내, 자폐아 가브리엘. 그들은 마그다를 사랑하고 혹은 미워하며 각자의 인생을 살아간다.

나치에게 아버지를 잃은 후 유럽을 떠나 캐나다로 가던 뱃길, 어린 마그다가 타고 가던 배 안에서 한 아기가 세상을 떠난다. 사람들은 생리대로 예쁜 꽃을 만들어 아기의 마지막 길을 장식하고, 바다 속에 아기를 수장하려 한다. 아기를 물 속으로 밀어넣기 직전, 어린 마그다는 아이에게 속삭인다.

말해줘. (……) 사람들이 그러는데, 사람이 죽으면 처음에는 모든 게 온통 회색빛이다가, 하얗게 변하고 다시 파랗게 되어 별을 향해 날아간다며? 그렇니?

소설의 제목 『쥐색 흰색 푸른색』은 어린 마그다가 생각하는 죽음의 빛깔들이다. 그리고 그것은 어쩌면 그녀가 살았던 인생의 빛깔인지도 모른다. 어둡고 칙칙한 세월, 아무것도 씌어 있지 않은 백지의 가슴 설레는 기대감, 신비와 욕망이 한데 어우러질 때 인생이라는 한 편의 그림이 완성되기 때문이다. 더불어 그것은 이 소설을 읽고 있는 우리네 삶과 죽음의 빛깔이 될 수도 있지 않을까?

마르그리트 더 모르의 작품을 우리나라에 처음 소개하는 만큼 마음이 무겁다. 차갑다고 생각될 정도로 차분한 작가의 문체가 번역으로 인해 조금이라도 훼손될까 걱정이 앞서기 때문이다. 어쨌든 이 소설을 계기로 그녀의 다른 작품들도 많이 소개되었으면 하는 바람이다.

2000년 6월
장혜경

장혜경

1964년 울산 출생. 연세대학교 독어독문학과를 졸업하고 같은 대학 대학원에서 박사과정을 수료했다. 독일 학술 교류처(DAAD) 장학생으로 독일 하노버에서 수학했다. 『말할 수 있는 것과 말할 수 없는 것』(공역), 『아벨라의 사랑』 『사랑, 그 딜레마의 역사』 『오디세이 3000』 『괴테가 사랑한 로마, 사랑한 여인들』 등을 우리말로 옮겼다.

쥐색 흰색 푸른색

초판인쇄 | 2000년 7월 1일
초판발행 | 2000년 7월 10일

지 은 이 | 마르흐리트 더 모르
옮 긴 이 | 장혜경
책임편집 | 김선혜 이진영 정미영
펴 낸 이 | 강병선
펴 낸 곳 | (주)문학동네
출판등록 | 1993년 10월 22일 제22-188호

주　　소 | 136-034 서울시 성북구 동소문동 4가 260번지 동소문빌딩 6층
전자우편 | editor@munhak.com
　　　　　하이텔 : podo1
　　　　　천리안 : greenpen
전화번호 | 927-6790~5, 927-6751~2
팩　　스 | 927-6753

ISBN 89-8281-268-7 03890
* 잘못된 책은 바꿔드립니다.

www.munhak.com